编委会

顾问：

李润田　王才安　孙培新　王文金　张秉义　关爱和　娄源功

编委会主任：

卢克平　宋纯鹏　张锁江

编委会副主任：

谭　贞　张宝明　季　波　许绍康　孙君健　孙功奇　杨朝阳
王学路　冯淑霞　傅声雷　张立新

编委会委员：(按姓氏拼音排序)

蔡　军　程遂营　丁翼虎　冯淑霞　傅声雷　洪　浩　桓占伟
姬志闯　季　波　孔令刚　李永鑫　卢克平　苗长虹　祁琛云
任东景　宋丙涛　宋纯鹏　孙功奇　孙君健　谭　贞　王鹏飞
王思琦　王性玉　王学路　武新军　席卫权　许绍康　杨朝军
杨朝阳　杨光辉　杨国安　于华龙　展　龙　张宝明　张大超
张立新　张锁江

丛书主编：

孙君健

执行主编：

展　龙　杨国安　桓占伟

副主编：

丁翼虎　孔令刚

"夷门传薪学人传"丛书

丛书主编 孙君健
执行主编 展 龙 杨国安 桓占伟

夷门传薪学人传

张振犁

梅东伟 著

河南大学出版社
HENAN UNIVERSITY PRESS
·郑州·

图书在版编目(CIP)数据

张振犁／梅东伟著.--郑州:河南大学出版社,2022.8
("夷门传薪学人传"丛书／孙君健主编)
ISBN 978-7-5649-5272-3

Ⅰ.①张… Ⅱ.①梅… Ⅲ.①张振犁-传记 Ⅳ.①K825.46

中国版本图书馆 CIP 数据核字(2022)第 147280 号

夷门传薪学人传 张振犁
YIMEN CHUANXIN XUEREN ZHUAN ZHANG ZHENLI

责任编辑	刘利晓
责任校对	仝一帆
封面设计	翟淼淼
出版发行	河南大学出版社
	地址：郑州市郑东新区商务外环中华大厦 2401 号
	邮编：450046 电话：0371-86059701(营销部)
	网址：hupress.henu.edu.cn
排　版	郑州市今日文教印制有限公司
印　刷	河南瑞之光印刷股份有限公司
版　次	2022 年 8 月第 1 版 印　次 2022 年 8 月第 1 次印刷
开　本	889 mm×1194 mm 1/32 印　张 9.875
字　数	213 千字 定　价 39.50 元

版权所有·侵权必究
本书如有印装质量问题,请与河南大学出版社营销部联系调换。

述往事思来者根在夷门

（总序）

夷门，是一个比开封还古老的名字。

夷门是战国魏都城的东门，因城门修在夷山之上，故名。

夷门最早的故事与魏公子无忌有关。无忌为战国时期魏国第五任君主魏昭王的小儿子。魏昭王去世后，无忌同父异母的哥哥圉继承王位，是为安釐王。安釐王封无忌于信陵（今宁陵），是为信陵君。信陵君的第一个故事是养士辅政。其时，魏国在与秦国的对抗中，处在不利地位。信陵君仿效齐之孟尝君、赵之平原君、楚之春申君的辅政方法，养士三千，诸侯因此不敢加兵于魏十余年。七十岁的夷门看守人侯嬴与屠夫朱亥，均为信陵君礼贤下士所交好友。信陵君的第二个故事是窃符救赵。公元前257年，秦围赵都城邯郸，赵王的弟弟平原君求救于魏。魏王派晋鄙率兵十万，到达邺地。但迫于秦威，止步不前。信陵君听取侯嬴之计，窃取虎符，与朱亥前往邺地。在晋鄙对虎符有疑时，朱亥椎杀晋鄙。信陵君率兵救了赵国。侯嬴在信陵君到达邺地时，自刎于夷门。

窃符救赵的故事发生一百余年后，司马迁寻访战国争雄的史迹，来到夷门。对千金一诺、侠义热血故事颇有兴趣的司马迁，在《史记·魏公子列传》中做了上述精彩描述，扣人心弦犹如小说家言。信陵君事迹很多,司马迁只记礼士与救赵;信陵君在魏养士三千,详写的只有侯嬴与朱亥。传记的结尾,意犹未尽,作者再次称赞信陵君不耻下交的礼士精神:"吾过大梁之墟,求问其所谓夷门。夷门者,城之东门也。天下诸公子亦有喜士者矣,然信陵君之接岩穴隐者,不耻下交,有以也。名冠诸侯,不虚耳。"仁而谦恭,礼贤下士,成就大业。这是夷门叙事的第一重启示。

公元前99年,司马迁为李陵事获罪,受腐刑,因著书事业而隐忍苟活。受刑的第二年,朋友任安写信询问情况,司马迁写下了传诵千古的《报任安书》,完整描画了一个知识人最高最完美的理想:"近自托于无能之辞,网罗天下放失旧闻,考之行事,稽其成败兴坏之理,⋯⋯凡百三十篇。亦欲以究天人之际,通古今之变,成一家之言。"据此话推定,《史记》已大致完成。今传《史记》有《太史公自序》,其有感于自己身世,而追述中国历史中圣贤发愤著述的传统:"昔西伯拘羑里,演《周易》;孔子厄陈、蔡,作《春秋》;屈原放逐,著《离骚》;左丘失明,厥有《国语》;孙子膑脚,而论兵法;不韦迁蜀,世传《吕览》;韩非囚秦,《说难》《孤愤》;《诗》三百篇,大抵圣贤发愤之所为作也。此人皆意有所郁结,不得通其道也,故述往事,思来者。"这种圣贤发愤著述的传统,是司马迁完成《史记》的支撑力量,也化为以立言为志的中国士人生生不息的精神资源。"究天人之际,通古今之变,成一家之言"与"述往事,思来者",共同成为读书人立言著述的最高理想。身为记述唐尧以来中国历史的史官司马迁,历史上却没有留下他本人卒年的记载。近代王国维考证,司马迁大约卒于汉武帝末年。勤奋于"述往事,思来者"之业,究天地之际,通古今之变,成一家之言,燃烧自我之身,不计身后之名。这是夷门叙事的第二重启示。

公元960年,北宋政权以开封为都城建立,从而创造了继唐代后又一个统一王朝的辉煌时代。此时距司马迁《史记》成书,已过去千年。夷门不在,夷山依旧。夷山之上,北宋皇祐元年(1049年)建起了开宝寺塔。塔体外立面均为褐色琉璃砖,浑似铁铸,民间俗称"铁塔"。1912年,铁塔南麓,建立了一所大学——河南留学欧美预备学校(今河南大学前身)。河南大学的学生均以"铁塔牌"自称。铁塔成为这所大学毕业生最早的logo(标签)。当年椎杀晋鄙的朱亥,因窃符救赵之功,被授相印,其封地原名聚仙镇,在北宋末,改称朱仙镇。岳飞抗金,取得朱仙镇大捷,也终没有挽救北宋王朝的命运。北宋的成功,在文治而不在武功。20世纪40年代,陈寅恪为邓广铭《宋史职官志考正》作序,有"华夏民族之文化,历数千载之演进,造极于赵宋之世"的称赞。一个以唐史研究见长的史学家,推重赵宋文化,绝非偶然。赵宋时期城与市合一,不需要再像《木兰辞》所言那样"东市买骏马,西市买鞍鞯"。城与市合一的开封,勾栏瓦肆林立,充满着人间烟火气。唐宋以来实行的科举制度,使寒族子弟也可以像世家子弟一样,通过个人的努力,通达社会与文化上层。读书人生气聚集之时,赵宋时期出现了士大夫阶层。士大夫具有超越特定族群、特定利益阶层的历史眼光和宽阔胸怀。祖籍大梁的北宋大儒张载不失时机提出的"为天地立心,为生民立命,为往圣继绝学,为万世开太平"的"横渠四句",成为新兴士大夫群体理想抱负的经典表达。士大夫群体的思想文化创造力活力四射,宋代理学家、史学家、文学家、音乐家、书法家、艺术家层出不穷,群星灿烂,造诣均达极高水平。宋代理学家将儒释道合一,重建儒学体系。新的儒学体系高扬道德的旗帜,以修齐治平调节士人人生期待,以伦理纲常整饬社会秩序。陈寅恪称赞欧阳修晚年所撰《五代史》的功劳在"贬斥势利,尊崇气节,遂一匡五代之浇漓,返之淳正。故天水一朝之文化,竟为我民族遗留之瑰宝。孰谓空文于治道学术无裨益耶?"五四运动过后二十余年,在抗战的炮火中,陈寅恪坚信造极于赵宋之世的华夏文化,本根未死,终必复振。理想、信念、毅力、气节,是读书人的禀赋;立心、立命、继绝学、开太平,为读书人的价值与责任。以治道学术服务国家人民,乃读书的正途与根本。这是夷门叙事的第三重启示。

北宋时期的国子监所在地位于现在的龙亭一带。明代这里辟为周王府。清初,河南贡院一度迁至辉县百泉,清顺治十六年(1659年)河南贡院在周王府旧址修建。因地势低洼积水,雍正九年(1731年)河南贡院迁至夷山南隅。1841年黄河发水,拆河南贡院房舍防洪,第二年重修,新建号舍万余间。1900年的庚子事变,北京用于国家会试的贡院被毁,河南贡院因房舍完好、交通便利,而在1903、1904年成为科举会试所在地。1905年废除科举,河南贡院就成为上千年科举制度的终结地。1912年,河南有识之士在河南贡院的校舍上创办河南留学欧美预备学校,1923年改建为中州大学,1930年易名省立河南大学。因此,从这套丛书的一个人物林伯襄1912年担任河南留学欧美预备学校的校长开始,河南大学叙事便与夷门叙事有了交集,夷门叙事所体现出的精神基因便在河南大学传承延展。与时俱进,百折不挠,在国家、民族站起来、富起来、强起来的百年沧桑中,河南大学以振兴教育、培养人才服务于民族自立、国家复兴和区域发展,成为中原大地高等教育的一棵参天大树。参天地之化,养浩然正气,育万千桃李,以教育报国。此为夷门叙事的第四重启示。

在河南大学迎来110周年校庆之际,学校编写出版"夷门传薪学人传"丛书,嘱我为序。在准备出版的二十多种学人传中,有在河南大学发展的重要节点上做出了重大贡献的主政者,绝大多数是在学校发展的不同时期在学术进步、人才培养方面成绩突出的教授。名人有言:"大学者,非谓有大楼之谓也,有大师之谓也。"这些学者教授就是河南大学的大师。河南大学建立110年来,对国家、对民族的贡献,大部分是通过一代又一代心系桑梓、植根教育的千千万万教育工作者实现的,上述学者教授是千千万万教育工作者的代表。在河南大学这所百年名校中,"究天人之际,通古今之变,成一家之言"的学术创新是他们完成的;"为天地立心,为生民立命,为往圣继绝学,为万世开太平"的学术理想是他们实践的;"参天地之化,养浩然正气,育万千桃李,以教育报国"的百年辉煌是他们参与创造的。这是河南大学110年校庆要编辑出版"夷门传薪学人传"丛书的唯一理由。

有形夷门在司马迁生活的时期已经颓毁,而无形的夷门,留在司马迁的《史记》中,留在宋儒的横渠四句中,留在科举旧地与新式教育的交接中,留在河南大学生生不息的生命意志中。

在河南大学建校110年之际,河南大学的注册地移至郑州,但河南大学的办学精神,已经融入河南大学的基因与血脉之中。河南大学从留学欧美预备学校的成立,到今天的"双一流"建设,何尝不是河南有识之士与黄河儿女的"发愤"之作!国家兴亡,匹夫有责,读书人更有责。司马迁"发愤","述往事,思来者"而著"史家之绝唱,无韵之离骚";河南大学"发愤","述往事,思来者"而有发展进步的大手笔、大思路。让我们为之共同奋斗。

放眼寰宇的河南大学,根在夷门。

关爱和

2022 年 7 月

(作者为河南大学教授、博士生导师,中国近代文学学会会长。曾任河南大学校长、党委书记。)

序一

1982年,在河南大学中文系完成了四年学业后,我有幸留在了中文系现当代文学教研室,为本科生讲授民间文学专业基础课。当时的民间文学教研组只有张振犁老师我们两个人。因在大三的时候喜欢民间文学,做了民间文学的课代表和民间文学研究小组的组长,毕业论文也是在张老师的悉心指导下完成的,故此先生与我彼此非常熟悉,师生感情颇深。留校后我做了先生的助手,无论是教学、科研,抑或田野作业与生活琐事,师生都能够配合默契、得心应手。那时,张先生已着手中原神话的资料搜集和研究工作,并尝试在高年级学生中开设"中原神话研究"选修课,我也就自然地担任了该课程的助教工作。受先生启蒙,我将研究的方向选定在源头文化神话学的研究上。作为先生的助手,我随同先生多次进行"田野作业",系统考察中原神话,为先生的中原神话研究课题作了基础性的资料搜集整理等辅助性的工作。跟随先生多年,耳濡目染,从先生严谨的治学态度、朴实的生活作风中学到许多做人、做学问的道理。

几十年转瞬即逝,如今先生已离我们而去,但他几十年呕心沥血、孜孜以求的"中原神话研究"成果,为我们留下了一笔巨大的文化财富。这笔财富对于探寻史前文明,对于溯源研究中原文明、华夏文明,或将有着重要的参考价值,因为作为神圣叙事的神话,承载了太多的人类史前文明的信息。

中原神话这一概念的形成,也有一个逐步完善的过程。我们现在说的中原神话,是指中国古文献中已有零星记载,至今仍流传在中原民间口头上的活态神话。由此而产生的中原神话学,就是专门研究这些"活"神话的流变规律及文化价值的学问。先生在中原地区发现的民间传承的活态神话,不仅改写了中国神话学研究的历史,也为文化发生学的研究提供了可资参考、利用的资料。

20世纪80年代初,先生在学生假期调研的作业中发现了一些典籍记载的古典神话在民间仍有活态流传,凭借着他的学术敏感,迅速将其纳入自己的研究视野。此举得到了民俗学、民间文学泰斗——钟敬文先生的首肯和鼓励,于是便有了先生的第一篇研究中原神话的论文《实事求是,从实际出发,建立我国的马克思主义民间文艺学——兼谈中原古典神话、传说流变今昔》(《湘潭大学社会科学学报·民间文学增刊》1982年),从而拉开了中原神话研究的序幕。该文对当时国内神话研究中的重大理论问题提出了异议。例如我国"盘古开辟和洪水神话",以往大都认为它最早产生于南方兄弟民族中,后来才传到北方,这种观点最重要的依据是三国时吴人徐整的《三五历纪》和《五运历年纪》。过去,闻一多和袁珂先生都曾对这种说法提出过疑问,他们认为南方的这类神话,也可能源自中原地区。张先生通过对中原地区民间"活的"神话资料与文献记录的对照考察,提出了盘古神话最早(至少不晚于南方)产生于中原的看法。这时候"中原神话"的概念还不是很明晰,所以文中使用了"中原古典神话",用"流变"的概念描述民间的活态传承。1982年我在《光明日报》《民间文学》等报刊上发布消息时,也是用"河南师范大学中文系发掘出一批上古神话传说"的语言描述。1983年,河南大学(原河南师范大学)中文系组建了"中原神话调查组",对中原地区的活态神话进行了持续性、系统性的调查,"中原神话"这一术语正式提出。至1990年,大型工具书《中国各民族宗教与神话大词典》出版,"中原神话"作为独立的学术词条与"典籍神话"并列出现。

先生通过系统的田野考察发掘"中原神话"的大量文本和相关民俗文化资料,并借助于民俗学、历史学和考古学等的多学科视野对"中原神话"进行综合性、专题性的研究,从而将中国神话学的研究领域拓展至(汉民族)当代"口承神话",为神话学和民俗学的研究打开了一片新的天地。这是先生中原神话研究的一大贡献,从而也使河南大学的民俗学、民间文学研究,能够"突出重围",在学术界有了自己的一席之地。

系统性的中原神话调查和研究工作启动后,我陪同先生进行了最初的四次田野作业。我们深入中原地区的山乡村野,历尽艰辛调查仍存续在民间的活态神话和与此有关的民俗活动,获得了大量的第一手科学资料,编印了《中原神话专题资料》,发表了最初的三篇调查报告,取得了阶段性的科研成果。当时,先生指导的中原神话调查工作是极其严谨科学的,不仅运用了民间文学的调查手段,也融入了社会人类学的考察范式,既注重田野,也观照文献;启用了当时最先进的科技手段,用录音、摄影立体化呈现中原神话存续的文化生态环境。这种调查方式,在后来的"民间文学三套集成"和目前正进行的"中华优秀传统文化传承发展工程——中国民间文学大系出版工程"相关文本的搜集、整理中，也在运用。

学术界认为：在中原地区发现的若干古典神话的延续，推翻了过去中国神话贫乏、仅有断简残篇的片面结论，大大地丰富了中国和世界神话学。大量有关开天辟地、宇宙创造的神话材料的发现，填补了这类神话材料缺乏的空白，纠正了史学家们关于中国神话中仅有圣贤英雄人物的史迹材料的传统观点。

1991年，先生第一部研究中原神话的专著《中原古典神话流变论考》出版，该书是先生潜心研究8年的学术成果。先生在论著中以科学考察得来的中原"活"神话资料为基础，结合民俗和古文献的比较、分析，探讨我国著名古典神话的流变特点、规律及文化史价值，可以说是中国神话学史上的一次突破性尝试。该书出版后，即获得中国民间文艺山花奖学术著作一等奖。

1997年，拙著《民间神话》出版，该书也是中原神话田野调查的成果之一，书中将"活"神话和古典文献记录的神话相对照，结合中原民俗，阐述了这些神话之所以在中原民间绵延赓续的社会因素，是对《中原古典神话流变论考》一书的补充。

1999年，先生携江风和我、有鹏、效群等多位弟子，完成了国家重点科研项目，出版了《东方文明的曙光——中原神话论》。该书以系列性专题研究的方式，从哲学、史学、民俗学、文化学、宗教学等诸多角度，努力挖掘中原神话的深层内涵和典型意义，从而构筑起东方原型文化的模式，为中国神话学规范化的学科建设和中原神话学的构建奠定了基础，基本形成了以先生为旗手的"中原神话学派"。

此后，先生出版了《中原神话研究》《中原神话通鉴》，这些中原神话集大成的皇皇巨著，极大地丰富了中国乃至世界神话学，彰显了中国民间文化的巨大价值与魅力，为"中原神话学"奠定了坚实的基础。

中原神话学这一研究群体，重视民间活态传承，重在田野作业。这种将古代文献与田野作业相结合的研究方法，突破了传统的考据、义理、辞章这种狭隘的治学方式，将整个社会活生生的生活事项作为一部大书，从民间文化、民间生活、民间社会的角度来研究神话，这对于推动中国民俗学学科建设和民俗学理论与方法的提升都具有积极意义。

从"中原神话"概念的提出到目前基本构成中原神话学体系，形成中原神话研究学术群体，两代学人历经了40年的努力。"中原神话"和"中原神话学"跻身中国神话研究的前列，归根到底，是中原这块古老的大地为我们提供了丰厚的文化宝藏。先生以其独特的学术洞察力，发现并开挖出了"活"在中原人民口头上的古老神话这一珍贵的文化遗产，为中原神话研究和中原神话学的构建开了先河。

这是先生对中国神话学研究的重大贡献。

为此，先生85岁高龄时，荣获了中国民间文艺山花奖"终身成就奖"。此前，获得这项殊荣的只有我国现代民俗学泰斗钟敬文先生。

日前，东伟送来了他为张先生撰写的传记。读完书稿，情不自已，往事历历如在昨日，先生音容犹在眼前。师恩难忘，为我们留住了对恩师的记忆，留下了一位平凡而又伟大的学者的世代风范。

写好一部人物传记不易，写好学术传记更是不易，因为这不仅仅需要执笔者具有深厚的文学修养和掌握大量的基础资料，更重要的是作者要有对这个专业的学术理解和认知，这些东伟都具备，也都体现在传记书稿里了。

传记真实记录了张先生孜孜求学、为人师表的朴素一生，厘清了先生矢志不移、根植田野、默默无闻推进中原神话学科建设的心路历程。

学高为师，德高为范。这部传记的出版，对于我们理解先生的高尚人格和师德风范，对于我们了解中原神话研究的兴起与发展，对于激励后人积极投身于中原神话与民间文化的研究、弘扬，从而更好地传承和深入推进河南大学中原神话学的研究，有着重要意义。

在我写这篇序言的时候，传来河南大学已决定建立"中原神话研究院"的消息，我想，这足以告慰先生了。

是为序。

程健君

2022年3月22日于郑州

序二

2020年元月24日，敬爱的张先生离开了我们。由于新冠疫情的影响，我没有办法送先生最后一程，颇为伤感。其实，虽然在距离上我离张先生很近，但得知张先生去世的讯息还是比较晚的。记得那几天我正手忙脚乱地准备新学期的一门研究生课程，常常一整天的时间都不怎么看手机，几乎处于自我封闭状态。突然有一天，河南省社科院的一位朋友打来电话问，张先生过世了，你们怎么安排的，有没有吊唁仪式。我一头雾水，大概应付了几句。挂掉电话，打开微信，我才发现已有同事和朋友发来相关讯息，朋友圈不少同仁已在悼念张先生，霎时间一种愧疚之感涌上心头。

这两年以来，我记得除了一次得知张先生生病住院，到医院探望之外，其他时间就没有去看过先生。那次探病是在河南大学第一附属医院。就张先生的年纪而言，他的身体一向算是不错，这次住院据家里人说是因为不小心摔跤引起的。那次见张老师跟他说话，他已经不怎么认识我了，给他说了多次名字之后，他才好像略略记起的样子。其实，我和其他老师、朋友往常看张先生的时候，也出现过这种情况，要多次告诉张先生名字，他才能逐渐想起，毕竟他已经是八九十岁的老人了。从师承而言，我算是张先生的再传弟子。我的导师是高有鹏和吴效群两位教授,陈江风和程健君两位老师也给我们开过课,而诸位老师都是张先生的弟子。实际上,张先生也给我们开过课。

我是河南大学民俗学硕士点获批后的第三届学生,同学有姚向奎、李春久、唐霞、贺霞和李姗姗,加上我一共六位,2007年硕士毕业后,大家"风流云散",各奔前程,我留在了学校,坚守大本营。2004年入校的第一学期主要是公共课程,唯一的专业课便是张先生的"中原神话研究"。当时大家都知道张先生已经是80多岁的老人了,不知道其他同学是什么想法,反正我心里是犯嘀咕的:80多岁的老先生了怎么还上课啊,还能上得成吗?无论心里怎么想,课该上还是要上的,上课的地点是张先生家。这是一套三室一厅的房子,在一楼,课堂就设在客厅。我们到的时候,张老师已经安静地坐在一张圈椅上,他用手招呼我们:"都坐吧。"大家一边问"老师好",一边找地方坐。三个女生坐在沙发上,三个男生分别搬凳子,围着张老师坐下来。坐好后,我开始端详老先生:他满头银发,鼻梁上架着一副老花镜,脸色红润,气色很好。张老师似乎也开始观察我们,并让我们一一作了介绍,由于张先生耳朵不大好使,所以我们自我介绍时,名字往往要咬着字说两遍。老先生的记性却是没的说,当我们一周后第二次来上课的时候,他竟一一叫出了我们的名字。第一次上课的内容,大约是《中原古典神话流变论考》上"中原古典神话流变鸟瞰"这部分的内容。相比书中的内容,他似乎讲述了更多背景性的内容,其中多次提到了钟敬文先生的《论民族志在古典神话研究上的作用——以〈女娲娘娘补天〉新资料为例证》一文,并告诫我们要多读钟老的著作,言语中透露着对钟老的敬仰之情。

张先生的课是两节,上午 9:00—11:00,课程中间一般不休息,当然我们常常会开开小差儿,但先生却是自始至终絮絮而谈,并且绝少无关教学内容的题外话。当然,他有时候也会给我们唠唠和学生们的一些趣事,比如有一次课堂上讲到中原神话研究中的一个"典故"。他说,有人说中原神话研究就像"西天取经",我就是"唐僧",还有"猪八戒""孙悟空"和"沙僧"。我们当即会意,张先生说的是他的几位得意门生:程健君、陈江风、孟宪明、高有鹏和吴效群等。中原神话的田野考察与研究是张先生的学术志业,因而,每每课堂上提及其间的典故或趣事时,他就满脸笑意,讲到高兴处甚至会哈哈大笑起来。可见,在先生心目中,那是多么值得珍视和幸福的事情。

第一学期很快就过去了,张老师的课也就结束了。课程结束后,我们是需要提交作业的,为了完成作业,我便找来张先生的《中原古典神话流变论考》一书,细细地读。阅读的具体感受多数已经记不得了,但有一点至今难忘,就是当时感到张先生书中的一些论证方式有些"不通",并且几乎所有论文的结论都是较之文献记述的相关材料,今天口头流传的中原神话才是"原始"的,才是民众愿望与意志的表达。所以,我也便不以为然,甚至还将这种想法写出来作为课程论文提交给了张先生。今天想想,这种做法是年少气盛,过于轻狂了。实际上,张先生的《中原古典神话流变论考》一书出版于 1991 年,在当时有着很大影响,对于促进当时深陷危机的中国民俗学的转型也是发挥了作用的,尤其推动中国神话学面向现实生活中的"口承神话"展开研究的意义,更是不可估量。其实,20世纪的最后10年是中国民俗学自我反思和学科转型的时期,对以往学术研究范式展开反思的学者和著作很多,其中某些著作也对张先生的研究提出了十分尖锐的批评。然而,学术本身便是在反省中发展的,曾经的反思在特定的时期有其道理,但一种有价值的学术研究及其成果的学术史意义却是不能抹杀的,张先生的中原神话研究便是如此。如中国社科院叶涛主编、相关专家集体撰著、2019年出版的《新中国民俗学研究70年》认为,1980年代至21世纪初空前的民间调查与资料搜集,进一步促进了各地神话研究的发展。其中,以张振犁的中原神话研究最有代表。张振犁重在探讨中原神话所蕴含的古代哲学观念、科学思维和文化模式,代表作有《中原古典神话流变论考》(上海文艺出版社,1991年)、《东方文明的曙光——中原神话论》(东方出版中心,1999年)。在此之前,神话的搜集与调研多在民族边疆地区进行,中原"活态神话"少有被提及。张振犁认为,在田野中发现和研究神话是一种"文献的回流",是在田野中检视文献记载的内容,这为神话研究提供了新的思路。

在学校工作期间,同仁们也常到先生家探望,记得某年教师节我们到张先生家,先生很高兴,跟我们聊他的生活,他说每天要走50步,然后练太极剑,还指着放在一旁的剑让我们看。看到先生身体好、心情好,大家也颇为欣慰。但张先生的退休生活绝不只是练练剑、走走路而已,他始终没有停止工作,在2015年的时候他还发表了学术论文《从中原龙神话看"中华第一龙"的文化史价值》(《濮阳职业技术学院学报》2015年第2期)。尤其是他的《中原神话通鉴》,也在反复整理、打磨中付梓了,这是先生多年的学术愿望。

谨以此文怀念敬爱的张先生!

梅东伟

2022 年 3 月 7 日

目　录

第一章　民俗学家的日常 …………………………（1）
　第一节　农家子弟　艰难向上 …………………（1）
　第二节　伉俪情深　相濡以沫 …………………（14）
　第三节　节日、影视剧、健身与读书 ……………（28）
　第四节　成为一名共产党员 ……………………（48）
　第五节　中国民间文艺"终身成就奖" …………（61）

第二章　民间文学的教学与学生培养 ……………（66）
　第一节　"基础课"与"专题课"并举的课程设计 …（66）
　第二节　备课、课堂与学生作业 …………………（71）
　第三节　注重实践与教学相长 …………………（81）
　第四节　撒下种子,总会有收获:学科队伍与民俗学社
　　………………………………………………（88）
　第五节　"唐僧取经"与中原神话研究学术群体 …（99）

第三章　中原神话的考察 …………………………（106）
　第一节　访羲陵　谒娲皇　察考轩辕遗迹
　　——"中原神话调查组"的周口与新郑、新密之行
　　………………………………………………（108）

第二节 西登夸父 南下桐柏

——"中原神话调查组"的灵宝、华山与桐柏之行

……………………………………………（128）

第三节 登"王屋" 奔"孟津"

——"中原神话调查组"的济源、三门峡之行……（148）

第四节 "女娲文化"的专题调研

——"中原神话调查组"之河南周口、安阳和河北

涉县之行 ……………………………………（159）

第四章 中原神话研究 ……………………………………（173）

  第一节 由"专题课"到"专题研究" ……………（174）

  第二节 《中原神话专题资料》与《中原神话通鉴》

……………………………………………（189）

  第三节 《中原古典神话流变论考》的出版与影响

……………………………………………（213）

  第四节 国家项目与《东方文明的曙光——中原神话论》

……………………………………………（226）

第五章 师友情谊 …………………………………………（237）

  第一节 悠悠五十载 殷殷师尊情 ………………（237）

  第二节 许钰学长与紫晨同学 ……………………（253）

  第三节 刘锡诚和马昌仪 …………………………（264）

  第四节 学术会议与学术兼职 ……………………（278）

后记 …………………………………………………………（289）

第一章　民俗学家的日常

1993年8月16日,张先生在自己的日记中感慨:"人生坎坷,无一宁日。从我小时至今,可谓备尝尽矣!然亦无可如何!我想:今后定有否极泰来之时!"①这一年张先生已年近七旬,是河南大学文学院的知名教授,也是中国民俗学会的副理事长和河南省民间文艺家协会名誉主席,学术成果突出,交游广泛,在学界备受关注。但这一年也是他的夫人深陷病痛折磨,张先生奔波于医院、药房之间,日夜守护、侍奉爱妻的艰难时期。

张先生出生于1924年10月,与他的许多同龄人一样,一生经历过贫困、战争和苦难,但张先生也是幸运的,因为正像他所说,他始终相信,今后定有否极泰来之时!这种坚定的信念贯穿了他的一生,渗透于他的日常生活。

第一节　农家子弟　艰难向上

一、"救命"的月饼

张振犁原名张振离,1924年10月2日(农历九月初四),在

---

① 引自张振犁《日记》(未刊),1993年8月16日。

河南省新密市(时称密县)超化村的一个贫困农家,张振犁出生了,这是一个再平常不过的日子,天无异象,也没有满屋的"异香"。张振犁是这个家庭的第四个孩子,在他之前这个家庭已经有了三个男孩子。值得一提的是,三个哥哥中,三哥张振恒对他的出生最为关注,也对他最为亲昵,这可能是年龄差距较小的缘故。在张先生的回忆性文字和日记中,提及最多的也是"三哥"。在张先生孩子们的谈论中,"三伯"也是被提及最多的。

少年时代的张振犁,或许是体质的原因,抑或营养不良的缘故,身体一直比较瘦弱,也因此常常头疼脑热,七病八灾。他平时生病,常常是跑一跑、发发汗,也就好得差不多了;大不了请村里的医生拿点药吃下,也就"药到病除",然而,七八岁时候的一场病却几乎要了他的命。年少的张振犁最初只是发热感冒、浑身不适,后来虽然发烧止住了,却渐渐昏迷不醒,长达数日。焦急慌乱的父母请遍本村和周边村子的大夫,但所有大夫在一番望、闻、问、切之后,都不明所以。大夫们根据经验开出的药方汤剂,灌进小张振犁的肚子里,都如"石沉大海",毫无反应。

时间一天一天地过去,小张振犁的病情也一天天加重。当时正值仲秋,是秋收农忙时节,一地里的玉米、花生、大豆急需收拾,它关系着全家的生计。父母不得不到地里忙碌,大哥二哥也得到地里去帮忙,焦虑的三哥不忍、也不愿意病中的小弟一个人在家,他几乎寸步不离地守在他的身边。他一会儿望着弟弟小声叫道"振犁,振犁,渴不渴,要不要喝点水?饿不饿,要不要吃什么!"一会儿摸摸弟弟的额头,给弟弟披披被角。他多么希望他可爱的小弟能够坐起来、跳起来、跑起来,听他唱歌、听他吹唢呐,跟他学吹长箫、吹横笛。然而,这个病弱的弟弟只能对他微微点头或者似有似无地抿嘴微笑而已。

转眼间,已经是八月十五中秋节了。在地里忙碌一天的父母回到家中,顾不上洗漱,首先来到房里看生病卧床的小儿子,但他依然昏睡不醒,脸色似乎更差了,父亲无奈地摇摇头,母亲却几乎要失声痛哭。为给小儿子看病,本就贫困的家庭雪上加霜。虽然父母请遍了大夫,但小张振犁的病情就是不见好转,甚至越来越严重。经过一番商量,父母满含眼泪地招呼小张振犁的三个哥哥,拿出草席、被子,铺到了隔壁房间的一张床板上。父亲抱起小张振犁,把他放到草席上,盖上被子,抹一把眼泪,转身回到正屋。

中秋节还是要过的,毕竟辛苦了大半年,几个儿子也早盼着中秋节吃月饼。母亲拿出月饼和苹果,把月饼切成一块一块分给三个孩子。看着儿子们吃着月饼,母亲又是一声哀叹。吃着月饼的三哥心里还惦记着弟弟,他想:这么好吃的月饼,说不定弟弟吃了就会醒来。他想着也就走到偏房里弟弟的床边,他先叫了两声:"振犁,振犁,吃月饼了,可甜啦。"他隐约觉得弟弟的身体好像动了动。于是,他把手中的月饼掰了一小块儿,用手把它捏碎,分开弟弟的小嘴巴,把粉碎的月饼放进去,他没有想到,弟弟的小嘴巴竟然动了起来!激动的三哥不禁大喊道:弟弟还活着!弟弟还活着!他的嘴在动,他在吃月饼!就这样,小张振犁"复活"了,月饼救了他的命。

那月饼真是香甜!自那次大病以后,月饼和甜食就成了张振犁一生钟爱的食品,甚至到了后来,他有了自己的家,当家做主,生活富裕起来,也钟情不改!而每每中秋节家人团圆之际,他也会向家人讲述那个"月饼救命"的故事。儿女们自然也了解父亲的这种饮食偏好,也会在中秋节的时间准备琳琅满目的月饼,让老爷子细细品味!

二、求学的道路

尽管家庭贫困,但张振犁还是较为圆满地完成了求学之路,从小学、初中、高中,再到大学和研究生。这在那个年代非常难得,但张振犁为此付出的艰辛和不屈不挠的求学毅力更是难得。

据《新密县志》记载,1931年超化镇建立第一所小学,这所小学就是当时的"县立四小",设立在超化寺寺院内,张振犁的小学是在这里读完的,他也是这所学校的第一届学生。小学生活在张振犁的记忆中是美好的,其中最令他难忘的是每周六下午的"周会"——它实际上是同学们集体讲故事的"赛会"。在《情系中原神话》一文中,张先生对这段生活记忆犹新:

> 同学们登台讲故事,都是从自己父母家人那里听来的。我虽讲不好,却是积极的参与者。有一次陈铁樵老师在课堂上讲《武松打虎》等《水浒》故事,大大震动了小朋友们的心。我从此开始入迷般读《水浒传》《西游记》等名著。①

小学讲故事、听故事的经历,实际上影响了张先生的一生。且不说它对张先生后来走上民间文艺研究的学术道路产生了怎样的影响,它也是张先生感受生命、自我启迪的重要人生经历。

---

① 张振犁:《情系中原神话》,载贾芝主编《新中国民间文学五十年》,大众文艺出版社,2004,第580页。

在1998年7月的日记中,张先生也记述了这段经历:

> 看《三国演义》连续剧,《水浒传》连续剧。特别是从"武松杀西门庆""醉打蒋门神""武都头大闹飞云浦""张都监血溅鸳鸯楼"等激动人心的几段,早在1935年春,在超化小学五年级上学时,陈铁樵老师讲这些故事,让人时时惊喜不已;接着是初步读《水浒传》至此,不仅眉飞色舞,小心灵首次领略此名著的巨大艺术魅力。时至今日,我已是74岁老人了。《水浒传》以最现代化的彩色电视连续剧形式出现,其一书力量更是今非昔比了。一书的生命力只要不离开人民,便永远年青。这是文学艺术的真理。抚今追昔,感慨系之。一个人只要为人民哪怕只做一件有意义的事,便会永远为人民所记忆!每念及此,对眼前所从事的《中原神话疏证》研究工作更感到责任重大,时刻不敢稍懈息也。①

从中也可见小学教育对个人成长的巨大影响。值得一提的是,在超化小学,张先生结识了他的同班同学、一生的好友高云昭。小学毕业后,他们先后上了同一所初中、高中,大学毕业后,又到了同一座城市工作,高云昭到开封高中,张先生到河南大学,交往终生。晚年之际,他们不时相聚,共同回忆小学的同窗时光。

小学毕业后,张先生到县立初级中学(即今天的密县一中)学习。按照民国时期的小学学制,小学为六年或者七年,那么,

---

① 引自张振犁《日记》,1998年7月24日。

张先生小学毕业的时间应该是 1937 年或 1938 年,但是否接着就读了初中,不得而知。据《新密教育志》记载,他的好友高云昭 1941 年从密县一中毕业,接着又去了安阳高中读书,之后被保送唐山铁道学院学习,并于 1950 年到开封高中工作。[①] 张先生直到 1949 年才到北京师范大学(简称北师大)读书。也就是说,在读大学的时间上,张先生比高云昭晚了 3 年。但是张先生同样在密县一中和安阳高中求学。1991 年是密县一中的 60 周年校庆,学校专门委派了当时学校教导处的钱明老师来拜访张先生,谈及学校 60 周年校庆筹备事宜,并请张先生提供有关展览资料。而张先生也因此花费了近两个小时的时间,与钱老师谈自己"半生"的求学、生活和治学道路,并总结体会道:"逆境磨炼意志,困难砥砺上进,事业心是走向成功之路的动力。"[②] 之后,张先生又应约给学校寄回了"头像放大(六寸)"的照片,供"母校 60 周年校庆展览之用"[③]。

张先生也曾在安阳高中就读。抗日战争胜利后的解放战争初期,安阳高中曾迁至密县城外五里处的天仙庙办学。但按照张先生自己的记述,他似乎不是在这里就读。1990 年 4 月份,张先生与省民协朱可先、程健君到豫北的安阳、濮阳两市检查"三套集成"的编纂情况,工作之余游览市内名胜,并在日记中有所记述:

---

① 参见新密市教育史志编纂委员会编《新密教育志》,中州古籍出版社,2004,第 353 页。
② 引自张振犁《日记》,1991 年 4 月 13 日。
③ 引自张振犁《日记》,1998 年 8 月 17 日。

第一章　民俗学家的日常

  4月12日,上午由刘二安、王家骏陪同游览名胜文峰塔,并登上塔顶,回忆1946年在天宁寺上高中时的情景,历历在目。寺内大殿曾为当时安阳高中的教务处、训导处、校务处。虽然旧时房屋均已焕然一新,旧地重游,不免感慨系之。当时正是20岁左右的莘莘学子,转瞬沧桑巨变,已是头发斑白的老龄之人,面对祖国翻天覆地的变化,展望未来心潮澎湃,更应在有生之年奋发前进,在本职工作岗位上尽心竭力,做出应有的贡献。然后驱车去殷墟小屯村参观"殷墟博物苑""妇好墓",转赴袁林,参观旧地袁世凯墓地园林,比起四十多年前来参观时,已大不相同。留这么个中国最后一个复辟的皇帝作为反面教材,对人们也是进行爱国主义教育的好材料。①

  从这段叙述来看,张先生应该是在安阳读的高中。高中以后,张先生应该没有直接考取大学,而是返回了家乡,暂时结束读书生活,开始了谋生,并在农历1948年11月18日结婚。这应该并非张先生的心愿,他本身热爱读书,希望通过读书改变命运。一方面,由于家庭贫困,除三哥之外的其他家人并不支持甚至反对他继续读书,以免浪费家里的钱粮。另一方面或许与他当时已经24岁,早已超过当时正常的婚配年龄,家人急于让他"成家立业",了去一桩"心愿"。然而,家庭并没有影响到张先生的求学上进之志。

---

① 引自张振犁《日记》,1990年4月12日。

三、走上民间文艺学征途

暂时离开学校的张振犁并没有抛下书本,日常生活中,只要有时间他就要伏案读书。此外,他还到超化小学去做代课老师,为附近的老百姓代写书信,借此赚钱以贴补家用。据张先生的次子张宪介绍说,张先生曾经提及他青年时代的读书求学,实际上并未得到家人的鼓励,家人甚至因他沉浸书本,缺乏足够的"谋生"能力而对他有所轻视。幸运的是,张先生的三哥以及张先生的新婚妻子对他读书求学的志向都十分支持,也正是在他们的鼓动下,大约是1949年的6月,张振犁背上行囊,开始了长达月余的"赶考"之旅。

民国时期的高考与今天不同,考点并非每个县都设立,而是主要集中于一些较大的城市,如北京、天津、上海、南京、重庆、成都、昆明等;也不是全国统一考试,而是各个高校自主招生、组织考试,似乎有点类似于现在的博士生招考。也正是这个原因,张先生考上了不止一所大学。

据家人介绍,在"赶考"中,由于错过了河南高校的考试日期,张先生不得不北上,乘火车赶到北京。由于家庭困难,为减少以后求学成本,他最想上的是师范院校,于是他首先来到北京师范大学,但遗憾的是该校组织的招生考试已经结束,踌躇之时,有位老师提醒他:北师大在天津组织的考试还没有结束,可以赶过去试试。身上的"盘缠"已经不多了,是否去天津"赶考",张先生犹豫不决。他来到天桥,找到了一位算命先生,请他指点"迷津",卦象显示"大吉大利",无论东西南北,一定有学可上。事实证明,这个算卦先生没有"胡诌",也并非"奉承",因为几天以后北京师范大学公布的录取榜单上,"张振犁"这个名字赫然在列,他被"中国语言文学系"录取。

但让张先生没有想到的是,他在北师大一待就是 6 年:4 年大学本科,2 年研究生。这 6 年的学习生活让他与民间文学彻底地捆绑在了一起,民间文学成了他一生的事业。在这里,他认识了他所敬爱的并矢志不渝、终生追随的钟敬文先生,还有他的两位学术挚友——许钰和张紫晨。在北师大学习生活是张先生人生中的美好回忆,他在日记中不止一次提及。比如与张紫晨一起去琉璃厂逛书店、书摊和品尝小吃,比如 1954 年在天安门广场参加国庆阅兵。然而,更为重要的是,北京师范大学的学习经历确立了张先生一生事业的起点,让他走上了研究民间文学的道路,他在《情系中原神话》中写道:

图 1　大学时代的张先生

> 1949 年,新中国成立,我考入了北京师范大学中文系。我第一次聆听了著名民间文艺学家钟敬文先生关于如何运用马克思主义的理论对待文化遗产的发言。他说:"对待民族文化遗产,要像给小孩子洗澡一样,不要把小孩子连脏水一起倒掉。"我至今记忆犹新。
>
> 这年冬天,我从《光明日报》"民间文艺"副刊上,读到

了各种优美的民间文学作品和研究文章。我大为惊喜:原来民间文学竟是如此重要!一下子,潜歇在内心深处对民间文学艺术的痴情涌了出来。我立即把熟悉的河南的歌谣、谚语记录了一辑,其中有关于河南农业生产、社会习俗的谚语和痛斥蒋介石反动派祸国殃民的讽刺歌谣等,编成《豫中谣谚》投向《光明日报》,很快刊登出来了。二年级时,钟敬文先生教我们"现代诗歌选",我又选修了刘盼遂先生开的"唐宋以来俗文学"课。我是课代表,从此就和二位先生接触多了,自然很快在民间文学学习方面投入的时间就比较多些。这年期终考试时,我写了一篇《从〈燕子赋〉看民间文艺》的文章,1951年5月在《光明日报》上发表了。这是我发表的第一篇学术论文。后来,我和其他两位同学写了一篇《内蒙人民的歌声——读〈东蒙民歌选〉》,发表在《光明日报》的副刊上。在校学习期间,我除听钟先生讲了三遍"民间文艺研究"课之外,就是协助他整理了一大批民间故事、歌谣、谚语、谜语等作品,印作同学们的"参考资料"。有的还陆续发表在《说说唱唱》和《民间文学》刊物上(如《毛主席懂得老百姓的苦楚》《二郎捉太阳》等)。有的收入了当时工人出版社出版的《毛泽东的传说故事》一书里。钟敬文先生对整理(或叫"重写""改写")民间故事要求很严,即"老百姓怎么说就怎么写,不要加盐加醋"。不能像作家文学的作品那样创作(编造)。这一段时间的学习和实践,为我后来从事田野作业打下了坚实的基础。①

当然,张先生走上民间文学研究的道路,除了北师大的学习经历和钟敬文先生的影响之外,他自幼的成长环境也发挥了重要的作用,正是"环境"培养了张先生对民间文学的"痴情"。

四、民间艺术培育的"痴情"

中原地区是华夏文明的发源地,各类神话传说丰富多彩。地处中原腹地、嵩山东麓伏羲山脚下、溱洧河畔的新密市,"古为桧国之地"②,被视为"祝融氏之墟"(《密县志16卷》卷之二,清嘉庆二十二年刻本)。新密市境内,分布着伏羲山、摩旗山、大隗山、凤凰山和青屏山等许多座大大小小的山岭,风景堪称秀丽。这些山岭上,建有各种祀神庙宇,也流行着各类神话传说,如民国《密县志》所载下述内容:"讲武山,在县东南三十五里,按:旧碑谓黄帝常与风后讲武于此,故名。"③ "大鸿山,《通志》作大鸿寨山,在七敏山之东,黄帝之臣大鸿氏屯兵于此,故名。土人又相传为黄帝避暑处。"④ "又东曰开旸山,在县西北十五里。雪降其顶即消。南麓开旸庙祀东皇之神。有霖潦则祈之。"⑤ 人们还信奉或崇拜着各类"神灵",诸如黄帝、炎帝、伏羲、女娲、关圣帝

---

① 张振犁:《情系中原神话》,载贾芝主编《新中国民间文学五十年》,大众文艺出版社,2004,第580-581页。
② 张翮:《密县志·序》,载密县史志编纂文员会整理《密县志(清嘉庆二十二年本)》,中州古籍出版社,1990。
③ 《古都郑州文化丛书》编纂委员会编《郑州志·密县、荥泽卷》,中州古籍出版社,2009,第47页。
④ 同上书,第48页。
⑤ 同上书,第51页。

君、增福财神、文昌神、观世音、火帝真君、龙王和太上老君等,建有火神庙、关帝庙、龙王庙和天仙庙等各类庙宇。这是一个有着浓郁民间信仰氛围、各类口承神话盛行的区域。

新密的超化村(镇),位于洧水南岸,是一个历史悠久的古村落,也是一个繁荣的小镇。历史上,这里垂柳成荫,稻谷飘香,鱼跃虾肥,蛙声蝉鸣,素有"新密小江南"之称。金人元好问将超化镇与繁华的汴梁城相媲美,《重阳过超化寺》云:"西风袅袅度僧窗,尽得诸山草木香。却恨汴梁三日醉,不来此地过重阳。"明人袁宏道遍游超化镇,留下《入超化寺水村》一诗,其中有"竹叶送阴遮古寺,稻芒随水出山庄。一林过雨芦花白,半壁疏云栗子黄"的佳句。其中的"古寺"即"超化寺",据说该寺初建于东汉桓帝年间(147年),兴于北魏,盛于唐朝,乃佛教"净土祖庭",寺内的超化塔藏有佛祖的真身舍利。"超化"村名的来历与超化寺密切相关,所谓"超化","即佛氏超脱众品,化育群生之说也。惟其超也,故不生不灭,不垢不净,不增不减;惟其化也,故受起于识者,眼耳鼻舌身意无,色声香味触发者……"(清雍正年间《重修超化寺田比卢殿记》)

超化寺在佛教界地位崇高,再加上相关灵验故事传播,使之成为周边区域香火最为旺盛的佛家寺院。这种浓郁的信仰氛围,是各类民间文艺繁荣、发展的沃土。张先生在《张振犁:情系中原神话》一文中说:"超化镇是个大镇,方圆几十里,有十几个大村落,村村有社,每社有社火。每年的春节、元宵节期间,不仅有各种古朴的、令人难忘的温馨的习俗,而且也是各村社火集中表演、比赛的最热闹的场所。唐塔旁边敬祀祝融的火神庙尤其是中心赛场:既是娱神,更是娱人。"其间,值得一提的便是源远流长的"超化吹歌",有学者将它与《诗经》相联系,视之为"中国古代音乐活化石"[①]。2007年超化吹歌被国家文化部列入"第二批国家级非物质文化遗产名录"。

民国时期,超化镇超化村有个"吹歌社",张先生的父亲和三哥就是这个"吹歌社"的主力。有学者提及,1959年至1977年间,"超化吹歌被视为封建文化遭到批判,濒临绝境,老艺人不敢公开活动,村里一老艺人冒着生命危险把吹歌打击乐器藏在家中。到20世纪80年代初,吹歌社张振恒等老人看到老艺人相继去世,吹歌演奏后继无人,十分痛惜,开始四处奔走呼吁"[②]。其中提到的张振恒便是张先生的三哥,他和他的父亲都是当地享有名气的民间艺人,张先生在记述中说:"我父亲和我三哥都是当地有名的民间艺人。每年一进正月他们都特别忙,要领着匠人蘸蜡花,做花供。每年正月十五,各村的'花供'竞赛很吸引人。我父亲和三哥他们蘸的蜡花摆在神棚里,如同花园一般,令人目不暇接。游览的人无不啧啧称赞。我父亲和三哥还是'吹歌社'的主力。"每当这个时候,年少的张振犁也会作为"小跟班"跟随在父兄身边。"我年纪小,元宵夜'上社'表演时,也举着一个纸糊的小花灯笼,跟'吹歌社'照明。"[③]而且,三哥还是讲故事的能手,一肚子的神话传说,让幼年的张振犁流连

---

① 刘璐:《"中国古代音乐活化石"超化吹歌考析》,《郑州大学学报》(哲学社会科学版)2014年第6期。
② 同上。
③ 张振犁:《情系中原神话》,载贾芝主编《新中国民间文学五十年》,大众文艺出版社,2004,第580页。

忘返。

这种民间文艺的氛围无形中培养了张振犁审美的习性与价值取向,他不仅欣赏,还身体力行:学会了吹箫和吹笛子,还有剪纸和画画,技艺不亚于优秀的民间艺人。直到几十年后,张振犁已经成为知名的民间文艺学家,依然沉醉于这种民间文艺的氛围。1983年他作为研究者回到家乡进行田野考察,特地回到老家与三哥相聚,请他讲神话故事、笑话,三哥的讲述和演奏让他"心旷神怡,儿时生活情景,再现目前。三哥兴致极好,虽年已77岁,尚吹箫、品笛,不时到民间吹歌班吹两曲。古雅典致、雄浑、质朴,颇似唐代古乐(笙箫管笛合奏)。室内一片欢声笑语,如回到了40年前的童稚时代,恍如隔世"[1]。而三哥讲述的不少神话、传说也被他记录下来,作为以后学术研究的资料。

张先生对民间文学的欣赏、依恋乃至"痴情",实际上包含着对儿时温暖亲情的依恋、回顾,也是对家人尤其父兄最为深沉的思念与挚爱。

第二节 伉俪情深 相濡以沫

在张先生的心目中,妻子明文(张先生在日记中的称呼)是一个质朴诚实、性格刚强而又坚韧不拔的可爱女性。她支持丈夫求学上进、奋力科研,与丈夫抚育四子,支撑家庭,相濡以沫。而对妻子,张先生一生钟爱,始终疼惜有加,不离不弃,但又始终

---

[1] 引自张振犁《日记》,1983年11月28日。

心怀愧疚,有"负债"之感。他们伉俪情深,相互扶持,彼此钟爱一生,没有遗憾。

一、由北师大到开封师院(今河南大学)

1949年9月,也即新婚后不到一年,张先生便负笈北上,到北京师范大学中文系读书。孰料,张先生在北京师范大学一待就是6年:4年大学本科,2年研究生。1953年大学毕业时,张先生唯一的想法就是尽快回到河南,安心工作,挣钱养家。结婚4年来,他和妻子已经有了孩子,一个虎头虎脑可爱的小家伙。与哥哥们"分家"之后,妻子一个人既带孩子,又要种地务农,实在是太辛苦了,他不忍心让她一个人苦苦支撑。

记得去年回去,妻子告诉他,儿子突然生病,附近医生束手无策。没有办法,她只能一个人抱着孩子走了几十里地到县城医院给孩子看病。一大早出发,等傍晚到家的时候天已经黑透了。然而,毕业前夕的一次谈话让张先生改变了想法。

1953年,张振犁毕业前夕,钟敬文先生找到了他。钟先生是真心喜欢、欣赏这个来自中原大地的朴实学子。他勤奋、踏实、善良、诚恳,听从教导,在大学期间还有多篇民间文学的文章发表出来,很不错!他告诉张振犁,北师大中文系民间文学要招收第一届研究生,希望他能够留下来继续攻读研究生,为以后从事民间文学的研究打下更好的基础。当时的张振犁非常纠结,他当然知道跟随钟老师攻读研究生对自己以后发展的意义,这是多少人都渴望的事情,何况钟老师又是自己十分熟悉、敬重的老师!然而,妻子明文已经独自苦苦支撑家庭4年了,那是1400

多个日日夜夜啊。他觉得如果继续读书下去,对她太不公平了,那简直是在"犯罪"!所以当面对钟先生时,他有些犹豫。但终究,对民间文学的爱好与"痴情"还是让他决定留下来,"明文,再坚持两年吧,很快就会过去的"。他匆匆给妻子写了封信,告诉了她自己的决定。就这样,他成为中国民间文学的第一届研究生中的一员,这届同学中,有早他一届上大学已经留校的许钰,还有张紫晨、乌丙安、蔚家麟、汪玢玲和李淑华等。与此同时,他的妻子明文虽然支持他继续攻读研究生,却不得不继续独自担起家庭的重担,而在这两年中,他们又迎来了第2个孩子小宪(张先生在日记中对次子的称呼)的降生,家中的负担更重了。

1955年,张振犁完成了研究生班的课程,顺利毕业,他被分配到了当时的开封师范学院中文系教授"人民口头创作"(即"民间文学概论")课程。家人也同时迁居开封,张先生的妻子明文到了当时的开封皮鞋厂上班。尽管如此,家庭生活仍不宽裕,甚至有些拮据,困难时期甚至连吃饭都成问题,尤其在"小三""小四"降生以后。但张先生对此似乎并不十分"介意",甚至有些"事不关己"的模样。

对当时的生活景况,张先生的次子张宪印象深刻,他说,有一次家中实在揭不开锅了,母亲就告诉父亲,去学校找工会借10元钱买米买面,过渡一下,借的钱下个月从工资里面扣就行啦;并且还特意向父亲强调,借不到钱就不要回来吃饭。父亲一声不吭就去学校了,谁知家里一直等到午饭过了,父亲还没有回来。母亲没有办法,就到学校办公室去找他,问为啥不回家。父亲说,你说回家也是没有饭吃,干脆就不回去啦。母亲哭笑不得,再次告诉他,这次必须借到钱,借不到钱日子就不过了。被逼无奈的父亲只得找到学校工会的负责老师,但又不好意思提借钱的事儿,只是"顾左右而言他",来回跟着工会的老师,从一楼到三楼,再从三楼到一楼,来回跑了三趟。这个老师觉察到父亲有事情,就问到底有什么事,他才说了出来。工会的这位老师大笑,爽快地把钱给了他。在年少的儿子们眼中,父亲就是这样一位只知道看书做学问的"书呆子",尽管性情温厚,却常常有些不谙世事。

从20世纪五六十年代到"文革"结束,包括民间文学课在内的不少课程被取消掉了,师生们集体参加生产劳动和社会改造。从1958年到1959年,张先生先后被下放到太行山采矿场和开封钢铁厂等单位接受"改造"。1960年他又按照领导的指示,到新县、确山、郑州和巩义等地进行"田野作业",采集革命故事,经常一两个月不在家。在这种情境下,家庭所有重担都落在妻子一个人身上。尤其"文革"时代,张先生作为"牛鬼蛇神"被关进"牛棚",妻子更是备受歧视,遭人白眼。每每念及于此,张先生便有愧疚之感。1988年12月26日是张先生与夫人结婚40周年纪念日,张先生在日记中写下了这样一段话:

(下午)4时半,与明文去河大照相馆,合影,以庆祝我和她结婚四十周年喜事。然后,同赴鼓楼街又一新饭庄共进开封名吃小笼包子,以示庆贺。今天是我和明文难以忘怀的喜庆节日,四十年前的今天,在战争紧张的时刻,婚仪一切从简,但感情却随岁月的流逝和年华日增,更觉当时情意真切,相爱弥笃,是极为可贵的回忆,实在为人生之大幸事。从我上大学至今,家中变故迭起,分居促使旧家庭分崩离析,但也使明文不得不独自在家辛苦支撑持应。她支持我读书的宏愿实在好。出来到开封学校之后,生活多年窘迫,孩子又多,维持生活极难。但她始终深明大义,千方百计撑持六口之家,而工资却甚微。她刚强、直正,在困难面前永不低头。特别是在十年"动乱"年代,为了我,她备受冷眼,受人歧视,然感情更深、坚定。近十年来,我虽扬眉吐气,成绩累累,其中时刻都有她的心血、照料和做出的牺牲。她是一个十分可爱的女性。如今晚境已至,唯有共同体谅,方能去掉对她的负债之撼。①

二、彼此扶持,相濡以沫

1982年,张先生评上了副教授,家庭经济收入有所增加,但家庭生活并没有在根本上得到改善,因为随着4个孩子的长大,结婚、生子、成家、立业,哪一项都要不少的花销,家庭的负担实际上更重了,张先生与夫人也更辛苦了,而张先生专心于读书、科研,大量的家庭事务实际上是夫人在具体费心操持。尽管生活艰辛,夫人始终在多方面顾惜张先生,希望经常外出开会的丈夫能够衣着体面。

1985年11月,张先生到北京参加"中国民俗学会首届学术讨论会",临行前,夫人陪他到郑州,要给钟先生带些"土特产",

---

① 引自张振犁《日记》,1988年12月26日。

张先生在日记中记述了其间夫妻俩彼此体谅、爱惜的一段情景:

> 下午休息后,与明文同去花园路集贸市场一行,买地道道口烧鸡两只,给钟老带去,以慰恩师三十五年的教育之情。明文在服装店,想买呢子外套,我鼓励她,以慰平生之愿。可是,她想替我买一件,性情之殷之诚,令人心动欲泪。她说:"我不给你买一件呢子上衣,出外开会很不好看。你六十多岁了,还没穿件像样的衣服。我不定活几天,我不给你买,你不会买的,我心中过不去。"她形色憔悴,苍老,如此赤诚相爱之情,使我顿觉一阵茫然。我和她相伴终生,历尽沧桑艰辛岁月,她心中没有自己,只有爱人和子女。心操碎了,累得疾病缠身。今后生活好转些,此次坚决替她治好疾病,使其恢复健康,以报她殷切之情……不然,将遗恨终生,作负心人矣!①

生活的艰辛和夫妻的深情,透过朴实无华的言语透露出来,让人动容、心碎。还有一件与手表有关的事情值得提及。张先生有一块怀表,那是1958年"大跃进"时期买的,由于佩戴时间已经很久,到20世纪80年代的时候,虽然多次修理,也已接近报废,夫人虽然看在眼里,但因经济紧张,始终没有下定决心为张先生更换。1984年2月,张先生赴京参加《中国大百科全书》"民间文学"相关词条的定稿会议,夫人为他买了一块儿上海春蕾手表,张先生为此十分兴奋,日记中的记述也难掩快慰之情:"明文下此决心,实在可敬。另买呢帽一顶。从1958年'大跃

---

① 引自张振犁《日记》,1985年11月16日。

进'声中买怀表以来,已历时 27 年有余,随着形势的发展,任务的加重,经常外出开会,参加全国、全省举办的学术活动,因此,愈来愈感不便。掌握时间的需要刻不容缓。当此次赴京参加《中国大百科全书》'民间文学'定稿会议之际,买此手表,正其时机。"① 不过,更令人感动的是,等到张先生从北京回来后,很快就去商场为夫人也买了同样品牌的女款手表。

在中国文学史上,蒲松龄和他的《聊斋志异》家喻户晓,而蒲松龄对妻子的挚爱之情也是令人感动的,张先生对蒲松龄颇有关注,有时也会自比蒲松龄,对妻子怀抱一种"未能富贵身先老,惭愧未能报汝恩"的情感。1987 年的一段时间,他追看电视剧《蒲松龄》,在日记中写下了自己的一些感受,他说:"晚上疗病休息,卧床看电视剧《蒲松龄》。蒲松龄潦倒一生,与老妻相伴以终。他说,'家有贤妻胜过中 10 个状元'。增杰(笔者注:即刘增杰,时任中文系主任)下午也对我说,'大嫂很要强,过去一直生活困难,加上孩子多,实在太受累了,今后的情况顺过来了,也该养养身体了。'自比蒲松龄不如,但在夫妻关系情分上有相似之处。今后当倍加体贴明文才合情理。"② 实际上张先生也在通过各种方式表达着对妻子的歉意和深情。

结婚周年纪念,是张先生表达感恩妻子和不渝情感最直接的表达方式。在日记中,张先生记述了多次他与夫人结婚周年纪念日的活动,如 1988 年,"与明文去河大照相馆,合影,以庆祝我和她结婚 40 周年喜事。然后,同赴鼓楼街又一新饭庄共进开

---

① 引自张振犁《日记》,1984 年 2 月 10 日。
② 引自张振犁《日记》,1984 年 12 月 23 日。

封名吃小笼包子。以示庆贺"①。如1992年,"今天为我和明文结婚44周年纪念,将与她一同照相馆合影留念。餐馆小聚。以慰二人相爱白首之情。人生虽不平坦,强者方能生存下去。今后我和她要特别注意身体,保持晚年健康长寿"②。又如1996年,"为纪念我和明文结婚48周年,一同去照相馆拍照,上半身合影。都是70岁的老人了,应该重温伉俪深情。此晚年振奋精神之良方也!"③甚至,在夫人去世以后,张先生依然不忘他们的结婚周年纪年,在1999年12月25日的日记中写道:

12月25日,今天是与爱妻明文结婚52周年纪念日(从1948年农历十一月十八)。如今,她虽已过世两年多了,但魂牵梦绕,思念之情,一如生前。好在我的身体尚好,事业发展如日方升,诸子、媳、孙子、孙女和睦相处,各有所安,亦可告慰明文亡灵于九泉矣!回想当年初遇,其情之真,其爱之深,世间幸福无过于此。半个世纪,我和她同舟共济,历尽艰辛,无怨无悔。如今,全家人或工作,或学习,各得其所,都在为国效力。人生追求,不过如此。今天默然祝明文相安地下,亦不负她生前夙愿了。④

三、护理病妻,生活趣事

由于长年的辛劳,妻子的身体并不像看起来那么好,但因为

---

① 引自张振犁《日记》,1988年12月26日。
② 引自张振犁《日记》,1992年12月11日。
③ 引自张振犁《日记》,1996年12月28日。
④ 引自张振犁《日记》,1999年12月25日。

孩子多、家庭负担重，事事都需要她操心，这一点张先生知道的，但也无如之何。然而，1992年的一次意外事故所导致伤病的延误治疗，以及其他各种疾病（如高血糖）的并发，却将夫人的身体彻底击垮，使她难以承受，从此病痛不断。虽然这个时间孩子们都已长大成人，但他们也正是忙事业的时间，因此照顾夫人的责任主要依靠张先生。

1992年6月，张先生的夫人骑自行车与一女青年相撞摔伤，有点行动困难，医院检查以后认为没有大碍。而夫人在家休息几天以后，便也能自由活动了，所以张先生和夫人自己也都没有很放在心上，只是买了相关的跌打损伤之类的药物如红花油简单处理了一下。但实际上，这次摔伤并没有那么简单，后来医院的检查表明，这次摔伤实际上伤及骨头，虽然经过治疗已经复原，但却有了后遗症。再加上夫人由于高血糖而引起的糖尿病以及其他病症，使她的身体一下子垮下来了。自1992年下半年直到1997年夫人因病过世的5年多时间里，张先生去的最多的地方就是医院和药房。在晚上，由于夫人经常腰腿疼痛，他还要不停地按摩为之减少痛苦，直到夫人安眠，他才能睡觉或看书、写作。凌晨之后睡觉几乎是家常便饭。比如1993年初，张先生在日记中一些记述：

1月8日，明文两天为针灸，坐骨神经、脚疼难忍……深夜一家忙于护理明文多病之身，一夜仍未成眠。

1月11日，昨夜明文腰腿疼痛难忍，一宿未休息好，上午与志军用小三轮车拉明文去大花园诊所就诊，确定为因前日摔伤……

第一章 民俗学家的日常

1月12日,连日明文因摔伤疼痛,除协助就诊外,便是在家护理,又要搞零星家务,抽空写东西,不易找到更多时间,紧张是必然的,一定要帮助明文渡过难关……

1月13日,昨夜明文像昨天一样,摔伤处疼痛难忍。药物、理疗无效,特别是入夜以后,呻吟哭叫不止。各种手段用尽,仍然徒劳。不得已,于晨间五时由小四和我将她送校医院,得刘晓兰大夫相助,打止疼针剂后于六时返回。上午遵医嘱,由我和小三送明文去校医院,请寇大夫主诊……中午12时40分,输水完毕。返回来时,到家她又感到头晕、恶心。怕出事,与小三第三次送她去医院,打针后返回……大雪纷纷,三次往返医院来家途中,泥泞水雪融流。晚上,明文的头晕、恶心未减,心烦躁闷,很难度过漫漫长夜,当机立断,与小四、小袁一道第四次送明文去校医院急诊部……于(晚上)8点半,在雪花泥泞、冰冻的大学路上,返回苹果园(家中)。一天的紧张生活告一段落。夜里,明文休息得平静,中间服安眠药一片,炎症基本消除。"阿弥陀佛",平安大吉!

1月14日,上午,打发明文、小三去医院输水,抽空在家写"中原盘古神话问答"一则,利用间隙点滴时间,排除一切困难,踏踏实实地走自己足下的路……

1月15日,明文经检查确认需要住院治疗,因骨折未及时治疗导致的发炎;晚上在医院护理明文,并抽空读《比较神话学》序文。①

实际上,随着时间推移,夫人病情日重一日,张先生的护理任务也越来越重了。而夫人实际上也越来越离不开张先生了。1994年9月份,张先生外出开会多日,回到家,"一进门,明文正卧床,因连日孩子照顾不周,一直犯病(心肌不适)。她见我回来,泣不成声,我好生安慰后,情绪始平复。"②从此以后,张先生每每外出开会都非常小心,除非必要,便不再外出开会,外出开会,也一定事先把护理夫人的事情安排妥当,或者是夫人病情好转的情况下。

俗语云:"久病床前无孝子。"照顾病人的辛苦若非亲身经历者,是不能体会的。张先生对妻子的照顾,不仅是身体上,他还会买一些相关的医学和心理学的书籍、资料来看,了解妻子病情的发展和注意事项,配合医生治疗,在精神、心理上缓解她的压力,增强她战胜病魔的信心。比如,他给妻子讲解"糖尿病服药方法及医嘱""向糖尿病患者进一言"等资料,并常常宽解妻子,让她解除郁闷、稳定情绪,保持性情舒畅;尤其他还时刻告诫自己,要为妻子创造一个宽松的治疗环境:"要坚持一个'松'字,做好一个'和'字,万事以'和'为贵。"③每当无意中让妻子生气后,他都会深刻"反省"、自责,这样的事情在张先生的日记中多处述及。

在20世纪八九十年代的开封,医疗条件并不十分完备,而

---

① 引自张振犁《日记》,1993年1月。
② 引自张振犁《日记》,1994年9月11日。
③ 引自张振犁《日记》,1993年5月30日。

张先生家中的经济条件也并非宽裕。即便孩子们有条件，老人家也不愿意经常麻烦他们，所以带夫人看病经常是张先生蹬一辆三轮车来回奔波，虽然开封城区面积不大，但有时到较远一点的地方诊治，来回也要二三十里地，蹬小三轮车至少要两个小时以上，但即便如此，张先生始终义无反顾，从无懈怠、怨言，但其中的一些"意外"也常常令人哭笑不得。有一次张先生带夫人到开封"南关"治疗，往返途中，小三轮车出了3次问题，充气1次，修车2次。一次是气门芯坏了，另一次车胎放炮。尤其有趣的是，在南关百货大楼丁字路口，因没有注意交通信号，误闯红灯，被警察拦了下来，警察问询后放行，张先生蹬车就走。因为只顾着与警察"交涉"，他没有注意夫人已经下车，一直骑车到滨河路中段（距离大约1公里），才发现骑的是空车，急忙返回南关百货大楼，接上夫人回家。到家后，张先生深刻反省自己：以后要多多注意，接受教训，以免再出事故。①

四、夫人逝去，梦寐思之

在长达5年的病痛折磨之后，于1997年11月，张先生所钟爱的、与他相伴终生、为他抚育孩子的妻子明文溘然长逝，张先生悲恸欲绝。夫人病逝前几日的病情和状况，张先生在日记中详细记述，尤其在夫人去世的当日，他的悲痛之情更是难以遏止："早上医院继续抢救深度昏迷中的明文，看来已无回天之力。病危通知已下。一线希望已断。呜呼！终于在上午8时20分，

---

① 引自张振犁《日记》，1993年7月27日。

辛勤一辈子的明文,与世长辞了。她享年70岁。"张先生在痛苦饮泣中写下了《哭爱妻明文同志》:"明卿同舟五十年,饱尝艰辛在人间。芳魂乘鹤已西去,情深难拭泪潸然!"[①]他亲自为夫人拟定了灵堂对联:"懿魂已乘鹤西去,情深难禁泪潸然。横批:音容犹存。"(后修改为:懿魂乘云鹤西去,亲情悲思泪潸然。横批:音容永存)他又拟:"为育儿女心劳瘁,鞠躬一世德永垂。横批:冯老太太千古。"

当晚,张先生独居卧室,看着妻子亲手整理过的自己的书籍、衣物,不禁睹物伤情,不能自已。他在日记中记述:

"辛苦一生的明文,就这样匆匆地去了!在她害病的6年多来,她与病魔做斗争的坚强之情,令人吃惊。但她也确实受尽了人间极度的病痛折磨、摧残。我们也一直在替她难过、怜悯、担心。最后,她终于被疾病夺取了生命。70年来,她辛勤、善良、顾大局、识大体,在生产岗位上一直是先进工作者。在家里是一心为丈夫、为子女着想,坦然献出自己的爱心,支持我和孩子们的工作,从不计较个人得失的好妻子、好妈妈。是贫困、劳累,把她原来强壮的身体摧垮了。她晚年积劳成疾,患糖尿病22年后的今天,多种并发症乱箭齐发,她实在支持不住了,终于在今天倒下了。她奉献的一生,令人刻骨铭心。尽管近6年来,在治病、求医、买药、护理等方面,我做了一些'还债式'的回报,但内心的负疚感,将痛悔终生!明文我的好妻子、好爱人、好伴侣,孩子们

---

① 引自张振犁《日记》,1997年11月10日。

的好妈妈!"①

在夫人过世后,张先生在心理上一直无法接受,思念之情形诸梦寐。1998年,在妻子去世后半年的一天,张先生午睡梦见妻子明文,并与之话家常,数说孩子们的事情,梦醒后张先生满面泪痕,写下了一首小诗:

明卿又相见,情深似从前。缱绻意未尽,梦回汴东苑。

钟敬文先生在张先生的夫人过世后,曾来信慰问和勉励他:"节哀顺变,以工作的更大成就告慰逝者,纪念逝者!振犁同志。"在次年(1998年)的9月份,张先生重新拿出了这封信,并写诗以志怀:"钟师'嘱言'清腑肺,'儿女情短'最相宜。古稀已过重起步,正是建功立业时!"②张先生也确实是这样做了,在忙碌的学术工作中,对妻子的思念似乎已淡化,但偶有触及,仍会引起他深沉的情致,有一次他与友人观赏开封菊花花会,就留下了这样一首小诗:"当年赏菊花如云,明卿将雏情尤真。今年赏花人已去,应随花发抖精神!"③2002年4月13日,他在日记中记下了《梦回忆爱妻明文》一诗:

与卿相聚夜难寐,持家教子似生前。梦回常忆同舟日,春深桐雨声漏之。

对于过世的妻子,张先生时时思念,情深如晤,令人落泪。

在夫人病逝后第2周,张先生因思念爱妻,翻阅1992年至1997年妻子病中的相关日记,写下了下面这段话,或可作为先

---

① 引自张振犁《日记》,1997年11月10日。
② 引自张振犁《日记》,1998年9月6日。
③ 引自张振犁《日记》,1998年10月26日。

生夫妻深情的一个"小结":

> 11月24日,下午翻看1992年到1997年日记,回顾明文病情经历,凄凄然。好在我和她结婚50年来,伉俪情深。夫唱妇随,从未口角、争执,互相体贴、关心。特别她对我的关怀备至,对工作和事业的支持,感佩之至。她病重期间,我也做到了尽力护理、治疗,她临终前几天的病房深谈,可谓披肝沥胆,互诉衷肠。她是满意的。因此,我和她都无甚遗憾。夫妻一场,如此足矣![1]

第三节 节日、影视剧、健身与读书

张先生留下来的日记有20余本(1982—2002年),内容丰富多彩,主要记述他个人的读书、学术活动和日常的休闲、娱乐,也涉及家庭生活,其间较为突出的是节日活动。从日记来看,日常生活中的张先生心无旁骛,专心读书,这占据了他生活的绝大部分时间。学者以治学为第一要务,须精诚专一,但也要保持强健体魄,保持生命的活力。在科研任务日益加重的今天,张先生日常生活中的许多做法,很值得我们借鉴。

一、传统节日与国庆节

对张先生而言,提及节日生活,首先让人想到的应该是中秋节,因为在这个节日,他曾经命存一线,但最终闯过了"鬼门

---

[1] 引自张振犁《日记》,1997年11月24日。

关",所以当我们与张先生的孩子们(次子张宪及其爱人)聊起张先生的家居生活和日常饮食偏好时,他们首先谈到的就是"月饼"和中秋节,并说父亲不止一次给他们讲起幼时的"惊险"经历。然而,在张先生日记中,我却极少看到有关中秋节生活的记述,只是偶尔提及去街上买月饼。记述最多的是春节、元宵节与国庆节。

  首先是春节。其实张先生是新时期以来较早开展节日研究的学者,他在1982年《兰州大学学报》的第1期发表了《"春节"探微》,这篇文章提到:"只要我们稍一回想儿时过春节的欢快情景,就会不禁油然神往,它可以产生一种近乎神秘而又迷人的力量。"[①]张先生在日记中对幼时过春节没有提及,但在日记记述中,他的"成人"世界的春节生活也是欢快的。比如他对1983年节日的记述,第一个是腊月二十六,在春节来临之前与夫人和孩子们对室内的卫生彻底打扫一遍,"今天集中全天时间,打扫室内卫生。清除偏僻的污秽、尘土。在迎新辞旧春节来临之际,很有意义。应保持这样的传统"[②]。然后是陪着夫人上街去购置各类年货,主要是猪肉、鸡蛋和各类蔬菜,"2月9日,和明文上街采购年货。街上人群拥挤,市场繁荣,物品供应充足,特别是农民出产的农副产品,猪肉、蛋、菜,尤为丰盛。人人笑逐颜开,买卖兴隆,鞭炮、玩具、花纸、年画、工艺品等,花色品种翻新、更加美观。党的政策的威力,使祖国恢复了青春的面容。不要说眼前与'四人帮'作乱时相比,就是和前几年相比,也是另有

---

① 张振犁:《"春节"探微》,《兰州大学学报》1982年第1期。
② 引自张振犁《日记》,1984年2月8日。

一番兴旺发达的景象。真正体会到古语所谓'顺民心者昌'的深刻含意"①。日记中春节习俗生活成了他观察国家政策效力和社会发展变化的窗口。中央电视台的联欢晚会是张先生春节生活中的必看节目,在1984年除夕晚上,他记述了欣赏"联欢晚会"的心情与感受,以及节日的氛围:

> 晚上一家看电视节目。新春联欢晚会。文艺界群星灿烂,百花争艳,可谓中国文艺荟萃于一堂。除夕之夜,举国上下的人民群众沉浸在幸福甜蜜的隆重传统节日气氛之中。直至深夜一时半始就寝。全城灯火辉煌,鞭炮爆响,烟火彩炮纷飞。似此民心如此振奋,祖国如此兴旺景象,十多年来能有几次?当经历浩劫之后,总结经验教训,旋乾转坤,经六七年的时间,有此巨变,如果不是党的方针、政策符合我国国情,符合历史发展规律,是不会有别的解释的,奇迹也是不可能出现的。一年来,取得的成绩固然令人欢慰,但新的一年的重任,更需团结战斗,用艰苦的劳动去争取,社会主义新局面的开创,尤其吸引着每一个勇于开拓的共产主义革命者。生活像大海的浪潮,不跟随历史前进,便要成为时代的落伍者。作为科技人员的历史使命,任重道远。不具备穿云破雾、披荆斩棘和勇于创新、搏击的精神,要创造出丰硕的科学成果,也是不可能的。新的一年,既要雄视百代,秣马厉兵,驰骋急进,更要踏踏实实,一步一个脚印,用求实、求是的点滴工作,开创科学事业的新路!②

---

① 引自张振犁《日记》,1984年2月8日。
② 引自张振犁《日记》,1984年2月12日。

因为心情愉悦,张先生还作小诗《除夕有感》以志怀,诗云:

　　爆竹声声如潮,彩焰飞腾九霄。家家灯火星稠,欢歌笑语浪高。治国安邦有道,江山新貌重描。良骥追风竞驰,神州光景独好!①

春节期间也是张先生集中拜访朋友的时间,一方面他要给钟老等师长们和朋友们如张紫晨、许钰、刘锡诚等,写信拜年;另一方面,张先生还会在春节期间走访亲朋故旧和系里的一些同事,如好友高云昭和韩宗元。

元宵节在张先生看来是春节一部分,并且认为"闹元宵"是一年一度"民间艺术大检阅的时刻"②。与夫人一起逛花灯几乎是张先生元宵节的必备节目,1982年的元宵节也是如此。与今天元宵灯展主要集中于清明上河园和龙亭不同,20世纪80年代,开封的灯盏以大相国寺最为精彩、热闹。1982年的元宵节当晚天空虽有阴云,却不是很冷,没有风。张先生和夫人早早来到大相国寺,此时的大相国寺已经是华灯闪烁、人流如潮了;大相国寺不久前才重新改建、修缮了一番,寺院原来建筑的西式楼房,已经改建为中国宫殿式房宇,古香古色,别有幽静、雅朴之盛。

当晚展出的各类灯盏丰富、新颖,除了满寺房檐、门口、亭榭悬挂的灯泡,精致小巧的花灯之外,室内、大殿两侧的花灯陈列柜内,是大型的彩塑神话、传说、历史故事和戏曲人物故事,十分精工艳美,其中的《鲁智深倒拔垂杨柳》《打渔杀家》《昭君出塞》

---

① 引自张振犁《日记》,1984年2月12日。
② 张振犁:《"春节"探微》,《兰州大学学报》1982年第1期。

《关公斩蔡阳》《唐僧取经》《破洪州》《断桥》《大观园》《黛玉葬花》《农夫与蛇》《打孟良》《连年有余》《龙女》等,在华灯之下让人赏心悦目,尽显地方文化特色。张先生与夫人缓步行进在人流中,时不时地给夫人讲解花灯或彩塑人物的故事。等到回家时,已经是夜里10点多了。①

图2 1953年首届研究生班民间文学专业组的全家福,摄于1954年国庆节

张先生的同窗乌丙安,是位很"潮"的先生,八十多岁的时候还写博客,在他的民俗学博客有一组《老照片的故事》,其中有一张照片是1954年国庆节期间所照,乌先生介绍说,这张黑白照片是北京师范大学中文系1953年首届研究生班民间文学专业组的全家福,摄于1954年国庆节。照片上的人物有钟敬

---

① 引自张振犁《日记》,1982年2月27日。

文、陈秋帆和他们的女儿钟宜,还有钟老的第一届研究生们:汪玢玲、李淑华、许钰、张振犁、张紫晨、乌丙安和蔚家麟。围绕这张照片展开的博文里,乌先生谈到了照片的缘起:1954年10月1日,是新中国成立5周年,天安门广场举行了盛大的阅兵典礼和群众游行,大学生们也参加了群众游行。北师大、人大、北大和清华等大学的学生队伍排在学生队伍的前面,而北师大的首届研究生(也是新中国的首届研究生)排在校旗后面的前列,男生穿中山装或西装,女生穿鲜艳毛线衣、长裤。游行结束后,民间文学组的同学们邀请钟先生和陈先生一起照相。其实,这是张先生第2次参加大型的国庆典礼,第1次则是参加开国大典。

参加开国大典让张先生铭记终身,在日记中,他时常记起当时参加开国大典的情形,并且喜欢看电影《开国大典》,百看不厌。参加开国大典的活动和记忆也成为他爱党爱国、奋力科研、自我激励的重要动力源。这里不嫌累赘,将张先生日记中的相关记述(部分)摘录如下,以求完整呈现先生深沉、诚挚的家国情怀和对民间文学事业的执着追求:

  1984年:10月1日,许钰同志相约,下午6时去他家聚会便餐,只谈到7:30,又去紫晨处,看彩电关于国庆烟火晚会实况。真可谓五光十色,争妍斗奇……10时返回住所。归吟小诗志怀:惊天巨雷开国日,卅五华庆还旧都。风云涤荡江山美,正是巨龙飞腾时。喜逢花甲雄心在,岂让青春发华滋。任重方觉征途远,堪笑懦夫不自立。

  1989年:10月8日下午4:30,与明文看《开国大典》故事片。艺术再现并总结了中国人民奋斗百年之后取得的巨大胜利的历史。气势雄伟,情景激越。当时中国历史舞台上的主要人物几乎全部登场,充满生活情趣于伟大历史画卷之中。这是多少年来都不曾有过的好电影了。特别是新中国成立的1949年10月1日的开国大典情景,历历在目。如同当年自己还是二十多岁青年大学生时,直接参加国庆的幸福时光,又对四十年前的经历做了一次生动的回顾,倍感亲切。如今已是六十多岁的人了。抚今追昔,自当奋力前进也!

1991年:10月1日,看《开国大典》,异常兴奋。回忆四十二年前的今天,自己还是个二十四岁的青年,刚刚考入北师大,真可谓风华正茂,雄心勃勃。如今已进入晚境,今后当把全部精力用于所从事的民间文学事业,方不辜负党和人民的期望。虽然即将离开工作岗位,事业是不能休息的,直到最终天年。此所谓大节者也。

1994年:10月1日,下午与明文上曹门外市场购买鸡鱼、蔬菜,为明日全家国庆相聚做准备。祖国新生45个年头,已经走过漫长的光辉历史进程,比起45年前的今天在天安门参加国庆游行,已经发生了翻天覆地的巨大变化。四个现代化的社会主义中国已雄立于世界民族之林。45年前,我还是25岁的青年学子,如今已到古稀之年。抚今追昔,感慨万端。全家济济一堂,诸子均已成家立业,在自己的岗位上为国效力。我也自当在有生之年为祖国的文化教育事业竭诚尽智,贡献绵薄之力。晚上,看北京天安门国庆联欢实况转播、烟火,及会场壮丽场面,为新中国成立以来所首见。国力、民心、前景,令人振奋!

1999年:10月5日下午,天阴光暗,不宜阅读。看电影《开国大典》。回想50年前参加开国大典的情景,如在目前。当年我才25岁。如今韶光易逝,转瞬已是75岁的老人了。一生大半已过。中国人民已扬眉吐气,国力强,人民幸福,国威震世界,不禁心潮起伏。半个世纪已过,自己也光荣地加入中国共产党7年多了。近20年虽在党的领导下,做了一些事情,但距离党的要求仍相差甚远。今后,应更加勤奋自励,在晚年做更多的工作。把分内的科学研究搞好,并在培养人才方面倾尽绵薄之力,方不辜负一个共产党员的称号。鞠躬尽瘁,力求有所贡献,于愿足矣!

二、影视剧

张先生喜欢看影视剧,不是一般的爱好,而是非常喜欢,从日记的记述来看,看电影、电视几乎是他每日必修的"功课",似乎也是唯一的娱乐方式。如果仅从此而言,张先生似乎是一个非常"无趣"的人,但事实绝非如此。张先生擅吹笛、箫,而且还熟悉一些少林拳法、套路,如"通背拳"和"少林棍法",可谓文武双全、多才多艺。或许是学术工作的繁忙和家庭负担的沉重,使他很少有多余的精力再去从事那些"无关痛痒"的技艺,而是借助对影视剧的欣赏自我调节、娱乐。但影视剧对张先生而言,又不是单纯的娱乐项目,从他的日记记述来看,也是他评论时事、抒发情怀的重要方式。

张先生所看的影视剧目可谓"品类繁多",并不刻意拣选,应该是随电视台的节目安排,基本上是电视台放什么就看什么,而尤以电视连续剧为多。以 1987 所看的电视节目为例,日记提及的有《陈妙常》《蛙女》《元宵节演唱集锦》《沧海一粟》《搭错车》《婚姻变奏曲》《走在石阶上的女人》《芙蓉镇》《艰难的采访》《明天会有太阳》《东方卧龙》《倒霉大叔的婚事》《主人与公仆》《小巷名流》《静静的大渡河》和《郑州新闻》等,可谓五花八门。这些节目从内容上看,既有写爱情婚姻的,也有写社会时事的;从体裁形式上看,既有电视戏剧、综艺节目、歌舞音乐剧,也有普通的影视片,此外,还有新闻、纪录片之类。其实在其他年度,比如到了 20 世纪 90 年代,这时间他已经是六七十岁的老人了,但对一些武打、武侠电视剧,张先生也非常热衷,比如当时热播的电视剧《马永贞》《天龙八部》和《射雕英雄传》之类,张先生也是"穷追不舍"。从此来看,张先生当时的心态还是非常"年轻"、乐于接受"新事物"的。

  张先生在日记常常会记述一些看电视的感受,这些感受,有些从个人学术生活、思想文化动向的方面展开,有些则是表达对社会时政和其他各类现象的看法,其中包含着一种积极向上的奋斗精神。例如,在看过电视剧《沧海一粟》第 4 到第 6 集后,他在日记中写道:"这是一部相当生动感人和具有深刻思想教育价值的片子,画家刘海粟满怀一腔爱国热情和对艺术忘我地不停顿地追求,虽历尽千辛万苦,却得到了艺术上的高超成就。这是对人生的重大启发。一个立志献身科学事业的人,不如此是不可能的。"①又如看过《元宵节演唱集锦》后他说,这个节目"可谓集近年来戏曲界新秀的大成。真是百花争奇斗艳的喜人景象。今年从春节到今天,电视台播送的各种节目,集中体现了中华民族的艺术风格特色。一扫近年来文艺舞台充斥西方节目的形势,向民族化、大众化、科学化大大跨进一步。这明显反映了党中央坚决反对资产阶级自由化思潮的总形势下,文艺舞台的新的春光。这无形中也是一种有说服力的反击"②。而在看完电视剧《婚姻变奏曲(上中下)》后他则有感而发,对当时社会生活中存在的婚姻态度"不端正",视婚姻为儿戏的现象进行了批判,认为这种现象对"家庭和社会安定很不利,显系资产阶级自由化的意识的反映","一切以金钱的标尺以及所谓'个性追求'为中心。轻结、轻离,实在荒唐。婚姻问题如此下去,社会无宁日"③。

令人感叹的是,张先生以年近七旬的高龄,十分关注中国的奥运事业,1993年9月,北京申办奥运会,与悉尼竞争,由于时间差,结果要到凌晨3点左右才能出来,张先生几乎全程关注。他在日记中记述道:"晚上看'奥林匹克运动会申办专题节目',直到夜里凌晨1点,小憩之后,打开电视机正2:30,萨马兰奇宣布悉尼中标,相差只有2票。两年多的申办,结果令人惋惜。世界上的事,偶然性太巧了。从中央到地方,可谓全力以赴,我们的国际体育地位已经可以与发达国家抗衡,不相上下,这个进步实

---

① 引自张振犁《日记》,1987年2月21日。
② 引自张振犁《日记》,1987年2月13日。
③ 引自张振犁《日记》,1987年2月26日。

在令人喜悦。我们国力和国际地位正如日方升。真是党的领导的赫赫功业。泰然处之,对申办结果也就可以化消极为动力。"① 不仅如此,他还非常关心奥运会上中国运动员的表现,1992年的巴塞罗那奥运会上,他全程关注了中国运动员的表现,几乎对每一块儿金牌的获得都要提及,将中国运动员在赛场上失利的原因进行分析、评价,并与自己的学习工作相联系。比如他在7月31日的日记上写道:"今晨零时,林莉又获金牌。中国共获7枚金牌,创世界纪录,10枚银牌,4枚铜牌。奋勇拼搏,乘胜前进,奔向新目标。这是中国人的新时代的英概。今天杨文意获50米自由泳金牌,庄勇获银牌。中国获金牌8块,银牌12块,铜牌4块。女排再次失利,令人遗憾。败于荷兰,实在不可思议,恐怕要害在于与思想境界不景气有关。女排传统如被放弃,就要从冠军位子上滑下来,这是个极大教训。最近,我的拼搏精神、锐气有所削弱。一连串的荣誉、赞扬、获奖,正起着消极的作用。这一点必须警惕。身负党和国家重托,国家级科研项目研究工作,能否攻下这个堡垒,关系甚大。应尽量从理论上、资料上、方法上下功夫,从高、从严要求,踏实前进。"② 奥林匹克运动倡导一种不断进取、永不满足的奋斗精神,它与学术研究中所倡导的积极探索、创新,不断超越自我的精神是共通的。由于各种原因的影响,张先生学术生命的真正开启实际是在"文革"之后,以近于六旬的高龄重新出发,无论身体、精神上的压力都可想而知,或许是为了让自己更加坚韧地走下去,他经常

---

① 引自张振犁《日记》,1993年9月24日。
② 引自张振犁《日记》,1992年7月31日。

第一章 民俗学家的日常

会在日记中写下诸如上述这类自我激励的话语。面对日记中的上述话语,我常常会有种错觉,认为日记的主人应该是一位极具事业心、上进心的二三十岁的青年人。1988年元旦钟声敲响之际,张先生在日记中写下这样一段话:"深夜12:00元旦钟声响起,爆竹正争鸣,举国为龙年到来而欢欣鼓舞,乘风破万里浪前进。一年的工作取得很大成绩。但新的一年将有更艰巨的任务,等待去完成,追求!追求!前进!前进!"这实令我辈汗颜!

作为一个专注于科研的学者,张先生喜欢影视剧,无可非议,况且这还常常是他陪伴夫人的一种方式。因为除非他出差在外,几乎所有的荧幕电影都是他与夫人一同到电影院看的。即便如此,张先生对影视剧的偏爱,在他人看来还是有些"沉溺"了,这个"他人"是钟敬文先生。1984年7月10日到10月15日,张先生应钟先生的要求和河大中文系的委托,到北京国家图书馆、北京大学图书馆等单位查阅"中国近代民间文学资料",他白天奔波于北师大住所和图书馆之间,晚上常常到许钰、张紫晨和钟老家,或则给钟老汇报当天的工作,或则与朋友交流学术心得。但还有一个重要的目的,就是看看电视。此外,当时的北师大操场经常放电影,那也是张先生夜晚闲暇时分常常驻足的地方,他在日记中便记述了在那里观看电影《白发魔女》的感受。有一天,张先生查完资料以后,晚上到钟老家去汇报白天在北京大学图书馆查资料的情况,师生简单谈过工作以后,张先生便专心致志地看起了电视。钟老不愿意张先生如此"沉溺",便又拿出几种民国文献交给他,并暗示他晚上的时间不要过多地浪费在看电视上,张先生这时候似乎也突然意识到:自己花费于看电视的时间确定有点多了,并提醒自己要记住钟老的"暗示","这一点很重要"①。

然而,改变一种爱好的方式实在并不容易。1993年,这时候张先生已经正式退休在家,但工作依然繁忙,尤其他当时承担的国家社科项目尚未结项,颇为焦虑,但电视节目也实在精彩,让人欲罢不能,当时正在上演电视连续剧《唐明皇》以及第42届世界乒乓球锦标赛,很精彩,欲罢不能!张先生自觉浪费了很多时间,便"告诫"自己:"以后非有价值的电视节目,不再占用大量时间。力争晚上做部分科学研究的工作。"②然而究竟什么样的电视节目才是"有价值的",恐怕先生自己也说不清楚。张先生的退休生活,与在岗时一样,白天抓紧时间、集中精力,不放松一时一刻,晚上依然"沉迷"于自己喜爱的电视节目。事实表明,这并未影响他科研成果的不断产出。

三、健身与读书

张先生享年96岁,可谓高寿,在民俗学界,也是仅次于钟敬文先生的长寿学者。对于长寿,张先生有"秘诀":"立德立功长生术",这几字"真言"实际上是源于钟老的教诲。1999年,张先生收到大学同窗蔚家麟的信件,忆起风华正茂的大学时光,不禁感慨"人生之余年,固然要养生,更要养心。钟师言:'立德立功长生术',何等胸襟!"③。这一年,张先生已经75岁了,依然笔

---

① 引自张振犁《日记》,1984年8月24日。
② 引自张振犁《日记》,1993年5月24日。
③ 引自张振犁《日记》,1999年6月14日。

耕不辍,流连于"中原神话"的广阔园地,身体力行着钟老的"长生术"。不过,就健康长寿而言,持之以恒的学术探索精神固然重要,良好的日常生活习惯更是必不可少的。从60岁左右开始,张先生就开始了他30年左右的健身习惯,他的健身很简单,就是每天早起做操、练剑,除非确有不得已的情况。

张先生健身所练者,主要是八段锦、广播操和太极剑。每日的晨练时光让张先生的心情都是较为愉悦的,也让他每日的生活在欢快中开启,如他日记中连续多日的记述:

6月7日,晨间薄云淡淡掩朝阳。练太极剑、八段锦、广播操。

6月10日,晨间,红日悬东天,宠物闹院寓。练太极剑、八段锦、广播操。

6月11日,晨光美好,练太极剑、八段锦、广播操。

6月12日,晨间阵雨,练剑暂停。

6月13日,早上浮云蔽日,轻风微拂。练太极剑、八段锦、广播操。

6月14日,晨风微拂,朝日浮云。练太极剑、八段锦、广播操。

……

这是1998年6月张先生日记中对晨练的部分记述。晨练让张先生身体康健,在他的晚年时光,除了因白内障而视力稍显不佳之外,他少有严重疾病,这就保证了他的精力,大大延长他的学术生命力。从日记记述来看,2007年前后,张先生每天工作的时间还在6小时左右,这是难能可贵的。2010年张先生还在给文学院的民俗学研究生讲授"中原神话研究"的课程,虽然这个时候,他的听力已经不大好了,说话的语速也较慢些,但思维还是较为清楚、明白的,而这个时候张先生已经是86岁高龄了。

身体康健也保证了张先生作为一位学人的读书生活,尤其是退休以后,让他能够自由自在地沉浸于钟爱的包括"中原神话"在内的民间文学的故事世界中,享受读书的快乐,并借助各类报刊、书籍了解学界动态。在张先生所读之书中,首先是各类专业书籍,即与神话和中原文化相关的一些书籍,这类书就太多了,无须列举。不过他对一些专业书籍的评论,倒值得一提,且勿论这类评价的"是"与"非",即便是作为一种学术的史料,也是有其价值的。比如英国人类学家泰勒的《原始文化》,这本书是译者连树声先生赠予张先生的,张先生收到后很快就开始读它。因为该书的不少内容与他所关注的"中原古典神话"的话题颇多可以"沟通"的内容,所以他在阅读中也"感慨"良多,比如他在日记中说:"上午读《原始文化》,发现在120年以前,泰勒已经谈到反映中国天地分离观念的盘古神话的价值,仅仅可能与太平洋波利尼西亚同类神话思维近似,却压根儿没提印度大梵天的问题。另外,他还提到中国哲学思维阴、阳二元素的重要特征。这是对我目前研究的重要启示和印证,也有力地驳斥了'中国文化西来说'。这实在是重要发现。可见钟师的'寡欲嗜读'的学风之受用无穷也。"[①]对书中的一些"精彩"或富有价

---

① 引自张振犁《日记》,1993年5月16日。

值的论述,张先生还会在日记中摘抄下来。张先生对这本书有着极高的评价:"英国学者泰勒的《原始文化》这部经典名著全部读完,其中许多精辟论述,大开眼界,许多似是而非的学术界的争议,得到澄清。受惠匪浅。像这样的文化巨著,应经常披览,方可明心不惑。"①但张先生并不迷信国外神话学者的著述,比如他对美国学者雷·范·弗奥编的《太阳之歌——世界各地创世神话》中的一些观点就不完全赞同,他认为书中关于中印神话(宇宙神话)比较的观点及对盘古神话的来源问题的讨论就不准确、全面,原因在于:

"1. 不了解中国神话遗存。2. 把人为宗教与原始神话改造的关系看颠倒了。3. 对有人认为中国无宇宙起源神话感到奇怪,但又无力回答这个问题,但是他认为中印开辟创世神话不容俱为一谈。远东中、日自有本民族的宇宙起源神话的思维特点,都涉及把混沌化为秩序,都表明需要从原始的混沌中来构造世界。这是和印度不同的。4. 他断言中国盘古神话出自道教,大可商议。当然,更不是出自印度梵天神话的生物。总的看,这些意见,对研究中国宇宙起源神话是有启发性的,很有意义。他的观点与朱熹遥相印证,也是学术界一趣事。"②

此外,张先生对当代青年学者的著述实际上也是不吝批评的,比如对何新《诸神的起源——中国远古神话和历史》一书的某些观点也提出了不同看法。他读完该书前言、序文和有关"大

---

① 引自张振犁《日记》,1993 年 11 月 1 日。
② 引自张振犁《日记》,1993 年 5 月 5 日。

禹和女娲""后羿射日与历法改革""伏羲即黄帝"等章节的论述后,认为:

> 此书是以符号学理论为出发点,以训诂学、文字学为手段探讨我国远古神话的深层结构的著作。所提问很值得思考。但问题也确实如牛毛,很难做出科学判断。知识虽丰富,但论断却漏洞不少。真要像书中所论那样,势必出现很大混乱:1. 中国没有自己的盘古开辟神话,实为晚清文化西来说的老调重弹。伏羲、黄帝不分,嫦娥、女娲、西王母不分。整个中国神话系统全被打乱。最后,得出的结论是,中国只有太阳神话,其他全被湮没。而以"十""卍"字符号为支柱的中国神话又都来自国外,中国的神话一无所有。方法倒是新的,而造成的结果很难想象将是什么样子!目前论评其是非,为时尚早,但有一点,这种对以往以社会现实为基点的多层次、多学科的研究,特别是对科学考察的重大意义,将全被依靠文字学的方法所否定,这个闯劲,勇则勇矣,能否使人信服,让实践去检验吧!把神话的起源搞得如此神秘,符号学方法论的功能,可见一斑!等将全书读完后,可在教学组讨论一次。活跃学术空气,以推动研究工作。①

在这段评述中张先生一方面肯定了符号学理论及其研究方法的开创价值,但又对将之运用到中国神话所得出的观点持一种谨慎态度,认为尚需实践的检验。这种对新的,尤其是基于西

---

① 引自张振犁《日记》,1986年11月23日。

方学术理论基础上研究方法的谨慎态度,也表现在其他相关研究的评论中,如叶舒宪的《中国神话哲学》,在读完其中第4章"道的原型"部分内容后,他评述道:

> 有许多受希腊隐喻派观点、原型说支配的牵强说法,值得思考。似乎研究神话必须抛开马克思主义的联系社会生活、生产实际,只用抽象的"道"去解释神话一个视角。别无他途。这是个值得深思的问题。结果,可以大反传统研究理论,可以不考虑民族的特点,可以任意把夸父说成女神,把鲧谈作女性等等。似乎只要用"道"的哲学思维,阴、阳、水等太阳循环的运动理论,就可以框住所有神话。实在有点绝对化。所谓跨文化学说、中国文化西来说都是一类问题。似乎世界各民族神话,只要向这个框架里一塞,就可万事大吉。这与把一切神话统统用生殖崇拜理论套起来,就可无须再研究一样,大有可商量的余地。外国理论加文献,就是其方法论的基础。大量神话口录遗存,皆可弃置不顾。即使国外的许多接近社会学派的、功能学派的观点,皆可一笔抹杀。这个学术苗头,值得注意。①

叶舒宪先生的《中国神话哲学》一书的不少论述确实十分精彩,很有启发性;但张先生这里的批评也并非没有道理。

除了与专业相关的书籍之外,张先生还十分关注当时文艺界的情况,这突出表现在他对《文艺报》的阅读上。据家人介绍,张先生长期、连续订阅《文艺报》,从20世纪80年代初至

---

① 引自张振犁《日记》,1992年11月19日。

2010年以后的某个年份，长达30余年，每日阅读《文艺报》，了解文艺界、文化界的动态、信息，已经是他日常读书生活中不可或缺的一部分。在张先生的日记中，对他阅读过的《文艺报》中的许多文章都有记述，有些还会写出大段的阅读感受。大体而言，张先生所关注的主要是文艺研究界的研究趋势和学风的问题，当然更多的是一种即时感受的发抒。比如，在20世纪八九十年代，不少作家、学者热衷于介绍、引入各种西方的理论、方法，却不大顾忌中国文艺的实际问题，当时的《文艺报》也会刊登相关的批评文章，对这类文章，张先生有较多的关注，比如1983年读《文艺报》刊登的骆文、俞林、康濯等同志学习《邓小平文选》的文章，以及唐弢、王瑶、冯牧等同志关于现代文学史讨论的文章，张先生便提出，这些文章很有启发，"很能引起思考一些问题。不能一看见外文著作就肃然起敬，认为外国什么都比中国好。不能妄自菲薄，缺乏民族自尊心、自信心。当然也不能总是闭关锁国，看不见外国人的长处。不能用教条主义对待研究工作，也不能无视自由化的倾向。既不能清一色看待学术界的理论研究，一见不同的流派、思潮出现便惊慌失措，也不能熟视无睹"①。1993年，在读了《文艺报》上《纸贵洛阳的另一面》后，他在日记中写下了如下的感受：

> 该文所尖锐批评的当今学风之浮泛、轻疏、草率，言不多，却可击中要害。比如连篇累牍的空话，长篇大论的敷衍，口若悬河的胡侃神吹；所谓"下笔千言，离题万里"；更

---

① 引自张振犁《日记》，1983年9月20日。

有甚者,一些标榜"快手"的人,"造字"的速度实在惊人,有的实在可以进入《吉尼斯世界纪录大全》的,手头就有这样的例子。有人几年工夫就主编出"等身"甚至"超身"的一大本一大本的字典词典工具书来,即令当今信息时代的俗人也惊得目瞪口呆,而其差错程度无法容忍。有名的主编工具书者,也错误百出,令人甚寒。出书的门槛越来越低,一年出书八万种,不知有几种是不折不扣的真货!左思构思十年成文千字《三都赋》,能有几人!但却"纸贵洛阳",效应轰动。当今之世,为文著书者当三思之。不然,定贻害后人,亦害自己。①

值得注意的是,张先生的读报感受中,要往往贯穿一种明确的"意识形态"的自觉性,比如他在读完乔康钟的《一个未圆的梦——关于〈新美学〉改写本第三卷》一文后,有感而发,写下了如下一段话:

(该文)详细记述著名美学家蔡仪同志为写《新美学》而辛勤工作的事迹,从抗战时期至今,整整半个世纪,临终前还未完成第三卷修改本,可谓呕尽毕生心血,为我国马克思主义美学体系的建立做出了卓越的贡献。看看他日记中所记的工作环境并不太好。他说:"现在写真困难,老是房子少,家中不安静,就是最大原因。我现在只有忍耐。"可见他晚年生活并不称心。然而,作为一个无产阶级战士的共产党员,仍把参加意识形态里的斗争,放在首位。这是高尚

---

① 引自张振犁《日记》,1993年5月13日。

的风格。因此,对他最后完成大著,也起了一定的作用。他毕竟是一个共产党员。想到我自己,最近家中事情不太顺心,加上爱人多病、扭伤,可谓不平静了。然而,决不能为此忘记肩上的任务。一定要学习蔡仪同志生命不息、战斗不止的精神,把工作搞好。不能在思想和行动上忘记自己是一个党员!①

这充分展现了张先生作为一个共产党员的立场的坚定性。

第四节　成为一名共产党员

1953 年,张先生在北京师范大学读书期间,第一次提交了入党申请书。从此,"成为一名共产党员"便成了张先生半生的志向,直到 1992 年 4 月 20 日成为一名"预备党员",一年后成为一名"正式党员",实现了政治理想。在这一过程中,"成为一名党员"的信念和努力的行动已经成为张先生日常生活的一部分,他坚持理论学习,以党员的"准则"要求自己。

一、1982 年:提交入党申请书

张先生 1953 年在北京师范大学读书时间的入党申请书,今天已经难觅其踪,我们也无法了解其时张先生所写入党申请书内容。但是 1982 年,张先生又向当时的河南大学(时称河南师范大学)中文系党组织提交了一份入党申请书,相关的内容在

---

① 引自张振犁《日记》,1992 年 7 月 25 日。

张先生的日记中有所记述：

> 今天集中力量将入党申请书写出来,回顾了几十年来对党的认识的发展情况,及逐步提高的过程。把自己的入党动机如实向党组织做了汇报。这是多年来的心愿。即使今天不具备入党的条件,也要把献身伟大的共产主义事业作为自己奋斗的崇高目标。我要用行动把一颗心交给党。今后要主动争取党的教育,接受党的长期考验,为了党的事业,鞠躬尽瘁,死而后已。①

张先生这里所写并非"套词",而是发自内心的真诚表态。因为这份入党申请书的撰写并非一时一地心血来潮,而是长时间深思熟虑的慎重结果,是从1981年7月1日以来张先生一直在酝酿的"一件大事"②。上午把入党申请书写完,并工工整整地誊抄后,张先生找到了支部书记张永江同志,郑重地交给了他。张永江同志也向张先生提出要求："今后,无论在什么场合,都要坚决克服政治上的自卑感,要理直气壮地工作、发言、发表意见。"他还向张先生透露,最近组织上也在考虑、讨论张先生和另一位同志的入党问题。

这是新时期以来,张先生第一次向党组织递交入党申请书,党组织也正式接受了他的入党申请书。看似简单的一件事情,对张先生却是有着十分重大意义的,正是由此开始,1982年的张先生有了人生和政治生命中的多个第一次,让他的内心充满了感激和期待。首先是党组织"第一次"与张先生正式谈话,交

---

① 引自张振犁《日记》,1982年3月1日。
② 引自张振犁《日记》,1982年3月1日。

流他的入党问题,这次谈话是后来的河南大学校长、当时的中文系副主任王文金代表组织与张先生谈的。在这次谈话中,张先生对自己以往30多年来的学习、工作情况做了回顾、总结,也做了客观的评价,并表达了入党的强烈愿望。王文金告诉张先生,历史问题不会成为妨碍他入党的因素,让他今后要更大胆地工作,多和同志们交流、谈心,对于以往受冲击的问题,要顾大局,向前看,不要计较过去的个人恩怨,这是事业的需要。王文金所说的"受冲击的问题""历史问题"或许指的是张先生曾经在"文革"中被打为"右派"、被关进"牛棚"一事,这时尚未得到"平反"。所以这次"正式"谈话在张先生看来应该是有着重要的象征意义的,他在日记中写下下面这段话:"这是30年来,组织上第一次从入党问题上的正式谈话,内心十分激动。今后唯有用行动来实践自己的诺言,为党工作到复出之年的最后一分钟。"[①]其次,是张先生"第一次"参加党内召开的会议,那是1982年7月1日前夕,学校党委召开表彰先进党支部和优秀共产党员的大会,张先生作为"群众"代表,很荣幸参加了这次会议,他说:"这是第一次参加党内召开的会议,内心十分激动。我虽然还不是党员,但作为终生奋斗的理想——加入党组织,这一次大会,给自己树立了榜样。今后当抓紧时间,学习党章和党员条例,加快对党的认识,提高思想觉悟。"[②]再次,第3个"第一次"是张先生参加了中文系党总支组织召开的党内同志学习十二大文件的动员报告会,他说:"这是我第一次参加党内组织的学习

---

① 引自张振犁《日记》,1982年5月15日。
② 引自张振犁《日记》,1982年6月21日。

报告会,内心十分激动。当以忘我精神,踏踏实实把工作搞好。"①最后,是第4个"第一次",支部书记张永江同志邀请他参与支部组织的"党章学习小组",在张先生心目中,《中国共产党章程》的学习是一件十分严肃、重要的事情,自己作为非党员被邀请参与进来,是党对自己的培养教育,在以后的工作学习中,更应该"坚定不移地下决心投入党组织的怀抱,从世界观上来个根本改造,树立起为共产主义事业奋斗终生的信念"②。

这样接二连三的"第一次",让张先生感到与党组织从未有过的"近距离"与"亲近感",内心激动不已,1982年的9月30日,他再次写入党申请书,递交党组织,表达自己对党的热切和积极追求进步的决心。这种与党组织从未有过的"近距离"和入党的期待,让张先生觉得"1982年"是"自己自建国32年来最有意义的时期",并且表示在今后,"一定把这个政治上的愿望和热情化作前进的动力"③。然而,"好事"总是"多磨","成为一名党员"对张先生而言虽然是一个美好的愿望,但党组织也有自己要坚持的原则和党员发展的程序。

二、1985年:任访秋先生入党及其他

1982年的多个"第一次"让张先生兴奋不已,他深深地感受到自己与党的"亲近",并更加坚定地树立了为党工作的决心,所以当这一年的11月份,他的《河南民间故事集》(增订本)样

---

① 引自张振犁《日记》,1982年9月27日。
② 引自张振犁《日记》,1982年10月11日。
③ 引自张振犁《日记》,1982年9月30日。

书出来时,他一方面充满喜悦之情,一方面又将这一成果的产出归结于党的领导和大力支持:

> 当手里第一次拿到样书的时候,像从医院里抱回出生的婴儿一样,心中又兴奋,又甜蜜,为她的问世而激动不已!中原劳动人民的口头文学故事,首次这样大规模地结集,其间凝聚着多少人的智慧和心血啊!自己多年从事这方面的工作,也未免有点稚气地感到荣幸和愉快。这一切,没有党的正确领导和大力支持,是不可能出现的。通过科学实践,党的事业紧紧地把自己和党联系在一起了。今生今世,能献身党的共产主义事业,比什么都重要。这是第一义的。审视样书至深夜十二时半,感奋之至!①

其实,也确实如此,这本书并不是正式出版物,而是"内部资料",若非学校和系里的支持,是不可能问世的。

当一种愿望转变为一种"信仰"时,相应的行动就会是一种"自觉"的行动,甚至"日用而不知"的日常生活行为,张先生就是这样。在1982年以后的时间里,在党组织允许的情况下,张先生积极地参与中文系党总支或教研室所在党支部的理论学习活动,如听"党课"。在1983年的元月10日,他听了当时学校党委书记韩靖奇所讲的"共产党员要坚定共产主义信念"的专题党课,并且在日记中记下了自己的感受:第一,要克服个人主义思想,全心为人民服务,反对"私"字,树立"公"字;第二,要认真学习、体会马列主义、毛泽东思想;第三,要正确看待共产主义前

---

① 引自张振犁《日记》,1982年11月8日。

途中出现的曲折。① 又如在工作中张先生自觉地以党员标准要求自己,这一年张先生承担着修订《中国大百科全书》"民间文学"词条的任务,他在日记中提醒自己:"这是一项十分光荣而有意义的工作。党和人民的重托,当以拼搏精神去完成此项任务……要用党员的标准来严格要求自己。这样,力量就永远也用不完。就会对工作充满信心,具有克服重重困难前进的坚强毅力。绕着困难,舒舒服服过日子的人,在科学的道路上就很难有所成就。这是一条真理……必须小心谨慎,兢兢业业,踏踏实实工作下去。沿着共产主义知识分子的前进道路走下去!"②诸如这类话语在张先生的日记记述中往往可见。然而,组织的考察是严格的,更是全面的。

1983年3月份,组织上委派杜运通和王文金同志向张先生反馈教研室党支部对张先生入党的意见,党支部从政治立场、思想观点、教学科研等方面对张先生作了评价,张先生在日记中归纳要点如下:

今天王文金、杜运通同志代表教研室党支部传达支部会议对我的评价意见,1.粉碎"四人帮"后心情舒畅,拥护党中央三中全会以来的方针政策,在政治上有解放感。在对待重大政治问题上立场坚定,观点鲜明,进步比较大。2.在六十年代以后,虽然受"左"的思想压抑,"文化大革命"中受迫害,但对党始终信赖。从思想上是抵制"左"的

---

① 引自张振犁《日记》,1983年1月10日。
② 引自张振犁《日记》,1983年1月23日。

做法的。1979年以后,明显表示对党的热爱。3.工作中干劲大,全力以赴,教学、科研成绩突出。在中文系开设民间文学课带有开创性,培养了不少热爱民间文学的同学,做出了贡献。1982年政治、业务进步比较大。对同学要求严格,同学学习成绩进步大。今后在重大问题上要经常向党支部负责同志汇报思想,提建议;为积极开创新局面做贡献,提高思想觉悟;对"左"倾思想干扰时期说过错话、办过错事的老同志,要向前看,不要计较个人恩怨,要顾大局。争取同志们帮助,创造条件,实现加入党组织的愿望。①

  两位老师虽然没有明说,但从这里的记述也可以感到,虽然张先生近几年的工作很有成绩,但是在思想上和对待其他同事方面尤其对那些"说过错话、办过错事的老同志"的态度,还有待改进,需要进一步提高思想上的认识。这是组织经过一年的考察之后,对张先生入党的意见。显然,张先生入党的问题被组织暂时"搁置"了。然而,张先生并没有放弃,他一如既往地以一个党员的标准要求自己,兢兢业业,努力科研,搞好教学。同时,他听从组织要求,在各种事务上,积极与领导同志和党总支、党支部的负责同志沟通、汇报思想。

  转眼之间,时间已至1985年,距离张先生提交入党申请书已经过去两年。为表达入党的坚定意志,张先生在这一年的7月份,再次向组织递交了入党申请书,并向负责同志畅谈了对党的认识和对当前工作的想法,明确表态:入党是为了更好地工

---

① 引自张振犁《日记》,1983年3月19日。

作,为实现共产主义理想而献身。而在该年,更加坚定张先生"成为一名党员"的理想信念,鼓舞他坚定信仰的一件事发生了。9月份,76岁高龄、德高望重的任访秋先生成了一名党员。当得知这一消息时,张先生倍感振奋:"这是一个振奋人心的喜事。年近80岁高龄的任先生入党,是党的知识分子政策落实的重要体现。对其他同志的要求进步,将起很大带动作用,我也多年追随党组织。只要努力工作,振奋精神,总有一天要实现参加党组织的宏愿。"①

张先生坚信,只要坚定信仰,努力工作,他一定能够成为一名共产党员。

三、1992年:成为一名预备党员

从1982向党组织递交入党申请书一直到1992年,10年时间,张先生一直在努力工作、争取入党的"路上",他的坚持和毅力是有目共睹的。大约1991年底1992年初,中文系党总支决议批准了张先生"入党",但尚未正式通知他本人,这时,一位"知情"的党员同志私下告诉他:"你的入党问题已批准了,向你祝贺!几十年的愿望终于实现了。要是别人早灰心了。你却一直不动摇信念,真不容易。"这个消息让张先生激动不已,他说:"这真是半生来朝思暮想所等待、盼望的大喜事,应该说我的政治生命真正从今天才开始。我等候着组织上的正式通知和办理入党手续。"②是啊,这是半生的争取与等待。

---

① 引自张振犁《日记》,1985年9月14日。
② 引自张振犁《日记》,1992年1月2日。

争取入党的过程,是一个等待的过程,但也是一个坚持学习的过程。从1982年到1992年间,张先生一直在坚持做两件事:一是在学术研究的过程中坚持党的理论学习;二是积极向党组织靠拢,主动与党支部的负责同志谈心、谈话,及时汇报思想动态。即便是1989年社会形势紧张的情形下,他依然忠诚不改,依然"一往情深"。终于,经过多年的考察,1991年8月26日,时任中文系党总支书记苏文魁通知张先生:从8月27日—30日参加"党员发展对象培训班"。

张先生兴奋不已,他说这是他"开始新的政治生活,迈开新的前进的脚步的起点"①。在这次培训班上,张先生听取了诸如《共产党的最终奋斗目标和社会主义时期初级阶段任务》《中国共产党的宗旨》《继承和发扬革命传统》和《党的组织建设问题》等讲座、报告,他倍感亲切、振奋,并用3天时间完成《学习班小结》汇报材料,提交给了党总支负责同志。这个汇报材料他写得很认真,打"草稿"和修订用了近两天的时间,誊抄又用了一整天的时间,他觉得应该认真、慎重,不能出现任何错误,他在日记中说:"由于草稿写得匆忙,腾清时,要字斟句酌,得边抄边改,进度较慢,一直抄了1天。因为这是严肃的事,必须认真对待,既然党委直接指名我的'小结',就更要慎重,做到一丝不苟,才能不出差错。"②进入1992年,张先生入党的"程序"明显"加快了",1月14日,支部同志通知他补充入党材料,主要是"文革"时期工作情况的文字材料;4月11日,支部同志把入党志愿书

---

① 引自张振犁《日记》,1991年8月26日。
② 引自张振犁《日记》,1991年9月2日。

交给他,让他要填好后交给党支部,他在日记中记述道:"我认为入党本身不是目的,重要的在于做一个对人民有益的共产党人,把毕生精力贡献给人类壮丽的共产主义事业。如此而已,岂有他哉!归来见耀钦同志,他约我于下周一前将入党志愿书填好交给支部,以便讨论。今天是我一生中最有意义的一天。"[①]4月20日,张先生参加了所在党支部大会,支部大会决议:接收张振犁为预备党员。他在这一天的日记中说:"今天实现了我几十年要求参加共产党的夙愿,这是我一生中的第一件大事。入党本身不是目的,而是为了真正做一个对革命事业、对人民有益的人,做一个真正的共产党人。党对我的教育、关怀,终生难忘。今后唯有用行动实践今天的入党志愿誓言。生命不息,战斗不止。今天是我最幸福的参加共产党的光辉的日子,它标志着我的新的政治生命的开始。"[②]6月18日,支部正式通知张先生,上级党组织已经批准他为中国共产党预备党员,预备期从4月20日起。张先生"成为一名党员"的愿望终于实现了!他又一次在日记中表达了内心的感动:"这是我一生正式参加中国共产党这一伟大政党最可纪念的、难忘的日子。我半生近70年的人生历程,今天才算寻找到了正确的人生道路。它是我的一生的转折点,并将铭记在我的历史上。它将督促我以一个共产党员的身份严格要求自己,接受党和群众的监督,为党的事业奋斗终生!"

然而,正像张先生自己所说的那样,入党本身不是目的,而

[①] 引自张振犁《日记》,1992年4月11日。
[②] 引自张振犁《日记》,1992年4月20日。

是为了更好地工作,对自己更高的要求,为党和人民做出更多更大的贡献,张先生也是这样做的。

四、1993年及以后:作为一名党员

颇有趣味的是,张先生入党后很快也就正式退休了。1993年4月份,张先生入党已满1年,他向党支部提交了"转正申请",支部大会同意他的转正申请,并上报学校党委。然而令人遗憾,就在张先生收到学校党委通知同意他"转正"的支部大会上,他也同时收到了另外一项通知,下半年,他将不再被学校返聘,正式离岗退休。其实,大约5日前,教研室的杜运通同志已经通知他下学期不再被学校返聘的消息。1993年7月1日是庆祝中国共产党建党72周年的日子,张先生所在的现当代文学教研室召开学期工作总结会,同时欢送张先生离岗。张先生在日记中记下了他人生这一"转折"时刻:

> 下午教研室总结学期工作。最后,欢送我离岗。同志们情深意切,对我的赞词,应清醒对待。在岗还是下岗,事业的发展不存在这个问题。入党本身不是目的,而是为了实现党的事业而献身,把共产主义理想的实现作为终生奋斗目标,并希望今后的民间文化事业在河大发扬光大。①

在张先生看来,在岗还是退休,差别不大,因为"事业"还是要接着干的,张先生表现出一种"雄关漫道真如铁,而今迈步从头越"的豪情,他说:"这是我一生中重要跨越阶段:正式转为中

---

① 引自张振犁《日记》,1993年7月1日。

共党员之日,也是我离岗之时。未来任重道远,正扬鞭奋蹄之机遇。"①

退休后的张先生在学术研究上丝毫没有放松,他很快完成了所承担的国家项目,并制订了庞大的"中原神话"的研究计划,并最终推出了近200万字的《中原神话通鉴》。尤其值得注意的是,退休后的张先生依然严格要求自己。首先,他坚持党的理论学习。退休之后,张先生专门订阅两份党刊:一份《求是》,一份《党的生活》,供理论学习之用,在他的退休日记中,我们经常可以看到对其中相关文章的学习,如1995年日记中的相关记述:

> 1月2日,下午休息后,学习《求是》上龚育之《新的伟大革命和党的建设的新的伟大工程》专论。这是学习党的十四届四中全会决定的重点文章。令人心胸开阔,对当前国家和党的重大任务,有了清楚的认识。晚上开始学习《求是》上景天德《社会科学走向现代化的理论思考》,这是一篇重要社科导向的论文,应认真学习并贯彻执行之。
>
> 3月7日,上午学习《求是》上邹家华《将国有企业改革进一步引向深入》一文,谢非《抓落实的关键在第一把手》及《努力推出无愧于伟大时代的文化精品——对实施"五个一工程的几点体会"》等文章。下午学习《求是》上储波《把握科学理论体系》、白长贵《尊重辩证法照辩证法办事》(学习《邓选》1-3卷体会)。对如何认识我国的革命历史

---

① 引自张振犁《日记》,1993年6月24日。

和当前的形势和问题,也有方法论问题。

3月8日,上午学习《党的生活》中《抓好两头 加强党的基层组织建设》(评论员文章)、朱照肃《切实加强和改进农村党支部建设》、张文彬《贯彻〈决定〉精神 加强党的思想建设工作》;下午学习邹徽来等《党的建设是新时期的伟大工程》以及《贪贿夫妇现形记》(案例)。

这种自觉的理论学习精神是难得的。

其次,张先生在退休后还担任退休教职工一个党小组的组长,这并不是一个轻松的工作,因为退休的老先生们因为身体不好或其他种种原因,要组织开展活动十分不易,但张先生却搞得有声有色。他经常会把"老伙计们"组织到一起,有时候学习、重温《中国共产党章程》;有时相互读读报纸,聊聊时事;有时学习党中央的各类文件精神,等等。虽然每次学习的内容都不多,但对于老先生们而言,这已经难得了。2002年5月,张先生还被推举为"河南大学优秀共产党员",7月,学校给他送来优秀党员"荣誉证书"和一件纪念品——一台新式电话机。张先生在日记中谦虚地表达了自己的"感恩"之情:

感谢党的栽培、教育。入党十年了,为党做工作,微乎其微。受此荣誉,十分惭愧。今后唯有努力工作,以报党恩。①

---

① 引自张振犁《日记》,2002年7月4日。

第五节 中国民间文艺"终身成就奖"

张先生在中国民俗学、民间文学领域 60 余年的辛勤耕耘，他的学术贡献——尤其在中原神话的发掘、整理和研究方面的成绩，他对中国民俗学、民间文学人才的培养——尤其对中原民俗学、民间文学学术群体的培养，他勤恳踏实、朴拙求真的治学品格，尊敬师长、提携后辈的学人风范，赢得了学术界的广泛认可。2007 年 11 月 30 日晚，在苏州举办的第 8 届中国民间文艺山花奖颁奖典礼上，张先生获得了中国民间文艺山花奖"终身成就奖"，这是自 1999 年首届"山花奖"创办以来的第二次颁发，与张先生一起获得该奖项的还有 3 位学者：贾芝、居素甫·玛玛依和冯元蔚。

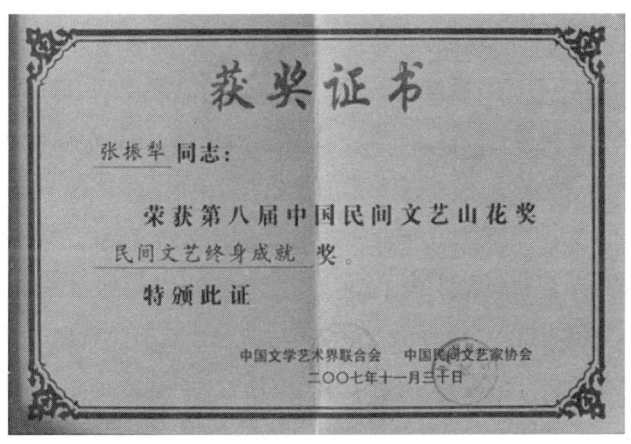

图 3 终身成就奖

大会给张先生的颁奖词写道："张振犁，1924 年生，中国民俗学学会顾问,河南省民协名誉主席,1977年至今30年来,致力于中原神话的发掘与研究,出版了《中原古典神话流变论考》等多部重要论著,对中国神话学的理论研究做出了重要贡献。"其实,在我看来,虽然这一评价突出了张先生学术的主要成绩和贡献,却远远不能概括他作为一位学者、教师的风范和影响。"学高为师,德高为范"。吴效群教授在《张振犁老师和他的中原神话研究——兼谈对中原神话研究的认识》一文中的叙述,或许更能表达我们对张先生学术贡献与学人品格的认识,他说:"张老师的中原神话调查在学术史上具有重要的意义。20世纪80年代,我们国家刚经历了'十年浩劫',民俗学科沉寂多年后逐渐恢复,但前进的道路并不明了。张老师的中原神话调查异军突起,受到学界的广泛关注。中原神话调查强化了民俗学田野调查的风气,对于中国民俗学的发展起到了重要的引领作用。2007年,张老师获得中国民间文艺山花奖'终身成就奖'。当时,民俗学界尚有数位声望和资历都在他之上的学者,但中国民间文艺家协会选择将这个巨大的荣誉授予他,除了中原神话调查本身意义重大外,更加看重的是他几十年如一日,任劳任怨、甘于寂寞,为民族文化事业的进步、民间文艺学学科的发展默默奉献的精神和顽强拼搏的态度。"①

在获得了中国民间文艺山花奖"终身成就奖"后,张先生接受了记者云菲的采访,表达了获奖之后的一些感受,介绍了他从

---

① 吴效群:《张振犁老师和他的中原神话研究——兼谈对中原神话研究的认识》,"我在河大读中文",https://wxy.henu.edu.cn/info/1216/8583.htm,2020年7月6日。

事民间文学研究,尤其走进中原神话研究领域的学术思想与动力以及中原神话考察的经历和对未来民俗学、民间文学学科发展的看法与建议。现将此次访谈文章附录,以见张先生学术思想基本内容。

附录:

民间文艺迎来春天——访民间文学专家张振犁

著名民间文学专家张振犁凭借其在民间文艺学、民俗学等方面的高深造诣,以及在神话学理论研究领域做出的重要贡献,于近日获得了第八届中国民间文艺山花奖"终身成就奖"。为此,记者采访了这位已83岁高龄却仍然活跃在学术界的老人。

记者:早在首届中国民间文艺山花奖学术著作奖颁奖时,您的《中原古典神话流变论考》就获得了一等奖。此次您又获得了首次颁发的中国民间文艺山花奖"终身成就奖"。您与山花奖很有缘,这次获奖有什么感受?

张振犁:对我是一个鼓励,也让我有些惭愧,因为学术研究是没有止境的,我在民间文学研究方面打开了一些局面,取得了一些成绩,但还远远不够。虽然我年纪大了,但有些事情还是可以做的,我还会尽力于自己钟爱的民间文学事业。

记者:30多年来您一直致力于中原神话的发掘、研究、教学工作,退休以后也一直笔耕不辍,孜孜不倦地忙碌着,一路走来,您对中国民间文学的发展有着怎样的看法?

张振犁:过去民间文艺工作不被重视,百姓的文化不被承认,认为只有帝王将相才是文化的创造者。延安文艺座谈会后局面才开始有所改观,改革开放以后就更不一样了,特别是最近一段时期以来开展的中国民间文化遗产抢救工程,影响很大,这对于推动中国文化发展、振兴中华民族具有重要的意义。我和我的老师钟敬文先生的学术指导思想是要让劳动人民的文化创造在思想史上占有地位、得到承认,现在看来这些正在逐渐得到实现。我们迎来了民间文艺的春天和发展的黄金时代,我为之高兴。

记者:在研究中,您曾多次深入村寨田野考察,甚至还遇到过危险,听说现在您仍然亲自去考察。

张振犁:我研究中原神话30多年了,河南省差不多都跑遍了。民俗文化要搜集、要发掘,就要考察,这样才能获得第一手资料。现在我担任河南省非物质文化遗产抢救工程专家委员会名誉主任,参与民间文化遗产名录申报的工作,也要参加考察。最近我们在申报中国羲皇文化之乡,河南新密地区是伏羲文化的源头。如果不去考察我就不会知道这个情况。家乡很重要的民间文化遗产都没有全面掌握,就更不要说其他地区了。因此一定要考察,这对民间文学研究意义重大。

记者:您对民间文学今后的发展有何建议?

张振犁:我认为现在主要力量应集中在发掘民间文化遗产上,而且范围要宽一些。就拿中原文化研究来说,已经有30多年了,算是跑了一段路,做了些事情,但我们不是只有中原神话,门类还有很多,除已经被发掘、申报的民间文化遗产以外,有些还没被人们所关注。记得1986年郭丁香的口述录音被整理成书,突破了汉族没有民间长诗的空白,在全国学术界引起巨大震动。因此,就研究领域而言,只是针对某一方面不行,还要不断扩充。另外,现在全国各地举办的各种民间文艺活动丰富多彩,但还应该有意识地组织一些研究活动,不仅要搞调研,还要多开学术讨论会,深入的理论研究工作有待继续加强。有的人认为,我们将民间文化遗产发掘出来就算完事了,其实在如何让它产生影响,怎样使文化资源因为得到理论指导而发挥作用的问题上,我们的意识还比较薄弱。民间文学研究如果不和时代结合起来,是没有发展的。我在给研究生讲课、指导他们写论文时,就有意识地组织他们在这方面做些工作,引导他们进行探索。①

---

① 云菲:《民间文艺迎来春天——访民间文学专家张振犁》,中国民俗学网 https://www.chinafolklore.org/web/index.php%3FNewsID%3D6107,2007年12月25日。

第二章　民间文学的教学与学生培养

1982年3月13日,张先生在日记中记下当天给学生上课的情景:"讲'神话与神话学'专题。得心应手,心情舒畅。同学精神面貌也大不一样。特别是补入许多河南的新材料。很有意义。讲课如果没有新东西,便索然无味,千万避免当教书匠。"① 诸如此类记述,在张先生的日记中大量存在,其中透露着他基本的教学理念,即在教学中追求"新意",注重教学效果,避免成为教书匠。从他1955年北京师范大学中文系研究生班毕业到河南大学中文系任教,在长达40年的教学生涯中,这一理念始终贯穿于他的教学活动中。借助于"民间文学"的课程教学,张先生在大学生中培育了大量的民间文学爱好者,他们中的许多人在毕业后从事民间文学相关工作或学术研究,同时,也启迪、助益了张先生的中原神话研究,从而为中国神话学的研究开辟了新的路向。

第一节　"基础课"与"专题课"并举的课程设计

张先生在《情系中原神话》一文中,曾经提及他在河南大学

---

① 引自张振犁《日记》,1982年3月13日。

教学的情况，从1956到1958年，张先生讲授"人民口头创作"（即"民间文学概论"）课程。"大跃进"时代，由于"人民口头创作"课被取消，张先生改教了"新民歌"和"中国现代民间文学理论简史"课程。"文革"开始后，张先生受到批判，自然也不能再给学生开课。"文革"中后期，学校"复课"，张先生仍讲授"新民歌"。1977年河南大学恢复了"民间文学概论"课程，张先生担任这一课程的教学工作，直至1983年，程健君老师开始接手"民间文学概论"课程，张先生开设"中原神话研究"选修课程，直到1992年7月离岗、退休。"民间文学概论"与"中原神话研究"两门课程的开设不是随意的，也不是对其他课程的"模仿"或跟从，其中贯穿着张先生对民间文学教学、研究的深刻思考。

教学活动不是盲目的，而是贯穿着某种"理念"的，张先生对民间文学课程教学的思考可以从"一个报告"谈起。1982年中文系召开教师教学经验交流的座谈会，在这个会上，张先生做了《在讲授民间文学课中"如何解决基础课与专题研究的结合问题"》的报告，会上发言的情况不得而知，不过张先生在日记中写下了"发言提纲"，为了细致了解张先生民间文学教学的思想和理念，我们从这个报告谈起吧。

在这个报告中，张先生首先对"民间文学"的教学提出了三个观点。一是"概论课"与"专题课"要同时并举。"概论课"的目的是传授学生基础知识和基础理论，但也是一般性的理论与知识，对培养学生研究能力提升的帮助不大。"专题课"则不同，它是教师研究专长的体现，应该突出学校本学科、领域研究的特色和强项，旨在学生研究能力的提升和学科研究特色的传承,因此"民间文学"的教学也应该"两条腿走路",将基础课与专题研究结合起来。二是注重"民间文学"课程的"乡土性"。民间文学在本质上是一种区域性的文学形态,与地域文化密切关联,因此"民间文学"课程的开设、讲授应该充实乡土民间文学的内容。三是"民间文学"的讲授、学习和研究,都要注重"实践性",需要大量的"采风"活动。因此,在教学活动中如何组织学生参与社会"采风"是比较棘手的问题,这件事情头绪多,如何完成教学任务,需要认真对待。

其次,张先生根据河南大学中文系77级、78级、79级三个年级学生学习"民间文学"课程的情况,提出了一些值得重视的问题。如不少同学受传统的轻视民间文学的偏见影响比较深,不愿意或者不屑于在民间文学的学习上下功夫,这实际上是对这门学科的历史、现状和前景不甚了然造成的,无论学院还是任课老师都应该重视这一问题。如这三届同学中,部分同学的思想问题多,学习纪律比较差,甚至有极个别同学混日子,这给教学带来一定困难。又如这门课由必修课改为选修课后,有相当多的同学学习积极性、学习成效显著,但也有一部分同学不理解选修课开设的目的,学习态度有问题。

张先生结合自己教学的经验和体会,提出了有针对性的教学建议和措施。一是从世界史、中国史发展的角度对学科的地位和重要性进行阐释,尤其是他从社会主义国体和人民地位角度阐释研究这门学科的重要价值,引导同学树立正确的思想和学习态度。二是在教学内容安排上,既要注重基础理论和基本知识,从特定问题出发,基础教学与问题教学双管齐下,并在可能的情况下将"问题"教学向"专题"教学过渡;并以自己在教学中引入"中原古典神话流变初议"专题和取得的效果为例,进行阐述。三是要采用多种形式的教学,比如请曲艺团的演员到课堂授课,现场表演不同形式的民间文艺作品的形态特点,激发同学们学习兴趣。四是利用寒暑假的时间,以学生的家乡作为教学课堂的延伸,通过假期作业的形式,让学生参与到民间文学调查实践中。当然,在学生调查之前,也要对他们进行田野考察的培训。在这里张先生还提到,从77—79级3个年级同学的采风情况看,许多同学热情很高。有的带录音机,爬几十里山路,为故事能手录音,也有的同学在采风归来后,向系总支提出组织"采风"的建议,希望系总支重视这一问题,成立经常性的研究机构。张先生还提到,77—79级3个年级利用假期采风所得的各类体裁的民间文学作品有六七百件,已经编目存档,这为本科教学积累了大量珍贵的资料。五是重视学生的科研习作,张先生认为在教学活动中,要大力鼓励学生的科研活动,鼓励他们进行科研的训练。应该在学生中成立"民间文学研究组"之类的兴趣小组,带动学生的学术意识;要重视学生的科研习作,还要积极地从学生"习作"中"发现问题",从而促进自己的学术研究,他还提到有学生的作业被北京的专家看重,推荐到《民间文学论坛》上发表。

这篇"报告"基本上涵括了张先生民间文学教学的经验,也是他在此后推动和开展课程教学的基本理念。实践证明,这种理念对河南大学乃至河南省民间文学事业的发展起到了极大的推动作用。正如上述"发言提纲"所说,在张先生的心目中,民间文学教学的理想状态是两门课程：一门基础理论课"民间文学概论"，一门以"问题"或"研究领域"为主体内容的"专题课"。但这种设想一直没有办法实现，原因就在于缺少师资，他已经年近六十了，将两门课同时上好，他感到有些吃力。终于在1982年，1978级的毕业生程健君同学留校，并被系里指派跟随他从事民间文学的教学与研究，这是让他十分欣慰的事情。因为这位同学他是非常了解的，在校期间就是他们年级"民间文学小组"的组长，是民间文学的"爱好者"，踏实、勤奋，也有很好的组织能力。有了人，很多设想就可以实现了。

从1982年下半年起，程健君开始协助张先生处理一些教学和科研上的事务，比如批改学生作业、设计教学计划和编印《河南民间故事（增订本）》等。1983年程健君开始承担起"民间文学概论"教学工作，而张先生开始专心致志地准备他的专题课"中原神话研究"。从1983年开始，直到1992年，这10年间，在张先生的主持下，河南大学的民间文学课程一直坚持"概论课"与"专题课"并举。

如果说概论课以基础理论为基础，与其他高校有"雷同"性质，那么专题课"中原神话研究"则是带有地方文化特色，体现着张先生的研究专长和特色，这一点从张先生为之设计的教学大纲便可一目了然。1986年7月初，张先生根据自己的研究，为"中原神话研究"的专题课拟定了初步的教学"大纲"，它由不同的"小专题"组成，具体如下：

  一、神话研究的现状与发展趋势（两周）；二、中原神话调查研究的缘起、现状和意义（两周）；三、盘古神话的宇宙论(一周);四、中原洪水神话(两周);五、黄帝神话的传说化和历史化(三周);六、夸父神话探原(一周);七、大禹中州治水神话溯源(三周);八、女娲补天在中原(一周);九、后羿嫦娥神话质疑(一周);十、考察测验(一周)(期终交小论文一篇)。共十七周,讲课三十二学时,测验两学时。①

这个教学计划基本涉及了后来他《中原古典神话流变论考》中的大部分内容。当然这并非"中原神话研究"最初的课程框架,较之 1983 年开设时应该有较大的变化,充实了更多的内容。但无论如何,"中原神话研究"课程的开始实现了张先生"基础课"与"专题课"并举的民间文学课程教学的设想。

第二节　备课、课堂与学生作业

张先生在教学方面最突出的两点:一是非常重视备课,二是重视学生的作业和毕业论文。

一、备课

"备课"是教师的基本工作。在我看来,"备课"之"备",一是准备之"备",要在课前认真准备所要讲授的内容;二是"完备"之"备",也就是说要在上课之前将课程所涉及之知识点"一网打尽"。这或许有些夸张,但尽量完善课程教案、准备课堂内容,却是十分必要的。在 20 世纪 80 年代,张先生已年届 60,从

---

① 引自张振犁《日记》,1986 年 7 月 7 日。

20世纪50年代开始为大学生讲述"人民口头创作"课到此时"民间文学概论",相似的内容不知道已经讲述过多少遍;即便是专题课"中原神话研究"到1992年也已经讲述了10余遍了。但无论何时,"备课"依然是他每次上课前必然要做的工作。这里就以1983年的"民间文学概论"为例,通过"摘抄"张先生日记,来展现张先生注重"备课"的教学习惯。

在张先生"离岗"退休前的日记中,出现最多的字眼便是"备课"。1983年8月28日张先生开始为本学期讲授"民间文学概论"课程"备课",我们将他8—10月份的有关备课的日记摘录如下:

8月28日,早上备课。

9月3日,下午继续备课。写"课前调查情况、问题"。晚上写"中外民俗学年表",为明天讲课用。

9月6日,上午继续备课。

9月10日,下午备课。晚上,备课,写讲课要点和材料。

9月17日,整理《望夫山》《牛女》的系统资料,查核资料出处,研究变异性问题、口头性问题的讲法及要点安排。晚上,选择讲口头性用的《桃花鱼》《大马虎》《小三分家》等作品。

9月18日,早上摘新时期农村民歌,为讲课充实材料。

9月20日,上午备课,研究"改旧编新"问题的讲法。结合祐巴勐《论傣族诗歌》,充实讲课内容。

9月28日,读《高尔基论民间文学》中关于"古代民间创作和宗教"部分,今后要加强备课,学习理论。

9月30日,上午看《高尔基论民间文学》中关于"民间创作与原始宗教""作家文学与民间文学"部分内容,摘要补充讲课内容。

10月3日,上午备课。看《民间文学论坛》上关于傣族《贺新居》的民俗介绍,其中仪式歌的文娱性和传授知识、经验的实用价值,它对说明民间文艺的多功能性特点,有一定参考价值。晚上备课,研究第三章的讲课要点。

10月8日,备"民间文学与作家文学的关系问题"的课,研究如何适应80级同学的情况,补充材料。结合77—79级3个年级的情况,进行动员。晚上集中力量备课。

(10月13日—20日,全程参加"中国近代文学学会成立大会及学术讨论会")

10月21日,备课。看关于神话部分讲课要点。晚上备课。

10月22日,上午备课。读白崇人的《试论神话与原始宗教的关系》一文,摘要。研究明天讲"神话与神话学"专题的内容安排问题。

10月24日,备"民间传说"部分的课。晚上继续备课。

10月25日,上午备课。10时去学校讲完"神话",并开始讲"传说"。

10月28日,晚上备"民间传说"的课。

10月29日,上午备"民间传说"课。晚上继续备课。①

这里对部分日记的摘抄并不完全,其中与"备课"无关的内容(包括讲课和其他学术活动)并未涉及。从上述摘抄内容可知,除了9月11日—16日、21日—27日不知何故没有备课外,其他时间,坚持备课已经是他工作生活中的基本内容。其中还有些值得注意的问题。一是9月3日的"备课"过程中有"写课前调查情况、问题"一项。在8月28日张先生已经为这个年级的学生(即1980级)上过第一次课,当日的日记中记述:"上午头一次给80级上课,讲民间文学发展、课程开设、学习态度以及有关学习组织等问题。进行了一次课前小调查。"②这里的"课前小调查"所涉及的内容,已经不得而知了,但从中也可以发现张先生对教学工作的重视。二是重视内容的"讲法"。同样的教学内容,不同老师会有不同的"讲法",不同讲法传达出来的内容,学生们接受程度是会有差异,张先生在备课中是很重视讲法的,仅就上面摘录的内容,就有两次涉及"讲法",研究"讲法"实际上是以学生为中心的"因材施教",他在10月8日的日记中记述道:"备'民间文学与作家文学的关系问题'的课,研究如何适应80级同学的情况,补充材料。结合77—79级3个年级的情况,进行动员。"可见,张先生在备课过程,既总结以往的教学经验,也会根据特定年级的情况,展开具体的教学活动,而这是建立在对学生情况充分、深入了解的基础之上的,要做到这一点,是十分不易的。三是在备课过程中重视理论知识的吸收与

---

① 引自张振犁《日记》,1982年8月10日。
② 引自张振犁《日记》,1982年8月28日。

传达,尤其有关新的研究成果的接受。在20世纪80年代初,与许多学科一样,民间文学的教学研究也存在"理论匮乏"的状况,在此情境下,张先生注意在备课的过程增加理论性的内容,他还在9月28日的日记中特别提醒自己要"学习理论",在上述摘录的内容中,他对《高尔基论民间文学》和《试论神话与原始宗教的关系》就表现出了这种自觉意识。对于新的理论成果,张先生也会将之融入教学内容中,如10月3日在"仪式歌"相关内容的备课中,就融入《民间文学论坛》上所发表的关于傣族《贺新居》论文的内容。

二、课堂

大体而言,备课之后便是课堂教学。这一环节实际上是教学的"中心环节",教师如果缺乏对课堂的有效掌控,或者说学生与教师之间不能很好地配合、互动,教师便很难顺利完成教学活动,学生也不可能受到良好的知识与思想的教益。张先生经常会在日记中记述当日上课的课堂情景,比如1983年对"民间文学概论"课的两次记述:"8月28日上午,头一次给80级上课,讲民间文学发展、课程开设、学习态度以及有关学习组织等问题。进行了一次课前小调查。140人满课,听课的不下160人,有的同学坐在座位后的凳子上,气氛很热烈。"[①] "9月4日,上午给80级同学讲'绪论'中'民间文艺学史略'及'什么是民间文学?'同学们眉飞色舞,注意力集中,效果不错。这一学期,

---

① 引自张振犁《日记》,1983年8月28日。

要把主要力量放在教学研究和实践上。摸索教学改革的经验，要在这方面来个突破。"①又如1987年对"中原神话研究"课的一次记述："10月7日，上午备课，系统检查讲课要点。下午讲'女娲神话地方化'专题，同学听课集中注意力，教室气氛活跃，看来，今后要系统讲一些神话方面的理论知识，特别要多联系当前新的研究成果，这是学科的生命所在。要多多考虑听课同学的心理。"②当然，有些时候，同学们的大量缺席、不愿听课的状态，也会让先生烦恼不已，比如1987年的一次课上，将近100人的学生只有20人出席，"下午给同学讲课，出席者不超过20人，如此杂乱无章的学风，实在令人担忧"③。其实，据后来同学向张先生介绍，不只是张先生的课堂，很多课堂的情况都是这样，因为一方面这一年硕士研究生考试制度改革，实行全国统考，且考试马上就要开始，不少学生在紧张备考；另一方面，选修课对许多学生而言，就是为了拿学分的，交作业时间人数多一些，期末考试人多一些，其他时间人数都很少。④

当然，这样的情况，在张先生的课堂上也是不多见的。实际上，这里张先生课堂上出现的问题，在今天依然存在，甚至较20世纪80年代更为严重。无论"民间文学概论"抑或"中原神话研究"的课程在中国语言文学学科的课程设置中，并非主干课程，而是"限选课"或者"选修课"。"限选课"意味着学生必须要

---

① 引自张振犁《日记》，1984年9月4日。
② 引自张振犁《日记》，1987年10月7日。
③ 引自张振犁《日记》，1987年11月18日。
④ 引自张振犁《日记》，1987年11月25日。

上，但学期末不考试，学生交一篇课程作业便可以了事。"选修课"，其实就是学生根据自己的兴趣在"必修课"和"限选课"之外选的课。学院这类课设置的目的在于培养学生的学术兴趣，让学生了解相关的学术前沿，但由于考察相对宽松，又非"必修"，所以除非确实有兴趣，许多学生选这类课实际上有一种"打酱油"的心态，如果侥幸能拿到学分，当然好。如果拿不到，也无所谓，因为还有其他老师开的选修课，可以接着选。由"选修课""限选课"到"必修课"，实际上也构成学生心目中各类课程的"等级链条"或者说"歧视链"。"民间文学概论"和"中原神话研究"两门课程的处境就是这样。

三、学生作业与毕业论文

当然，学生对一门课程的兴趣和认可度的表达，除了课堂听课之外，还有一个非常重要的环节，就是毕业论文的选题与写作。这是大学生在大学校园的"最后一课"，也是学生最后一次"作业"。从张先生的日记记述中，我们可以看到，从1981年到1984年间，每年选择"民间文学"方向毕业论文的学生约有15人，绝对数量虽然不多，但实际已经不少了，因为民间文学方向的指导教师数量本就不多。学生毕业论文的选题表现了他们经过大学4年学习后的读书或学习的"兴趣点"，这是与大学不同学科老师们的培养和教学相关联的。张先生在日记中记述了1983年79级同学民间文学方向毕业论文选题的情况，如赵成先《〈红楼梦〉与风俗人情》、黄志文《民间笑话结构浅论》和李敬涛《中原谚语琐谈》等，共21人。对于毕业论文的指导，张先生也

有自己的"一套"想法,他在集体辅导学生撰写论文的过程强调了如下内容:

> 毕业论文撰写问题:1.选题。考虑自己的基础、条件,学习中的长处,熟悉的资料,更要考虑选题意义(学术的、现实需要的、可能性等)。主要考虑有无创新价值,对学术上有什么价值。2.阅读资料,做笔记,发现问题,及时写在卡片上。同时,摘录原始材料,加上自己的理解看法。尽量可能广为博览,不要满足于一知半解。要边看边思考,边酝酿文章论点。3.写出论文大纲。把要写的问题,分出若干项目,按思维逻辑顺序加以粗略安排(分几大部分,几小部分)。4.写出论文细纲。在全文大的结构确定后,再在每一部分,按掌握的资料和论点先后次序加以仔细安排。要有文章立题的主要论点、一般论点。同时,对论文中要运用的论据(即具体作品、材料)都明确写出。如写的过程中,发现有新的材料,可以补充,也可以用更典型的材料加以抽换,等等,但不能更动大的框架、结构。5.撰写论文初稿。每人在准备完成,就可以动手写稿子。观点要正确、明朗,文字要流畅,不要光堆积材料,要出论点,要有所立,对错误的要有所破。不要含糊其辞,不要文不对题,不要言之无物(发空论),要言必有据。不抄袭别人的文章,要艰苦思考,不要人云亦云。要"持之有故,言之成理",要讲求科学性,不要用感兴式的语言代替科学论述。要严肃,不要乱发议论,夸夸其谈。扫除骄傲、浮夸之风。要谦虚,靠事实说话。6.论文修改。教师在看初稿后,提出疑难之点,让同学答

辩。反复修改(原来提纲可能有突破,有不全面、不准确的地方,可以变动,但文章基本主题、观点不能再变,以防牵一发而动全身,前功尽弃,或重新返工)。文字加工。7.誊写。先就全文写一"内容提要",将全文主要部分、段落、要点,写成简明提纲,加在论文前面。全文严格按标点符号使用法,工整抄两份。8.教师写评语,工作结束。(评定成绩标准,另行制订)[1]

对大学本科生毕业论文的写作要求和辅导要点,即便对于今天的硕士研究生的学位论文,也是非常有价值的。正是在张先生的悉心指导下,有不少学生的毕业论文达到了较高的水平,比如77级学生王定翔的毕业论文《盘古开辟创世神话考论》被钟敬文先生推荐至《民间文学论坛》发表。81级郑大芝的毕业论文《论民间故事家曹衍玉》被钟敬文先生推荐参加中国民俗学学会首届年会。与此同时,还有些学生的毕业论文写得非常精彩,如80级高有鹏的毕业论文《新民主主义时期河南民间文学史初探》,张先生十分赞赏,称这篇论文的初稿"材料之丰富,出乎意料,文章后半部分,比较清楚,论述也确当,其价值在历届毕业论文中所少见。它对研究中原民间文学史,很有用处。应让他认真再改好之后,留作选集之用"[2],在1984年4月8日,再次称赞道"这篇文章对五四运动到1949年30年间的民间文学历史做了一个初步的概述。这不仅是开拓性的,而且材料十分丰富、宝贵,论述也比较中肯。这是前4届毕业生中论文最富有

---

[1] 引自张振犁《日记》,1983年2月25日。
[2] 引自张振犁《日记》,1984年3月23日。

创造性的艰苦工作,可谓成绩显著。它将为我省的研究工作,起到应有的铺路作用"①,并在随后的指导意见中,让他补充相关材料。同样还有81级刘炳强的毕业论文,张先生也是称颂备至,他说:"看刘炳强的《中国"射日"神话初探》论文,长达66页,需用心审查。论文资料丰富,论证有力,实在是用心之作。洋洋洒洒,颇有神话界新秀锐气。当培育之。文章不够精练,有些地方与主题游离。有点堆砌、臃肿之感。无论如何,是在多年民间文学教学中出现的令人欣慰的硕果之一,直到深夜11时50分看完一遍。"

毕业论文的写作说到底是对学生科研、写作能力的一种综合考察,在河南大学1977至1980级四个年级中,之所以有大量学生在"民间文学"研究领域内选择毕业论文的题目,绝不只是"兴趣"使然,也是张先生有意识的学术训练的结果,因为张先生十分重视学生平时作业或课程作业的写作。从日记中可以发现,张先生对学生作业十分重视,一个年级近300篇作业,几乎每一篇他都会认真阅读、打出成绩。对于学生作业,他也十分珍视,细致地保存下来,2021年元月,笔者因查阅相关资料,翻看张先生的各类书籍、资料遗物。其间,发现了大量学生"作业"的原件材料,它们被整整齐齐地放置在一个资料柜内,每份作业上都有张先生批改的分数,有些作业上还有批语。对于优秀的作业,他会在登记表上明确标识出来。如果从1981年新时期第一届学生的作业算起,这些作业有些已经在张先生这里存放40

---

① 引自张振犁《日记》,1984年4月8日。

年啦！张先生开创的这种重视学生作业、爱护学生习作、珍视学生心血的"传统"在程健君老师这里传承下来。程老师1989年离开河南大学，但1983年的学生作业，他至今还在保存，至今也已经将近40年。1983年，张先生从学生作业和毕业论文中选出了一批优秀之作，揆集成了两个集子——《民间文学与作家文学》和《民间文学论集》，并打算出版，或至少印刷出"内部刊印本"，但因各种原因，最终搁置下来。然而，张先生对学生的"心血"不会白费，正像他自己所说的那样：撒下种子，自有开花结果之日。

第三节 注重实践与教学相长

注重实践教学也是张先生民间文学教学的重要特征。与我们所熟知的作家文学不同，民间文学的教学研究，尤其当代民间文学的教学研究，有不少内容需要借助于田野资料或现场观摩教学的形式展开，这就使民间文学课程带有了强烈的"实践"品格。张先生的民间文学教学始终贯彻一种"实践"品格，这不仅让学生对民间文学的特质有了深入的认识，而且培养了学生自觉、积极参与田野作业的意识。这不仅在学生中形成了一种参与田野实践的氛围，而且通过学生，张先生掌握了大量田野作业的资料，了解到大量田野作业的资料"线索"，也由此促成了不少成果的产生，尤其触发了张先生"中原神话研究"的兴趣。

张先生在教学中对实践的注重，首先表现在他从民间文学的"表演"性特质出发，通过邀请演员走进课堂现场表演，让学生切身体验民间文学的魅力和文化特性。1982年上半年,张先生给1979级的学生讲授民间文学课,当讲至快板、评书和民间小戏(主要指河南地方戏)时,感觉学生们对这类内容十分陌生。尽管他已经尽量介绍这类民间艺术的特征、多举实例,但依然感到学生们对此类艺术形式的隔膜。于是他便考虑通过"现场"教学的方式,让学生们亲身体验这三种不同的艺术形式。通过朋友介绍,他很快联系到了当时开封市文工团曲艺队。

当天下午,他便顶着大风到市文工团落实了几位演员朋友帮忙来校讲课问题,计划两次讲课,一次相声专场,一次坠子和评书、快板书。由于文工团曲艺队急于赴外地演出,时间很紧,所以决定两次讲课集中在晚上进行,几番协商后,具体日期确定下来。张先生在日记中写道:"晚上,市里文工团王元伦、王启发、李仲华、陈亚楠同志,来校讲演民间说唱,效果不错。不足之处是坠子伴奏同志未来,陈亚楠同志经验又不丰富,说得很好,唱有点受局限了。关于相声项目,因文工团曲艺队急于赴外地演出,时间太紧,金艺又刚从北京回来,任务又紧,看来尚需在明天继续共同商定来校讲课时间。实在不行,只好停止。"[①]随后,金艺等演员又来学校进行相声表演。当然,由于经费等各种原因,像这样邀请专业演员到校进行现场表演的形式很难延续下来,而寻求一种可持续的实践教学方式才是根本。实际上,这样的方式,张先生从20世纪五六十年代就开始尝试了。

在张先生的民间文学教学中,让学生进入"田野",实际接

---

① 引自张振犁《日记》,1982年5月6日。

触、感受并采集民间文学作品,从20世纪60年代就开始了,大致可以分为两个阶段:改革开放之前和改革开放之后。在张振犁《情系中原神话》一文中,他曾叙及20世纪60年代前后带领学生田野采风的情形。这一时期的田野实践教学带有浓厚的政治色彩,甚至就是一种"政治任务":

> 在"大跃进"的年代,民间文学课被取消了。我改教"新民歌""中国现代民间文学理论简史"。在太行山采矿时,既讲民歌课,又带领学生去马村煤矿调查新民歌。1959年,我去开封钢铁厂锻炼时,也记录了工人的诗歌。1960年3年困难时期,我校中文系受省委宣传部和省文联的委托编一部《河南民间故事》。我受领导指定,带领"试点组"去新县、确山、郑州、密县、巩县、开封等地调查以革命故事为主的民间故事……打倒"四人帮"以后,河南人民出版社首先要出版一部《河南民间故事》。我受命组织"民间故事编写组"整理以往的资料。我又一次带领同学赴洛阳、济源、登封、禹县等地采风,收集民间故事。这次已接触到一些中原神话的信息,但"中原神话"这个概念还未形成。①

显然,这一时期无论围绕"新民歌"的搜集整理,还是围绕"河南民间故事"的调查采风,对张先生来说,这并非是一种"自觉"的教学活动。随着形势的变化,改革开放后的1980年,全国许多高校都恢复了"民间文学概论"课程,正常的、秩序化的教学活动也随之展开,于此,张先生说道:

---

① 张振犁:《情系中原神话》,载贾芝主编:《新中国民间文学五十年》,大众文艺出版社,2004,第581-582页。

1980年秋,全国许多高校恢复了"民间文学概论"课,一派生机勃勃的气象。我本着学科的性质,坚持讲授基本理论和社会调查相结合的做法:既听课,又采风;既课堂讨论,又写论文。这样一来,1977—1978级的530位分布在全省110多个县、市的同学,让每人就地采风,记录了大量的令人眼花缭乱的、精美的中原民间文学珍品。我第一次看到河南民间文学如此深厚、丰富的蕴藏。特别是,有关我国古代文献上记载的神话,在中原又发现了许多各种形态的异文,更使我惊喜不已![1]

这段叙述至少包含了三层含义:一是张先生的教学方式是基本理论与社会调查的结合,学生既要听课,又要采风,这是基于"学科的性质"的自觉的教学活动;二是在张先生的组织下,学生的采风活动非常成功,记录丰富、精美的"民间文学珍品",尤其是发现了"中原神话"的大量异文;三是学生的发现激发了张先生的学术思考,即如何揭示和认识大量"古典神话"依然在中原大地流传的问题。显然,民间文学的采风过程,不仅是学生们熟悉田野作业方法、了解民间文学的特征,从而增长知识、见识的过程,也是张先生发现新问题、思索新问题的过程。《礼记·学记》云:"学然后知不足,教然后知困。知不足,然后能自反也;知困,然后能自强也。故曰教学相长也。"[2]对张先生而言,学生的田野作业也是积累学术成果和展开进一步学术计划

---

[1] 张振犁:《情系中原神话》,载贾芝主编:《新中国民间文学五十年》,大众文艺出版社,2004,第582页。

[2] 杨天宇撰:《礼记译注》,上海古籍出版社,2004,第457页。

的重要参考。

从20世纪70年代开始,张先生就开始了河南民间文学作品的搜集整理,其中最为重要的三项成果,是《河南民间故事》(开封师范学院中文系编,河南人民出版社1979年版)和《河南民间故事》(增订本)(河南师范大学中文系"民间文学"研究组编),及《中原神话专题资料》,这几本资料集的辑录均与学生田野实践教学有关。1979年的《河南民间故事》是张先生"带领同学赴洛阳、济源、登封、禹县等地采风,调查民间故事"的最终成果,上文引文中已经提及。对于《河南民间故事》(增订本)编订中学生的参与和贡献,张先生在该书的《后记》中说道:"我校中文系从1980年暑假,恢复民间文学课以后,在结合基础理论教学的同时,有计划地组织了同学们在全省范围内进行搜集民间文学的科学实践活动。结果,不少同学都记录了一部分相当有价值的民间神话、传说、故事的宝贵资料。这样,增编《河南民间故事》的条件就基本成熟了。"[1] "还应该提一下,民间文学组的程健君、尚海三、孟宪明、王定翔同学,参加了本书的全部编选工作。此外,陈冠杰、耿铁聚、王剑军、丁晓宇等同学,也参加了部分工作。"[2] 张先生还在另外一个场合说:"据初步统计,从1977—1979三个年级采录的各类体裁的民间文学作品在六七百件以上,现在编目存档。这为本科教学积累大量珍贵的资料,为我系本门课程的建设做出了贡献。《河南民间故事》(增订

---

[1] 河南师范大学中文系"民间文学"研究组编《河南民间故事》(增订本)(内部资料),1982年8月,第385页。

[2] 同上。

本)选入近70篇。"①显然,《河南民间故事》(增订本)等对河南民间故事的搜集、整理和辑录成书,是张振犁和学生共同努力的结果。此外,还有被联合国教科文组织授予"中国十大民间故事家"称号的河南民间故事家——曹衍玉的发现,实际上也是张先生的学生实践教学的"意外"收获。

1984年3月,张先生在翻阅81级学生郑大芝记录的《桐柏民间文学》稿子时,感到其中的作品很有特色,但让他有点诧异的是全稿41篇故事中,绝大部分都是一位名叫"曹衍玉"的女性讲述的。于是张先生便找到郑大芝同学,了解情况,一问才知道,曹衍玉是郑大芝的母亲,很会讲故事,仿佛总有讲不完的故事,村里人也喜欢听她讲故事。这立刻引起了张先生的注意,并在1984年底与程健君老师一同来到曹衍玉家进行了解,结果曹衍玉对着他们一口气讲了四五个小时,所讲故事没有重复,这让张先生惊喜不已。② 随后,在他与程健君老师的努力下,曹衍玉讲述的故事被整理出版,如《故事婆讲的故事》(曹衍玉讲述,张振犁等采录,郑州:海燕出版社,2000年),曹衍玉本人也逐渐引起学术界和社会的广泛关注。

尤其值得一提的是张先生《中原古典神话流变论考》一书的问世,实际上也经历了一个从"论文撰写"到"课堂讲授",再到修改、打磨,最终出版的过程。1983年张先生开始给学生开设"中原神话研究"的专题课,在课程的讲授中,一面撰写相关

---

① 引自张振犁《日记》,1982年10月5日。
② 参见《程健君访谈》,访谈人:梅东伟、屠青蓝、陈东泽,文字整理:屠青蓝;时间:2021年4月26日上午;地点:郑州程健君寓所。

论文作为课程"讲义"的基本依据,一面在教学过程中吸收同学们的意见建议,进行修订。至1986年,张先生将所有相关的论文重新揆集编排,向系里申请印刷250本。一是作为"专题课"的教材发给同学们,二是作为科研书稿征求意见用。在"中原神话研究"课的备课过程中,张先生也时有发现,比如在准备"中原盘古神话"一节课的过程中,他便注意到了此前从未关注到的《盘古寺壁间问题诗》,十分兴奋:"下午备课,写《盘古寺考》,很有收益。特别是《盘古寺壁间问题诗》对太行山又名盘古山,盘古川即寺外山水之名,其价值令人惊喜不已!另外,从寺里所祀神名判断,亦大有益处。这是经过分析,得出的新看法,实在兴奋。可见调查的任何资料皆不宜放过。同时,不分析,任何资料也没有用。这是科学研究的灵魂。切记!切记!"[1]而且,张先生的"中原神话研究"专题课上还专门留有供学生对课程提建议、意见或围绕一些学术问题展开"争鸣"的讨论课,而对同学们讨论中的一些意见,张先生也会特别注意,比如一次围绕"夸父神话"的讨论课后,张先生便在日记中记下了这样一段话:"看完'课堂讨论同学发言稿',有不少用心的内容。特别是'夸父神话'原型问题,同学们思想活跃,是一大好事。这些材料将有助于书稿的修稿。"[2]《中原古典神话流变论考》是张先生学术生涯中最为重要的学术成果之一,但它的问世也与课堂教学、与学生们有着密切的关联,从一定程度上说,它也是师生间"教学相长"的成果。

---

[1] 引自张振犁《日记》,1982年10月3日。
[2] 引自张振犁《日记》,1986年11月23日。

第四节　撒下种子，总会有收获：学科队伍与民俗学社

1987年元月，张先生看83级学生王芬的考卷，称赞这份考卷"写得不错，确有水平，青年中大有人才"，并由此联想到自己所教过的一届一届的毕业生，他们中不少人都在各自的领域中做出贡献。尤其还有不少从事民间文学工作的学生，这让他倍感欣慰："撒下的种子，自有开花结果之日。"[①]在长达数十年的民间文学教学中，张先生不遗余力，一方面致力于学科人才队伍的培养，增强民间文学的教学科研力量；另一方面通过"民俗学社"和"民间文学小组"这类专业性的社团组织，让学生成为民间文学的爱好者，进而成为民间文学的从业者、研究者。为此，张先生付出了大量心血，也正是他的努力，使民俗学、民间文学的研究在河南大学乃至中原大地扎根，并开花、结果。

一、不应是"一个人的战斗"

从1955年来到河南大学到1982年5月，民间文学的教学就一直由张先生一个人独立承担，1981年高考恢复后的第一届学生毕业，张先生就向系里争取希望留下来一个学生，壮大民间文学的队伍，然而，因为种种原因，未能如愿。直到1982年5月，现当代文学教研室通知张先生开"小会"，会上提出民间文

---

① 引自张振犁《日记》，1987年1月9日。

学方向要留下一个学生,请张先生推荐人选。张先生根据自己的了解,推荐了程健君,同时还有其他两位备选的学生。这一年张先生已经58岁了,也确实需要年轻的"新生力量"加入民间文学的学术队伍中来了。

程健君毕业后留校了,这让张振犁先生非常高兴,他是张先生非常喜欢和欣赏的学生。1982年毕业分配前,程健君特意治印一方赠予张先生:一是感谢张先生的培育之恩,二是为张先生标识"藏书"之用。张先生在日记中记道:"他说:'见您藏书多,但没藏书印章。毕业了,无甚表达心意,特治印作为留念。'师生之谊,真挚感人。这是作为人民教师的最幸福的享受。今后,对青年同学,当竭力相助,使之成材。古人云:'得英才而育之一乐也。'诚哉斯言!"①留校后程健君老师协助张先生先后完成了《河南民间故事》(增订本)的最后定稿和印刷,陪同、协助和参与了张先生主持的20世纪80年代进行的所有"中原神话"的考察,在这一过程中,所有衣食住行的安排,照相、录音及之后各类材料的整理、归档几乎都由他承担,用程老师的话说,出了门张先生就是"甩手掌柜",但程老师还说,"老头儿的功夫深啊,每到一个地方,不管去过没去过,他都知道什么东西在哪儿,哪儿有什么庙,哪儿有什么神话、传说。这个很了不起啊"②。可以说,中原神话的田野考察主要在20世纪80年代完成,在这一过程中,程老师始终参与其间,为"考察"的展开和资料的搜集做

---

① 引自张振犁《日记》,1982年6月20日。
② 引自《程健君访谈》,访谈人:梅东伟、屠青蓝、陈东泽,文字整理:屠青蓝;时间:2021年4月26日上午;地点:郑州程健君寓所。

了大量工作。

程健君老师留校3年后,也就是1985年的8月份,河南大学中文系迎来了一个"年轻人",是陈连山老师,他立志从事民间文学的研究。但遗憾的是,因为当时中文系与民间文学相关的课程只有两门,"民间文学概论"由程健君老师讲授,"中原神话研究"由张先生讲授。没有专业课,系里就安排陈连山为留学生讲授"汉语学习"之类的课程。有了两位"年轻人",张先生就轻松多了,学生毕业论文的指导、学生作业的批改,还有民俗学社、民间文学小组学生们的指导,他们都可以参与进来。尤其值得一提的是,民间文学方向有3个人,这在当时全国的中文系也是不多见的,可谓"兵强马壮"了!然而好景不长,大约在1987年前后,由于河南省民间文学"三套集成"《中国民间故事集成》《中国歌谣集成》《中国谚语集成》工作的推进,"民协"(民间文艺家协会)的工作也急需"专业"人才的参与、支持,在省民协与河大中文系的沟通下,程健君老师被"借调"至民协工作。几乎同时,陈连山也通过了北京大学的研究生招生考试。经营多年的学科终于"人丁兴旺",形成专业"梯队"了,张先生自然是不愿意两位年轻人离开的。为了留住程健君,他找到了中文系主任刘增杰,本意是要说服系里挽留程健君的,结果系主任反而给他讲了一番"顾全大局,支持改革"的大道理,让他无话可说。其实张先生自己也理解,程健君老师本人愿意去民协,他到民协以后无论对于河南省民间文学事业的发展,还是河南大学民间文学学科的发展,也都是有利的。陈连山考上北京大学民间文学方向研究生的"喜讯"也在这个时候传来了,中文系也已经在跟他谈以"委托培养"的方式让他去攻读研究生,之后再回来工作,但陈连山老师委婉拒绝了。张老师当然也希望陈连山老师毕业后回来,他找陈连山老师谈话,与他讲河南大学民间文学学科的历史、现状,"也谈做人做学问,事业心与求实精神的辩证关系。详谈中原神话研究的现状、历史和来龙去脉。也谈对他的希望,要两手准备。回来更好,不能回来,也是好事,要坚定为民间文学事业奋斗一生的信念"①。

就这样,两位"年轻人"离开了,河南大学的民间文学又回到了张先生独立支撑的局面,他在日记中不止一次安慰自己,给自己鼓劲儿:"健君调离后,连山去北大上研究生,剩我一人,表面看冷清了些。但从实质看,形势处于不利状况之时,也正是奋进之日。"②好在系里同意张先生在中国现代文学学科下招收1—2名硕士研究生作为师资培养。在这样的情况下,吴效群1988年被招录为河南大学现当代文学专业"民间文学"方向的研究生,他也是张先生当时唯一的研究生。在攻读研究生期间,张先生把吴效群推荐到北京师范大学访学,吴效群毕业后,张老师和他谈毕业后去向,希望他"选择工作要以大局为重,以事业为重……中原的优势和河大的便利之处,要善于利用。一切身外之物皆可舍弃,只要对事业有利。动之以情,晓之以理。个人愿望要考虑,国家需要更应服从。要有整体观念,要顾大局。请他在人生的关键一步,要慎之又慎"③。但吴效群最终还是选择

---

① 引自张振犁《日记》,1987年5月20日。
② 引自张振犁《日记》,1987年5月28日。
③ 引自张振犁《日记》,1991年6月28日。

回到自己的家乡山东工作,这让张先生颇感遗憾,却也无如之何,只是在临行之际叮嘱他"在今后人生道路上,做个为民间文化事业奋斗的有心人。不过,这件事情很快就"峰回路转"。因为在7月初的某日,张先生听说吴老师给研究生处打了长途电话,说还想回来在河大任教,最近将返回来。① 无论如何这是件令人兴奋的事,"民间文学接班有人,这是一件喜事。加上江风同志,小队伍已成形。令人兴奋"②。之后,吴效群老师承担了"民间文学概论"课程的讲授。

然而,"好景"依然不长。陈江风老师由于行政事务繁重,没有时间参与到民间文学的教学当中,而吴效群老师又于1994年报考并考取了北京师范大学的博士研究生。河南大学的民间文学教学实际上又回到了张先生独立支撑的情形。为搞好民间文学的教学,张先生一方面尽力上好两门课程;另一方面积极呼吁,希望学校和系里能够重视民间文学的教学科研。为此,他多次"上访",找过学校的党委书记、校长、副书记和副校长。1996年事情有了转机,从中文系到学校担任副校长的关爱和找到张先生,告诉他,学校将把他的学生、时任郑州大学副教授的高有鹏调来,与他共同搞好民间文学的教学、科研。这一消息,让他倍感激动。这一年的9月,高有鹏老师来到河南大学。1999年,吴效群老师博士毕业,回到了河大文学院工作。从某种程度上说,高有鹏和吴效群两位老师的"回归"也使河南大学的民间文学教学、科研进入到了一个新的时期,也是相对平稳的发展

---

① 引自张振犁《日记》,1991年7月4日。
② 引自张振犁《日记》,1991年8月12日。

时期。

2002年河南大学取得民俗学硕士学位点,2003年开始招收第一届硕士研究生,截至2021年,河南大学民俗学(民间文学)方向有7位教师,其中硕士生导师5位,已招收硕士研究生120人左右(含在读),是中国民俗学(民间文学)教学、研究的重要阵营。河南大学的民间文学已经由一个人成长为一个团队,再也不是"一个人的战斗"了,民俗学(民间文学)也在河南大学生根发芽,有花有果了。

二、"民俗学社"的学生们

在2015年的一次采访中,程健君老师回顾了自己在河南大学中文系学习民间文学的一段经历,他说:"从1977级到1980级,一大群年轻人跟着张教授学习民间文学,我们还成立了民间文学研究小组。1977级的组长是孟宪明,我是1978级的组长,而现在的河大教授高有鹏则是1980级的组长。"[1]这里所谓的"民间文学研究小组"是20世纪80年代张先生在学生中间成立的"兴趣小组"。据程健君老师介绍,张先生非常注重学生社团或者学习兴趣小组的培养,他希望借助学生组织引导、激发学生们学习民间文学的兴趣,进而形成一种关注民间文学、学习民间文学的氛围。1980年,张先生开始给1977级学生讲授"民间文学概论"课程,也从这一年,他在学生中间建立了"民间文学研究小组",后来至1983年,在1980级学生的建议下,"民间文学

---

[1] 《省民协主席程健君:让人们听得见乡音,记得住乡愁》,映象新闻,http://www.hnr.cn/news/snxw/201512/t20151222_2173921.html,2015年12月22日。

研究小组"更名"民俗学社"。20 世纪 80 年代,张先生几乎在每个年级都建立有"民间文学研究小组(或民俗学社)",借助于这一学生组织,在学生中培养了大量的民间文学的爱好者,他们中的不少人从大学开始,就已经开始了民间文学的研究工作,甚至将民间文学作为终生事业。

图 4　1984 年夏天河南大学民俗学社"中原民歌"课题组成员
与张振犁先生、程健君老师合影

为参加在中文系组织的"教学经验座谈会",1982 年 10 月,张先生撰写了《在讲授民间文学课中"如何解决基础课与专题研究的结合问题"》的"发言提纲",其中叙及了这样一段话:

> 为了培养同学科研能力,大力鼓励科研活动,成立民间文学研究小组,除学习外,每人写研究文章,重点带动班同学学习。每人在学习期间,共写两次文章,77—78 级同学共有 28 名同学写毕业论文。质量比较满意。有的还被北

京专家推荐到《民间文学论坛》发表(如王定祥的《盘古开辟创世神话考论》)。另外,组织民间文学研究小组,编印由两个年级写的有质量、有特色的论文共100余篇组成的两本资料集《民间文学与作家文学》(专集)和《民间文学论文选》。它给本课程的建设,创造了有利的条件。其余还保存有大量比较有参考价值的论文资料和原始民间文学记录稿。①

从中可见,在张先生的心目中,"民间文学研究小组"要达到两个目的:一是培养学生科研能力,研究小组的同学是要"额外"写学术文章的;二是在同学中培育民间文学的学习氛围。显然,张先生达到了这样的目的。但是,研究小组的学习是离不开张先生的具体指导的。1982年张先生给"民间文学研究小组"开了两次会,从中我们可以看到张先生的具体指导。3月3日,1979级的"民间文学研究小组"开了第一次会议,张先生在日记中对会议内容作了如下记述:

(一)介绍中文系以往学生参加研究组的情况、成绩、问题。(二)79级这个组的学习计划安排,理论学习、实践活动、科研训练、编印(自刻油印)民间文学刊物、出专栏等项。(三)各小班为一个小组,分头选出组长,另外推荐八人(包括正副组长,管学习、资料、通联、刊物、出专栏等项)。(四)下周听钟老首届年会讲话录音。②

4月7日,这个"研究小组"再次开会,内容如下:

---

① 引自张振犁《日记》,1982年10月5日。
② 引自张振犁《日记》,1982年3月3日。

1.讲故事的记录、整理问题;2.故事讲述会;3.检查作业文章写作情况;4.谈今后开展活动的安排;5.学习钟敬文先生的文章;6.每人选一本重点书,结合讲课学习;7.记录稿子。①

从这里的记述来看,张先生是会给"民间文学研究小组"的同学们开"小灶"的,比如给他们讲述民间故事的搜集、整理问题,检查、修改他们的作业,给他们提供学术文章(如钟敬文的论文),让他们读一些专业性的书籍,等等。这对促进他们民间文学的学习和相关知识的掌握,提高他们的学习、学术能力,自然是极为有益的。

然而,张先生对"民间文学研究小组(或民俗学社)"的指导与训练,绝不止于此,还有更为重要的内容,即他会为每一个年级的研究小组指定一个"专门"的科研"任务",这个"任务"不是针对某个成员的,而是小组集体的,而这个"任务"又是与张先生本人的教学、科研计划相关的。据程健君老师介绍,77级、78级的主要任务就是协助张先生编订《河南民间故事》(增订本)。他们在学校的时候,"跑遍了全省的山山水水,从事田野调查,编纂出版了《河南民间故事》(增订本)"②。除此之外,在张先生的指导下,78级"民间文学研究小组"的同学还从77级、78级两个年级的课程作业、毕业论文中选出优秀篇目,编选出了《民间文

---

① 引自张振犁《日记》,1982年4月7日。
② 《省民协主席程健君:让人们听得见乡音,记得住乡愁》,映象新闻。http://www.hnr.cn/news/snxw/201512/t20151222_2173921.html,2015年12月22日。此外,1979级"研究小组"的同学也参与《河南民间故事》(增订本)的修订编纂。

学与作家文学》和《民间文学论集》两本学生的论文集,作为"内部参考资料",供同学们翻阅、参考。79级、80级两个年级的"民间文学研究小组"主要任务是编选《河南方志民俗资料汇编》,这个"资料"在1983年完成,全书分上下册,33万字,由当时的学校团委资助印刷出来。张先生为它写了"前言",而著名学者任访秋先生又为之"作序",这是河南的首部"方志民俗资料"的汇编。虽然它最终没有出版发行,但在以后张先生的"田野考察"和学术研究中依然发挥了重要作用,尤其这部资料在当时还产生不小的"影响"。1983年,当时的河南省外事办公室宣传处特意联系张先生,要购买这部"资料汇编"和《河南省民间故事》(增订本)。1985年河南省民政厅的相关同志也关注到了这部资料,并专门拜访张先生,希望在此基础上查漏补缺,编出相对完整的《河南方志民俗资料汇编》,并出版发行。20世纪90年代初,《中原文化文典》编纂工作启动后,中州古籍出版社将《河南方志民俗资料汇编》原版影印,供专家编纂参考。"民间文学研究小组"的一系列活动和成绩,在学生中间引起了不小的反响,不少同学开始自觉地编辑一些民间文学的作品集,79级的四位同学周峰、林小群、李延平、吴明主动来找张先生,希望能在他的指导下编选一部《笑话集》,高有鹏更是以一人之力编出了一部《中原民歌》,等等。"民间文学研究小组"的"实绩"也引起系里和其他学科老师的关注,1983年4月,"民间文学研究小组"更名为"民俗学社"[①],在"民俗学社"的成立大会上,不仅

---

① 引自张振犁《日记》,1983年4月4日。

当时的中文系书记苏文魁出席讲话,当时中文系两位德高望重的先生——70多岁的任访秋和80多岁的于安澜也前来"捧场",而最活跃的还是"学社"的同学们,赵成先、朱朝阳、耿瑞、李静涛等同学纷纷走上"前台"宣读自己的论文。

然而,更为重要的是,借助"民间文学研究小组"的各种活动,张先生真正的在学生心目中撒下了民间文学的"种子"。这些学生中的代表,如1977级"民间文学研究小组"组长孟宪明,是著名的作家和影视编剧,始终钟爱民间文学;1979级"民间文学研究小组"组长程健君,也对民间文学不离不弃,曾经担任中国民协副主席和河南省民协主席;1978级"民间文学研究小组"组长耿瑞,曾经担任驻马店市科技局局长,始终对民间文学、文化情有独钟,编有《解说南海禅寺》,现在是驻马店民间文艺家协会的名誉主席,参与主持《中国民间文学大系·传说故事·河南卷·驻马店分卷》的编纂工作;1980级"民间文学研究小组"组长高有鹏,是民俗学和民间文学的著名学者、教授;1981级"民俗学社"的成员刘炳强,毕业以后进入政府机关工作,在"知天命"之年后,重归民间文学事业,担任河南省民间文艺家协会秘书长……这个名单还可以写下去。1997年出版的"中原民俗丛书"包含《民间服饰》《民间食俗》《民间居住》《民间神话》《民间百神》《民间礼俗》《民间庙会》《民间禁忌》《民间百工》《民间戏曲》《民间舞蹈》《民间游戏》《民间称谓》《民间节日》和《民间俗语》等15种,其中的13种都是出自河南大学中文系毕业生之手。2008年出版的《中原文化大典·民俗典》5卷,作者也全部都是张先生的学生,他们中的绝大多数都是河南大学中文系77到81级的学生,他们或是"民间文学研究小组(或民俗学社)"的成员,或者受到这个学生社团直接或间接的影响,是张先生在他们心中植下了民间文学的"种子"!

所以,张先生说"撒下的种子,自有开花结果之日"。信然!张先生撒下的民间文学的"种子",早已在中原大地开花结果,而任何一个学科的发展不都需要"撒下种子"吗?

第五节 "唐僧取经"与中原神话研究学术群体

2007年12月,高有鹏老师在《大河报》上发出了一篇《中原神话学的红太阳》的文章,这里的"红太阳"指的是张振犁先生。所谓"红太阳",在一般寓意上,指的是一个人像太阳一样炽热发光,照耀、温暖他人,造福人类,永垂不朽。高老师这里的用法显然是"夸张"的,其间包含着对老师的感恩与深情。如果不是与张先生亲近的学生、学术群体中人,其实很难理解高老师,还有孟宪明和程健君等人对张先生的感情。他们甚至会觉得高老师的说法有点"矫揉造作"。其实不然,以张先生为开拓者、领头人的"中原神话研究"群体,实际上也是老师和学生致力于大致相同的学术目标,边教边学,相互协作、扶持,最终产生广泛影响的一个学术团队。对于张先生和他的学生们的"中原神话研究",有人称之为"中原神话学派",在我看来,"学派"之说,有学术层面的内涵,但更多的是一种情感的、精神上的皈依,他们都共同经历过那个筚路蓝缕、奋力于中原神话田野考察的岁月。

在中原神话考察与研究中,有一个十分有趣的"典故",即张先生与学生们的田野考察被称作"唐僧取经"。我最早听到这个"典故",是2004年在张先生家上"中原神话研究"课,其间,张先生谈到自己与几位学生的中原神话考察、研究被朋友戏称为"唐僧取经",他自己是唐僧,孟宪明是孙悟空,程健君是沙僧,高有鹏是八戒。"经"是"中原神话","取经之"途",是漫长、艰辛的田野考察之旅。当时的他满脸笑意,是一种幸福、自豪的神态,那时的张先生已经是80岁的老人啦!后来,高有鹏老师也提及此事,在《中原神话学的红太阳》一文中,他用了很长一段话来讲述了这个"典故"背后的故事与意义:

> 中原神话学是开拓性的探索,张先生大胆地使用民间口传的第一手资料,结合我国古代神话传说,运用现代神话学理论,提出中国神话学的新概念。这是一种发现。钟敬文先生称之"文化史上的奇迹";俄罗斯学者鲍·李福清称之"当前神话学发展的新方向"。自此,中原神话学成为当代学术发展中一道亮丽的风景线。在张先生的身后,是一批年轻的学者。有人戏称张先生与孟宪明、程健君、高有鹏三个弟子,是中原神话学的西天取经(张先生是唐僧,孟宪明是孙悟空,程健君是沙僧,高有鹏是八戒)。连续多年,他们都获得了中国山花奖学术著作奖,却不事张扬。更有王定翔、张大新、朱淑君、尉迟从泰、张广智、刘乡英、魏敏、陈江风、耿瑞、高恒中、霍清廉、王静、刘炳强、郑大芝、吴效群等,包括康保成、廖奔、陈连山他们,都是在张先生的言传身教中成长起来。淮阳研究伏羲神话的杨复俊、桐柏研究盘古神话的马卉欣,他们也都自称是张先生的学生。这些人

都常年坚持田野作业,走一条充满荆棘与泥泞的道路……他们历经十余年,走遍中原,用心血写成的《中原民俗丛书》《东方文明的曙光——中原神话论》《中国民间文学史》《图文老郑州丛书》等著作,以及张先生主编的河南省重大项目《中原大典·民俗卷》,足以显示中原学术乃至当代中国学术的实力。而这些,有哪一本不是渗透了张先生的辛苦?[①]

所以无论"唐僧取经"典故的背后还是"中原神话学派"的称谓背后,其实更多的是对张先生的培育、提携之恩和那段艰辛学术历程的感念、回顾。张先生自己却从没有提及过"学派",但他也承认在他的影响和感召下形成了"中原神话研究"的学术群体。他说:

> 值得高兴的是,在河南大学中文系从1986年开"中原神话研究"选修课之后,不少同学一方面采录神话,同时,还撰写了关于中原神话的毕业论文。这样就培养了一批青年神话研究者。无形之中,他们成了这门学科的后继力量。这是我国神话科学研究的希望所在。这十多位中青年学子陈江风、孟宪明、程健君、高有鹏等很自然地形成了一个研究中原神话的"学术群体"。随着中原神话资料的不断被发现,特别是在全省民间文学普查中,又有大量新的资料出现在我们的面前时,也提出了上百条要我们回答的问题。这个年轻的中原神话研究群体,经过不断思考、探索,又写

[①] 高有鹏:《中原神话学的红太阳》,《大河报》2007年12月17日第B18版。

出了一批这方面的学术论文……①

当然，对于高有鹏等老师笔下的"中原神话学派"，如吴效群老师似乎有不同的看法，他在《张振犁老师和他的中原神话研究——兼谈对中原神话研究的认识》一文中提及：

> 张老师个性严肃，讲课一板一眼，无论上本科生的大课还是我一个人的小课，他都写有教案，讲课基本不脱离讲稿，难以称得上生动。但选他课的学生却不少，张老师的课以中原神话、民俗、民间文艺立论，让同学们感到亲切。一些学生就是因为听他的课而走上专业或业余民俗学研究道路的。这批人为数不少，研究主题又多集中于中原神话和民俗，以至于被称为"中原神话学派"。其实，这只是一个方面，据我的观察，张老师受学生们欢迎，主要还是因为他朴实的个性，同学们愿意跟他打交道。②

然而，也有张先生学生圈子以外的研究者以"中原神话学派"谈论张先生为代表的中原神话研究群体，并在从学术发展的脉络、分期上勾勒这一"学派"的形成。如霍志刚博士提到："中原神话调查集中在20世纪八九十年代，一直延续到21世纪，其研究旨趣、对象、组织人员是一脉相承的，似乎很难进行硬性的分期。以往研究者有三阶段等说辞。不过从研究取得的阶

---

① 张振犁：《情系中原神话》，载贾芝主编：《新中国民间文学五十年》，大众文艺出版社，2004，第584-585页。

② 吴效群：《张振犁老师和他的中原神话研究——兼谈对中原神话研究的认识》，河南大学文学院网站 http://wxy.henu.edu.cn/info/1216/8583.htm，2020年7月6日。

段性成果来划分,似乎可以将1983年至1991年作为第一个阶段,以张先生负责完成河南省哲学社会科研规划的'中原古典神话流变论考'科研工作,并出版第一部学术专著《中原古典神话流变论考》为主要标志。而1991年之后中原神话研究又出版了更多论著,进入了更加深入的研究阶段,中原神话学派也逐渐形成。"①其实,在20世纪八九十年代的学术语境当中,张先生摒弃专注文献的研究路径,而注重田野考察,致力于"古典神话"流变的当代形态,及其与考古、地理、民俗等因素的关联,确实是独树一帜的。如陈泳超先生虽然指出了张先生"已有成果"中不容忽视的"瑕疵",但仍然认为:"中原神话调查,为学术界提供了一大批真实、鲜活的民间口承资料,并附有若干比较具有科学性的调查报告,为古典神话的研究,尤其多重证据法的运用,打开了一篇五彩斑斓的新天地,从这层意义上说,它的贡献是非常巨大的……"②而杨利慧教授作为"中原神话"考察的直接参与者更是从感性层面谈及了初入其中所受到的巨大冲击:

> 1993年,我跟随河南大学张振犁教授的"中原神话调查组",在河南淮阳县、西华县以及河北涉县等地进行当代女娲神话与信仰的田野考察。那是我第一次在书本的女娲资料之外,亲身接触到民间活生生的民间口头传承和信仰习俗。记得第一次在西华县一块老百姓的地头看到一通女

---

① 霍志刚:《神话学转型时期的一位田野拓荒者——纪念张振犁先生》,《河池学院学报》2020年第4期。
② 陈泳超:《关于"神话复原"的学理分析——以伏羲女娲和"洪水后兄妹配偶再殖人类"神话为例》,《民俗研究》2002年第3期。

娲城遗址的石碑,低低的,四周满是青青的麦苗,摸着那通石碑,当时我心里非常激动,好像横亘在古老的女娲始祖与现代研究者之间的巨大时空隔阂刹那间不再存在,远古与现代的时间界限被打破,僵死的古老文献与鲜活的现实生活彼此互动,一脉相承……女娲不是远古的木乃伊,她是活在现实中的传统,并对人们的现实生活产生着多方面的影响。从此,我深以为女娲研究只从文献而研究神话是有局限的,而只有在由一系列的信仰观念、礼祀行为、神圣语言、巫术、禁忌等共同构成的信仰背景中,才能更真切、深入地理解女娲的神话及其信仰的实质![1]

其实,到1993年,张先生围绕中原神话的田野考察已经进行10年了,此时作为神话研究新锐的杨利慧尚有如此感受,我们也可以想见20世纪80年代初,中原神话的考察、研究带给学术界的震撼。当时著名古典神话研究家袁珂先生,则以简洁的话语评述张先生研究的特点:"如今你(张振犁)能足踏实地,从田野作业研究的崭新角度出发,取得民间口头传说、地方风物及民情风俗等多方面的实际资料,再回溯而上,探其本原,又从古籍记载中取得切实的印证。"[2]袁先生的评述实际涉及了张先生中原神话研究多个方面,如研究对象以田野资料为主,研究方法则是对田野所得神话的历时性"探原"与"古今对照"。有了明

---

[1] 廖明君、杨利慧:《朝向神话研究的新视点》,《民族艺术》2005年第1期。
[2] 袁珂:《中原古典神话流变论考·序二》,载张振犁《中原古典神话流变论考》,上海文艺出版社,1991。

确的对象和研究方法,并为周围相关学者所熟知、运用,其实,张先生为首的中原神话研究,未尝不可以视之为"学派"。只是他所倡导的研究方法因为存在值得商榷之处,后来的学者又没有及时补救,甚至相关研究在较长时间内并没有很好地传承、延续,以至于"学派"之称不被人们重视。但无论如何,张先生的"开辟"之功是不能抹杀的,尤其这个学术群体成员间,大家交谊深厚、彼此扶持的共同经历,也已经成为他们时刻感念的"精神家园"。

因而,"中原神话学派"的说法代表着一种神话研究的学术倾向和志趣,更表达着一个学术群体感念师恩,回顾曾经共同的学习、学术经历的一种精神象征。高有鹏老师怀念张先生的一段话或可为此注脚:

> (77级)孟宪明、王定翔、尉迟从泰、娄扎根、朱淑君等人研究民俗,78级程健君、王剑冰、陈江风、魏敏、丁晓宇和华锋等人,79级的耿瑞、高恒忠他们,80级的我们,包括霍清廉等人,81级的刘炳强、郑大芝,等等,都有民间文学研究著作……我出版第一本书,扉页上写"谨以此书敬献给张振犁先生"。40年来,我们与张振犁先生情同父子,心中永远敬爱。①

---

① 高有鹏:《大河大》,搜狐 https://www.sohu.com/a/410260509_479697,2020年7月28日。

第三章　中原神话的考察

2002年，张先生《钟敬文与中原神话研究——怀念恩师钟老》曾自述中原神话田野考察的经历，他说：

> 在近20年的时间里，我曾带领大小不同类型的"中原神话调查组"，先后10多次到全省神话蕴藏的重点地区的23个县、市，进行科学考察：北上太行、王屋；南下桐柏、伏牛；西登秦岭夸父之山；东去商丘火星之台；访羲陵于淮阳之丘，谒娲皇于西华之都；考新郑具茨黄帝之墟，察新密云岩之宫；奔孟津、洛汭观"龙马负图"之迹，追大禹导洪流之功于嵩岳之麓……足迹遍中原。跋山涉水，踏雪履冰。所到之处，如同走进中原的神话宝库。经过这样的长期考察，不仅摸清了中原神话的系统分布情况，采录了成百上千的口头神话遗存资料，更为我们开展中原神话研究创造了良好的条件。①

若从1983年张先生与程健君老师第一次开展"中原神话"的专题调研算起，2002年恰好是第20个年头。但"中原神话"的发现和研究的开展，却是在此之前的。张先生在《张振犁：情系中原神话》一文中曾经提及，早在20世纪70年代后期他带领

---

① 张振犁：《钟敬文与中原神话研究——怀念恩师钟老》，《西北民族研究》2002年2期。

学生考察、搜集河南民间故事时,已经注意到了"中原神话"信息,当时编纂的《河南民间故事》也收录了相关的篇目,如《马蹄窝》和《启母石》。① 但此时,张先生尚未形成"中原神话"的概念。

20世纪80年代,随着"民间文学概论"课程的恢复,张先生开始讲授这门课并要求学生的课程作业有田野考察的材料。借助学生作业,张先生发现了大量文献所载神话的"各种形态的异文",这让他惊喜不已,并开始思索这一"文化现象"。但真正启发张先生"中原神话""流变"研究思路的,却是钟敬文先生对传统民间神话传说当代演变问题的思考。② 由此,张先生撰写并发表了他关于"中原神话"思考的第一篇论文——《实事求是,从实际出发,建立我国的马克思主义民间文艺学——兼谈中原古典神话、传说流变今昔》③,其中提出了"中原古典神话"的概念。同时,1982年,张先生还完成了《中原古典神话流变初议》一文,这篇文章在提交次年的中国民间文艺研究会(简称民研会)第二届年会之前,张先生还特地寄给钟老和张紫晨、许钰,请他们提修改意见并据之做了修改。这篇文章在年会上引起了学界的关注,甚至有学者称张先生对"中原古典神话"的搜集、整理,是新时期的"搜神记"。也是这一年,张先生的"中原古典神

---

① 参见开封师范学院中文系编《河南民间故事》,河南人民出版社,1979。
② 参见张振犁:《钟敬文与中原神话研究——怀念恩师钟老》,《西北民族研究》2002年第2期。
③ 参见张振犁:《实事求是,从实际出发,建立我国的马克思主义民间文艺学——兼谈中原古典神话、传说流变今昔》,《湘潭大学社会科学学报·民间文学增刊》,1982年第5期。

话流变论考"被列为学校的重点项目,随后在1983年9月又被列为河南省哲学社会科学重点项目。"万事俱备,只欠东风",中原神话的田野考察也被提上日程。1983年9月,围绕"中原神话"的专题调研便开启了。

第一节　访羲陵　谒娲皇　察考轩辕遗迹
——"中原神话调查组"的周口与新郑、新密之行

1983年9月21日,这一天刚好是中秋节,张先生在日记中记下了这一年中原神话的田野考察计划,第一站张先生选择了周口。他在日记中写道:

计划初步确定时间安排如下:1.九月下旬,制订并请系里审批《关于赴周口等地区考察中原神话的计划报告》。2.十月上旬,向省直机关、单位(如民研会、方志总编室等)联系,请求联合下发介绍信、下达协助完成调查任务的指示函件。3.十月下旬至十一月上旬去周口地区。4.十一月下旬至十二月上旬去新郑等地。5.十二月中下旬全面总结,整理资料。6.准备工作包括:学习文件;熟悉调查地区基本情况材料;经费;物资。以上计划,如遇特殊情况,可临时调整。但重点采访计划必须按时完成。①

在接下来的工作中,张先生和程健君老师按照这个计划逐步推进,11月2日由开封出发抵达周口西华,正式开始了"中原

---

① 引自张振犁《日记》,1983年9月21日。

神话"的首次专题调研,至 11 月 18 日结束,共经过了 17 天的时间。

一、准备工作

其实,赴周口调研的计划早在 1983 年元月份,张先生已经在考虑了。为此,他一方面查阅《归德府志》《淮阳县志》《陈州府志》《项城县志》《西华县志》《西华县续志》《太康县志》和《淮宁县志》等大量方志文献,从中发现了西华县"女娲城",淮阳"伏羲陵"、庙会等许多神话传说相关的文献资料记述;另一方面也通过地方群艺馆、民协编辑的《淮阳民间故事》《周口民间文学》之类资料,了解这一地区民间文学作品的主要内容和大体分布。在该年 5 月份的时候,张先生读到了《陕西民俗学研究资料》中的一篇文章——《骊山女娲风俗对我们的启示》,张先生颇有触动。他认为,该文对闻一多所提出的女娲、伏羲只活动于长江流域的论点,提出了有力驳论论据;而淮阳伏羲、女娲神话传说及相关风俗的存在,又一次为黄河流域存在此类传说提供了证据,他也由此感叹:"要抓紧中原古典神话的调查和整理工作。这一项目,什么时候也不能放松。陕西骊山虽有女娲习俗,但却无完整故事,很值得思考。中原有完整故事,很值得探讨。中原有完整神话,是我们的自豪,也是科学研究的极为有利的条件。切切不可等闲视之。"[①]这促使了张先生选择周口作为专题调研的"首站",并以伏羲、女娲神话作为调研重点。

---

① 引自张振犁《日记》,1983 年 5 月 11 日。

进入"田野考察"之前,张先生与程健君老师做了细致的准备工作,其中包括设备调试和经费预支等,但最重要的还是联系地方、寻找联系人的问题,这些"联系人"主要是各县文化馆的相关工作人员。在张先生看来,田野考察过程中有了"联系人",就会"事半功倍",否则就是"事倍功半",浪费大量时间、精力。所以10月中旬,他给周口群艺馆的陈连忠同志写信,请他提供有关信息,并请他就调查计划提出意见和建议,其中包括到县里、公社以后的具体参访对象、需要关注的重点资料、重点讲述人等。陈连忠同志很快就回了信,他告诉张先生,调查组赴周口调查的事宜已经安排妥当,这让张先生十分兴奋。11月1日,张先生与程健君老师再次碰头,共同拟订了赴周口考察的计划,细致检查了录音机等设备。张先生还特别与程健君老师进行了"思想"沟通,让他要有充分的心理准备,宁可把困难想得多一些,也不能掉以轻心,一定从难从严要求,一切从零做起,要有拼搏精神;对可能遇到的问题,要多想几套应对的方案,有应变措施;要积极与当地的工作人员沟通,要争取当地党和有关部门领导的支持;田野考察过程中,要积极主动,尽可能地思考问题、分析问题,发现重点采访人。

二、进入田野:第一阶段

1983年11月2日,早上4时半,张先生与程健君老师一道乘三轮车赶赴开封汽车站,约5点半乘公共汽车出发,赴周口,开始了长达半个多月的田野工作。

第三章　中原神话的考察

图5　1983年11月5日,张振犁先生在西华县文化馆考察出土文物(孟白摄)

第一站:西华县

(1)访问地方宣传文化部门。无论到哪里调研,访问当地的宣传文化部门,都是张先生首先要做的。早上8时半抵达西华县城后,张先生首先到该县的宣传部,拜访了宣传部的李部长,向他说明来意后,李部长立即联系了县文化馆的齐凤梧副馆长(兼文化局局长),让他与张先生接洽相关的事宜。齐馆长为张先生和程老师安排过住处后,大致介绍了西华文物遗存的情况,其中包括女娲城。同行的文化馆的老张同志则介绍了栗大王庙的传说,颇有趣味。此外,商高坟、箕子庙的情况,他们也做了较为详细的介绍。午饭后,张先生与文化馆的同志共同商定了在西华的调查计划,初步确定:11月3日赴聂堆镇了解思都岗村"女娲城"相关传说情况;11月4日去逍遥镇,了解女娲传

111

说的流传情况;11月5日在县城参观文物室展览,为"女娲城"残损砖刻拍照,请城关重点采访人座谈、讲述。之后,张先生再次与程健君老师商讨调查资料梳理、记录和录音等一系列注意事项,交代程老师务求有闻必录,不要放过任何时机。

(2)展开实地调研与小型座谈会。在张先生的田野考察中,只要有条件,就会举行"讲述人"的座谈会,这样既节省调研的时间,又让不同的说法之间相互碰撞、启发。11月3日上午8:30左右,由县文化馆的郑岗岭、孟白两位同志陪同张先生和程健君老师赴聂堆镇(时称"公社")思都岗村(时称"大队")的女娲城、龙泉寺调查。因为没有汽车,文化馆和文化局的两位同志骑自行车轮流驮张先生,程老师则另借一辆自行车,大家骑行前往,10:00左右到达目的地。在郑、孟两位同志引导下,张先生一行先至思都岗小学所在的龙泉寺,察看其中的寺庙碑文,碑文首云:"西华县北,十五里许,有思都岗,女娲之故墟也。"此碑据碑文载,乃明万历年间所立。据张先生的记述,当时的龙泉寺破败不堪,多所房屋的屋顶破烂透光,小学教室更是简陋,他不禁感慨农村小学教育设施之差。约上午11时,村里72岁高龄的张慎重老人被请至寺中相谈,这位老人头脑清晰,记忆力好,对各类口碑传闻,如数家珍,先后为调查组讲述了"思都岗的来历""女娲炼石补天"和"女娲修城"等神话传说。约12时,在村支书、副支书的带领下,张先生一行来到思都岗村西北约一公里处的"女娲城遗址",蜿蜒起伏的城墙遗址还隐约可见,据说,城中的土岗上,过去曾建有"女娲阁"。文化馆的孟白同志介绍说,这里曾发掘出春秋时期的下水管道,还可以看到明显的夯土层。调查过程中,思都岗村的群众非常热情,尤其小孩子热闹围观,这让张先生深感农民的诚朴、爽直和热情。午间,大家在小学校长张银真同志家用餐;之后,又到村里副支书李德良家,并请来了数位70多岁甚至80余岁的老人,举行座谈会,让大家共同回忆思都岗、女娲城、女娲坟的往古传闻。下午5时半,调查组返回县城,向齐凤梧局长介绍了调研的情况。

11月4日上午,调查组赴逍遥镇,孟白同志同行。逍遥镇素有"小南京"之称,也是中原名吃"逍遥镇胡辣汤"的发源地。在乡文化站同志帮助下,调查组邀请了多位老人座谈,其中丁福合老人讲述的"八仙度刘仙"等故事,是"八仙故事"与"唐伯虎画师"故事的复合型,颇有特色,值得研究。但遗憾的是,从上午到下午一整天时间里,调查组虽然记录了不少的民间故事,但河大中文系1980级刘洪彬同学所记的人祖爷、人祖奶的故事仍无着落。直至下午3点多钟,调查组找到了刘炎老先生。这是位60岁的穷苦老人,他出身贫苦,自幼讨荒要饭,做小生意,到处流浪。虽然是文盲,却见多识广,能言善语,性格风趣、幽默,语言极生动,有生活气息。刚见面时,他还有点不自然,张先生说明来意后,他顾虑消除,讲述了"伏羲女娲洪水故事",完整细腻。此外,他还讲述了"鲁班与老君""祸从口出"等故事。收获"伏羲女娲洪水故事",让张先生兴奋不已,认为是当日田野采访的"意外收获"。

11月5日,张先生与程老师来到西华县志总编室,访问其中一些老同志,座谈女娲城、洪水故事。他们认为,由地形、地名分析,从郑州到西华,岗特别多,可以推想在若千万年前,地形肯定比较高,然后才能产生女娲补天神话。另外,他们还提及,从西华艾岗公社曾发现巨形象牙来看,古时这里很可能为热带气候,多水患,所以产生"洪水遗民再造人类"这样的神话是很自然的。下午休息后,张先生一行又参观了县文化馆古物室,这里陈列的"娲"字砖及女娲城地下城管道(春秋时期)图片实物及文字资料,相当可贵;其中的巨形象牙(共33厘米,牙根径20厘米),可证这里原为热带地区,洪水很易成灾;"管道"内径25厘米,外径29厘米,宽10厘米;女娲城的"娲"字砖,长40.5厘米,宽40厘米,高(厚)7厘米。在张先生看来,与相关的县志资料结合,这些文物材料可以作为女娲神话在此地源远流长的重要佐证。

第二站:淮阳县

11月6日,调查组结束了在西华的考察,与宣传部、文化馆的同志辞行后,在上午9点半左右到达周口市区,在宣传部招待所下榻。张先生到文化局群艺馆拜访了陈连忠同志,并商定调查计划。11月7日上午,张先生到周口地区宣传部拜访魏部长,向他说明调查的情况、任务,魏部长建议调查组先到淮阳调查伏羲、女娲神话传说,并请文化局韩科长陪同去淮阳,这一建议有利于节省调查时间,完成调查任务。下午,文化局的杨岩石局长和韩科长来访,大家畅谈调查问题。随后,调查组在韩科长陪同下乘车赴淮阳,在县文化馆李馆长带领下,在县委招待所下榻;后拜访县文化局李局长、宣传部雷部长,讲明来意,初步确定次日展开调查。

11月8日上午,调查组一行与文化局杨富俊和骆科长一同

第三章 中原神话的考察

商订具体调研计划，两位同志介绍调研线索，了解淮阳的情况；下午至太昊陵，在宣传部老范同志和太昊陵文物管理所老骆同志的陪同下，大家参观了太昊陵的庙宇建筑及陈列之物、风景名胜等；最后，登上伏羲氏之陵；之后，又游览了太昊陵公园，约晚上6时返回招待所。有感于太昊陵的壮观，张先生当夜写下了《访太昊陵》诗一首：

> 秋雨迷蒙谒昊陵，殿宇翚飞阶苔青。
>
> 古柏苍郁虬入云，暮色著园散幽馨。
>
> 千古羲皇华夏宗，创世维艰天地功。
>
> 冢墓雄峙德可比，缅怀远祖大业兴。

1983年11月8日游太昊陵雨中归来

11月9日上午，文化馆杨牧同志带骆崇礼、严仙盈两位同志来访问，他们讲述太昊陵民俗和民间艺术（泥泥狗）的相关传说。下午调查组邀请了彭兴孝同志和上午来访的诸位同志，大家分别讲述了"伏羲、女娲洪水造人"神话。其中，彭兴孝讲述了"槃瓠"的故事。这个故事中，犬被盖起来，过49天，可变为人；公主没等到49天，便把犬揭出来，结果只把头变人了，下面身体还是狗身。11月10日，上午张先生与程健君老师参观了画卦台。下午，调查组邀请彭兴孝同志重新讲述"伏羲、女娲神话"。下午3时左右，调查组向宣传部李部长致谢并辞行。11月11日早，张先生因访画卦台有感而作《访画卦台》诗：

> 城湖蒲白微波兴，画卦台畔觅旧踪。

> 乾坤初造斯文祖,同尊蓍龟第一功。①
>
> 1983年11月10日游览画卦台归来

下午2时半,淮阳县委宣传部派车送调查组至沈丘,张先生与当地宣传部王部长取得联系。

第三站:沈丘县

11月12日上午,调查组与县委宣传部胡部长、文化馆石玉杰馆长和李笃学同志相见,大家畅谈文化工作的大好形势,然后参观文化馆举办的"菊展"。石馆长、李笃学介绍沈丘民间文学工作情况,了解收集的民间故事稿子,及《沈丘文艺》。下午,调查组去县委档案室查《沈丘县志》,程健君老师摘录了部分材料。11月13日上午,按计划赴新安集镇魏桥村调查,由文化站同志用自行车将张先生和程健君老师送至魏桥,下午调查组访问了87岁的老人乔振邦,请他讲述"人祖爷"的故事。这篇故事说,人祖爷是从桐柏来到淮阳定居的,女娲来沈丘南格朗旦(店)定居。乔振邦还讲了"牛郎织女""朱元璋传说"等故事。下午3时后,调查组访问78岁老大娘齐黄氏,这位大娘精神矍铄,性情爽朗、幽默,语言风趣,她生动地讲述了"人祖爷"的故事,中间不时插以韵语。此外,她还口述了韵文的"孟姜女",张先生认为这位齐黄氏是此次调查中最能讲的采访对象之一。他也不禁感慨:不做田野考察,到"民间"走一走,怎么能知道"民间"有这样的口头文学讲述人才!研究民间文学的人,就需要接触这样的民间故事能手,可惜调研的时间太短了。最后,调查组

---

① 白龟池即画卦台址。

为老人拍照,检查录音效果后,返回沈丘。11月14日早上7时,在李笃学等同志的陪同下,调查组乘汽车赴刘庄店公社,上午8时许抵达公社所在地,11时左右,调查组要采访的"讲述人"——78岁的耿玉章老人到来,他讲述了"人祖爷"的神话,其中乌龟救助兄妹二人的情节,很新颖。中午在公社书记陪同下,大家共进午餐。下午3时,调查组一行乘汽车返回招待所。

11月15日上午,调查组一行到赵德营公社采访,但因为各种原因,一个上午过去了,要找的"讲述人"仍未到,中午时分,大家在公社用餐,小酌。下午,小齐营村的齐永会、齐永仁来到,他们向调查组口述了"人祖爷"神话,与耿玉章、乔振邦两位所讲稍有出入。另外,二人还讲了"孟姜女""杨广河""王羲之写'山海关'""郑板桥"等传说故事。张先生认为他们所讲虽然生动,但略带有文人知识分子的语言特点。

第四站:项城县(今项城市)

11月16日上午10点左右,调查组和沈丘县文化馆的同志分手,与陈连忠同志赴项城县,见到了县委宣传部的曲志起同学,曲志起为调查组安排了食宿。下午调查组与曲志起等座谈,了解项城概况、文物名胜、社会风气等。下午文化馆王鸿勋到来,大家初步商订了次日调研活动计划。

11月17日,在文化馆王鸿勋同志帮助、主持下,调查组召开座谈会,邀请到项城高中的马校长、电视学校的高老师和已退休的严老师等人,张先生说明来意、要求后,大家畅谈了项城的风物、民情、神话、传说。张先生认为这个座谈会开得生动有趣,很有收获。众人讲述了"人祖爷"、"人祖逃难"、"老武城"(即

"鬼修城")、"忠义冢"、"袁世凯"、"王莽撵刘秀(一组)"和"王子由作诗"等传说故事。上午11点半左右,座谈结束,调查组和与会的同志、老师们合影留念,中午大家聚餐、小酌。下午4时许,县委派小车送调查组一行至光武台白果树、鹿苑寺、槐树爷等名胜参观。5时许,一行人共同乘车返回曲志起处,晚上,宣传部王部长与调查组一行人宴饮、小酌。直到夜10时,一行人方返回招待所。

11月18日早上6:30,调查组乘车返程,经5个半小时的旅途,返回开封。

三、进入田野:第二阶段

在周口的调研结束以后,调查组在开封做了短暂的休息(11月18日—24日),并准备赴新密、新郑两县继续展开黄帝神话的调查。其间,张先生借助《河南方志民俗资料汇编(下)》查阅了新郑、新密的神话资料内容,制订了下一阶段的调研计划,他们决定将此次调查重点放在新郑、新密,如果有意外情况的话,就到登封考察,并做了相应的准备。

第五站:新郑县(今新郑市)

11月24日下午2时调查组乘公共汽车出发,5时抵达新郑。11月25日,因联系人蔡柏顺外出未归,调查组决定先去密县,然后返回,以免时间拖延,贻误时机。在车站等车期间,邂逅蔡柏顺,张先生与之畅谈民间文学工作,讨论"轩辕黄帝"的故事集编写问题。下午3时,调查组赴新郑文庙查找"轩辕都城"碑文,幸见完整碑石,系道光二年(1822年)刻的《重修新郑县文庙碑记》其中云："……新郑为轩辕黄帝故都,文明肇启有自来已。春秋之世,稗谌世叔诸贤,彬彬乎称极盛焉。下逮元明……道光二年岁次壬午。"然而,文庙旧迹,所存无几,文昌阁亦无踪迹。然后至新郑北关祖师庙,请老人刘水庆(78岁)等,讲述"轩辕故里"石碑竖立旧址的种种遗闻、传说,他们还谈到高阁老(明朝中期内阁首辅高拱)的传说和欧阳修墓碑石刻,颇为丰富。11月26日,有感于"轩辕故里"的种种传说,张先生晨间口吟《访轩辕故里》小诗：

冬日夕照霞光明,巷间瓦砾辨旧踪。

轩辕远古杳然事,父老谈笑话有熊。

11月26日上午,蔡柏顺和文物室薛文灿同志来访,给调查组介绍新郑县文物概况,其中对"轩辕故里"文物石碑,介绍得尤为详细。大家也交谈了文物、民间文学、历史学等学科的关系。下午,调查组同蔡柏顺同志乘车赴千户寨公社,采访该地流传的黄帝神话。其间,申保安同志(乡党委副书记兼副乡长)讲述了"风后岭来历的传说"。11月27日上午7时,由文化站张爱民同志做向导,调查组来到风后岭下驼窑林场,与林场队长袁周、生产队队长史水池同志,畅谈风后岭的神话传说及山上的名胜古迹。10时,在史水池同志陪同下,调查组循风后岭山间峡谷,攀荆棘,踩悬岩,经过艰苦努力,登上王灵官庙,探访了王母娘娘洞;又往南循主峰峡口,经过梳妆楼,登上峰顶,探访祖师庙、明眼庙、棋盘石;下山时经过二道寨墙,抵当地人所称的"三宫"旧址。"头宫"所奉为大奶奶、二奶奶和三奶奶,是人们求子之地,"二宫"为玉皇天爷庙,"三宫(底宫)"所奉为三皇,即伏羲、燧人氏和神农。至下午1时左右调查组返回林场,略作休息后,返回新郑下榻,此时已是晚上6点。

在张先生日记的记述中,史水池同志所讲"黑龙王庙传说"让他记忆深刻。据该传说,黑龙王原在天上,因行雨失误,被玉皇大帝贬下凡间吃苦。他给地主家扛长工,负责浇菜园。他白天睡觉,地主不高兴,问他为啥白天不干活儿?他说:"我晚上浇。"天黑了,他变成一条长虫爬到井辘轳上从井里喝水,然后往菜地一吐就浇完了。地主很奇怪,一连几天偷偷观察,才发现这名长工的不平凡,再不敢违拗他。有一天,(黑龙王变成的)长工给地主说他该走了,让地主给一只鸡当马骑,地主误听成了把闺女送给他当妻子,不敢不听。晌午时分,地主让女儿梳妆打扮齐整后,坐在当院椅子上。不大一会儿,头顶过来一片云彩,闺女也慢慢断气了,据说已跟黑龙王走了。

11月28日,调查组与蔡柏顺同志一道去县志总编室,与刘文学等同志座谈新郑黄帝神话问题,座谈中间张先生提出,《历代帝都》一书肯定黄帝都新郑有熊(寿邱),而非山东寿邱,风后可能就是祖师(风后岭上祖师),古禅寺所祀神应为黄帝(庙祝所言),而不一定为中岳,建议恢复"轩辕故里"等一系列古迹,为旅游开发做准备。座谈会后,调查组一行向蔡柏顺等告辞,并于下午3时乘长途汽车赴新密。

第六站:密县(今"新密市")

11月28日下午5时调查组到达密县,住东关旅社,往访县志办的高力升、魏殿臣等同志,初步交谈调研事宜。其间魏殿臣谈及云岩宫周围黄帝遗迹颇为丰富,建议调查组重点采访;张先生与高力升约定,次日(11月29日)前往县委宣传部汇报、说明调研事宜。11月29日,张先生与程健君老师前往宣传部联系接洽工作,在宣传部于部长的主持、安排下,调查组与魏殿臣、高力升等同志共同商订了调研活动计划,初步确定到苟堂公社大鸿山、平陌公社密岵山,刘砦公社云岩宫等地重点采访。之后,他们返回旅社,老同学刘金城来访,畅叙别情,他告诉张先生大鸿山上有黄帝避暑洞(梳妆楼)、御花园等遗迹。下午2时,张先生与程健君同返故里,与家人团聚,张先生心情愉悦,他在日记中写道:

> 夜与家人团聚。子孙满堂,生龙活虎。家里由于三哥苦心操持,楼房矗立,花香满院,令人心神一爽。似此家道盛景,非党的三中全会精神,何能至此? 此所谓合天心,顺民意者,此也。晚饭后,请三哥讲神话故事、笑话。令人心旷神怡。儿时生活情景,再现目前。三哥兴致极好,虽年已77岁,尚吹笙、品笛,不时到民间吹歌班吹两曲。古雅典致、雄浑、质朴,颇似唐代古乐(笙箫管笛合奏)。室内一片欢声笑语,如回到四十年前的童稚时代,恍如隔世。深夜休息。几十年来早已无此生活感受了。这是难忘的一次探家之行。①

次日,也即11月30日,张先生与三哥至祖茔扫墓,追思家祖、父母。之后,张先生在家人的陪伴下,重游了超化的名胜如龙池、金华泉、水泉河、洧水、溱水,观览了隋塔废墟。时隔多年

---

① 引自张振犁《日记》,1983年11月29日。

以后的故地重游,尤其参访超化寺本院的文物陈列,让他想起儿时读书和曾经在此教书的情景,不禁感慨万千。

12月1日,调查组前往刘砦公社云岩宫展开调查。据说,云岩宫是黄帝住的宫殿,当地民谣云:"南京到北京,不如云岩宫。二百(柏)一十(石)三座庙,王母娘娘坐空中。老龙叫唤不绝声。"程健君老师用生动笔触描绘了这里的景致:"我们一踏进云岩宫内,果然看到了山水如画的景色。一座座宫殿式建筑,坐北向南,正对着林立的峭壁。脚下是十几丈深的峡谷。一河碧水穿谷而过,发出雷般的轰鸣。这就是所说的'老龙叫唤不绝声'。向县南望去,远处的大鸿山、风后岭,近处东南角的力牧台(讲武山)等群峰叠翠,像是一个个顶天立地的武士,日夜守卫着云岩宫。在河北岸一块突出在峡谷中的峭壁上,有一个王母洞。每当夕阳西下,阳光映着谷底的河水,反射在灰白色的岩石下,真像一大片行云。'王母娘娘坐空中',说的就是这种景色。'二柏一石'说的是河中的一块大岩石上生长着两棵古柏。因为河下游修筑水库,现在已经被淹没了。"①张先生也感叹这里景色宜人,奇山异水,不愧为密县八大景之一。

当地群众告诉调查组,黄帝和力牧白天在这里练兵习武,晚上住在云岩宫。宫内有点兵台,是黄帝点兵的地方;周边还有黄帝养马的地方,养马庄;黄帝骠马的地方,马骥陵;黄帝饮马的地方,饮马河;黄帝储存粮食的地方,仓王庄。再往南20里的大鸿山上,还有黄帝的御花园、避暑宫、梳妆楼等传说遗迹。往西40

---

① 程健君:《中原神话调查报告之一》,载张振犁《中原神话研究》,上海社会科学院出版社,2009,第220页。

里,则是黄帝炼玉膏的密山。

12月2日上午7时许,调查组乘汽车(公社安排)赴大鸿山考察,途径大隗镇,至镇西的修德观察访"黄帝向广成子问道处",其间因步行,无意中发现了某村头小河桥上被当作桥板的残碑,抹去灰尘查看,却是"重修修德观碑"。碑文表明:该碑立于明万历四年(1576年)。残存的《敕建重修修德宫记》载:"夫帝王所居曰宫,神仙所居曰观……黄帝问道之所于是,而修德以为治平之本……斯为天下之奇观矣,广成子曾隐于大隗之山……赤松子与黄帝有问答之书传于世,至汉后……黄帝广成子之德,修望仙楼一所,朝夕焚香……"张先生认为这些材料十分宝贵,因为它反映了密县黄帝神话群的存在,关系重大。

图6 1983年12月3日中原神话调查组在大鸿山考察途中在山民家吃一块红薯就当午餐了。左一为张振犁先生,左二为高力升,右一为魏殿臣(程健君摄)

12月3日,调查组在大鸿山考察,同行的还有密县文化馆和苟堂乡的4位同志。调查组首先来到半山腰的任家庄,但当时的这个"庄"有点名不副实,因为只有一户人家。任家庄背靠大鸿山,处于山阴,因大鸿山山峰较高,所以这里一年中有半年是见不到太阳的。主人任民章一家热情接待了调查组,端出了刚出锅的蒸红薯,还有板栗,请客人们品尝。

　　当聊起"黄帝避暑宫"时,任民章说,他们不叫"避暑宫",而叫"避暑洞",而这个"洞"实际上已经被改造成了他们家的仓库。张先生一行来到"避暑洞",发现这里只有十几平方米,远不如他们想象中的大。但这里地处山阴,草木茂盛,泉水长流,确为避暑胜地!任民章还告诉我们,所谓"御花园",当地群众称之为"花园坡",还需前行10里左右的山路,还提到了大鸿山上的黄帝"饮马槽"。临行时,主人还为每位考察组成员准备了一根山核桃手杖,并让8岁的小儿子为调查组带了一段路。大约中午12点,调查组登上大鸿山山顶,一位偶遇的农民王有才带大家看了"饮马槽",并指点出"黄帝花园坡"的所在地,他还说,当地群众在花园坡种地时,常常翻出来带花纹的碎砖烂瓦。由花园坡东行5里左右,张先生一行登上了著名的"梳妆楼",又东行便是"擂鼓台"。

　　至此,调查组所要探访的传说遗迹,已全部了解。张先生称这一天是访查名山黄帝活动遗迹"最有意义的一天",也是此次考察上古神话过程中的"高潮"。次日,张先生和程健君老师在魏殿臣家抄录《云岩宫风后八阵图记》等碑文。

　　对于密县之行,张先生还是较为满意的。他认为,在考察过程中,应该弄清的问题,已基本弄清,可谓一次丰收。唯一需要进一步研究的是,关于黄帝崆峒山访广成子问道的地点,应在返回开封之前查阅有关碑文,分析不同材料,逐步得出近似合理的结论。有感于此,心情愉悦的张先生夜不能寐,在12月5日凌晨吟诗数首以寄怀:

其一,《游云岩宫》

夕照云霞映青松,深峡古舟荡水声。

殿堂高昂山崖险,轩古讲武论治平。

其二,《登大鸿山》

煦日高悬万里空,攀崖履险踏群峰。

三公业绩山可比,轩辕游兴倍有情!

注:黄帝三公即风后、力牧、大鸿。大隗山有风后岭、大鸿山,县东南有力牧台;大鸿山上有花园坡、梳妆楼、避暑宫,相传为黄帝种花、避暑,与妻子梳洗处。

其三,《访修德观》

依山面洧松柏青,观宇凌空气势雄。

轩帝欲求治平策,修德观前问广成。

12月5日上午,调查组登密岵山,继续探访黄帝神话的流传情况,但无甚收获。下午2点调查组返回密县县城,休息时间,调查组师生二人谈考察所得、谈治学,张先生让程健君老师写出考察报告。12月6日凌晨张先生口占《话密岵山》:

久闻昆仑密岵山,轩辕丹术益延年。

息兵无为岂治国?荒古传闻今茫然。

至此,围绕新郑、密县的黄帝神话的考察基本结束。12月6

日上午,张先生至宣传部致谢并辞行,下午3点左右,张先生与程老师返回开封。

四、调研总结与报告

这次田野考察结束以后,程健君老师在《中原神话调查报告之一》(以下简称《报告》)中,对调研的经过和收获做了系统的总结。他在《报告》说"最近,河南大学组织了'中原神话调查组',对西华、淮阳、沈丘、项城、新郑、密县等地的古典神话流变情况做了一次专题调查。调查组有两名教师,张振犁副教授亲自参加了这次调查活动。调查工作自11月2日开始,到12月6日结束。在短短三十几天时间里,调查组共采录到各类民间文学作品109件,其中神话68篇(包括异文及有关资料)。录制录音磁带14盒,拍摄照片资料128张,摘录了一部分碑文和文物档案材料"[1],从中可见"中原神话调查组"考察的着重点。

尤其值得注意的是,程老师的调查报告还总结了"专题调查"的几点体会,这里不嫌烦赘,全文照录,以从中理解张先生及"中原神话调查组"的田野考察实践的"思路"和基本做法。相关内容如下:

一、专题调查和一般的民间文学采风不一样,准备工作必须做得细致深入。比如到某地调查什么,有什么线索,必要时,连访问对象的名单也得排列出来。这样,在工作中才能不走弯路。这次调查,我们是按照同学们提供的线索,

---

[1] 程健君:《中原神话调查报告之一》,载张振犁《中原神话研究》,上海社会科学院出版社,2009,第217页。

修订了调查计划。这一点非常重要。

二、各县文化馆、文物组和乡文化站的同志,是我们依靠的主要力量。我们调查组的成员只有两人。在实际工作中,往往又是由各县文化馆、文物组、乡文化站同志共同参加的"联合调查组"(此次,参加调查的共有二十一人)。他们最熟悉当地的自然地理环境、人民的生活习俗和民间文学的蕴藏情况。例如,我们在沈丘调查时,事先通过地区群艺馆给沈丘县文化馆联系了一下,说明了意图。等我们到沈丘时,文化馆的李笃学同志把三个采访点、采访对象及路线都安排好了。从而不仅节约了大量时间,而且也取得了比较满意的效果。实践证明,这个经验是切实可行的。

三、搞神话调查,不可忽视文物考古、民俗、历史、语言等方面的调查。我们每到一地,都要走访县志编辑室,了解当地文物名胜古迹,参观文物室,向文物组的同志了解情况。西华女娲城的"娲"字汉砖和春秋地下城遗址发掘的器物等,就是在文物室里看到的。这给我们开展综合研究,提供了重要资料。

四、搞专题调查,必须有充分的时间作保证。我们这次用三十六天的时间调查了六个县,虽然主要的东西都调查到了,达到了预期的目的,但总的来看,时间比较紧,没有做更细致深入的调查,接触的面也比较窄。这是在今后的工作中应该注意的。

五、最后,也是特别需要注意的是,运用现代化录音、照相器材和手头笔记相结合的方法调查,是保证调查顺利进行的极为重要的物质准备条件。虽然,这次调查,由于人手少,又是初次运用多种手段调查,难免临时出现一些漏洞和缺点。但总的讲,正是依靠现代科学器材,才保存了珍贵的第一手资料的。①

第二节 西登夸父 南下桐柏
——"中原神话调查组"的灵宝、华山与桐柏之行

"中原神话调查组"第二次专题调研,从1984年11月30日开始,至12月26日结束。较周口、新密之行,此次更见艰辛。程健君老师在调查报告中说:"参加此次调查的有河南大学的教师和各地县有关的民间文学专干同志。在27天的调查过程中,调查组克服了寒冷气候带来的种种困难,顶风冒雪,爬山越岭,跨越两省五县,行程数千里,登上了轩辕黄帝的铸鼎塬,采访了夸父山下的老农,察看了潼关风陵堆,爬上了白雪皑皑的西岳华山和桐柏盘古山。"②程老师所言非虚,因为这个时段正值北方天气寒冷之际,山区丘陵地带,气温更低,加上所调研的几个区域恰好下雪,大大增加了察访的难度。这一年的张先生已经整整60岁,以"花甲"之年跋涉、奔波于风雪交加的崇山峻岭之间,着实令人感佩。

---

① 程健君:《中原神话调查报告之一》,载张振犁《中原神话研究》,上海社会科学院出版社,2009,第221-222页。
② 程健君:《中原神话调查报告之二》,载张振犁《中原神话研究》,上海社会科学院出版社,2009,第223页。

一、调研的准备

1984年是张先生十分忙碌的一年,在他日记的叙述中,仅在外开会(或在途中)和查资料就占用了大量时间,其中,2月15日至3月6日,张先生在北京参加《中国大百科全书》"民间文学"相关词条定稿会议;4月9日至12日,张先生在郑州参加中国民间文艺研究会河南分会理事会;5月24日至6月5日,张先生在四川峨眉山参加"全国民间文学理论著作选题座谈会"及"神话讨论会",会议结束后,因交通问题,在重庆、武汉滞留多日;7月11日至11月13日,张先生一直在北京,钟敬文先生委派他查询晚清民间文学资料并编制相关的资料索引;11月13日至22日,张先生在河北石家庄参加中国民间文艺家协会第四届全国代表大会。仅上述,已有160余天,在外的日子占去了张先生全年时间的近一半。这种"为学术"的奔波与劳累,对于一个60岁的老人而言,实际上是有点"残忍"的,虽然张先生本人一直热情高涨,不知疲倦。

11月26日,张先生回到开封后的第3天就到医院就诊,原因是膝关节疼痛,并进行了"烤电""针刺"等治疗,一直持续到出发调研的前一日,即29日。但是,再次调研却是他始终惦念不忘的。11月11日,还在北京查资料的他就给程健君老师写信,让他跟洛阳文化馆的李岭和洛阳的文化局方面联系,还让他通知灵宝、孟津两县文化馆在下月初前往调查的事。之后,张先生又给灵宝的杨光甫、桐柏县马卉欣写信,通知他们调研事宜,并请他们协助。到家的第2天,他便给当时的中文系主任王文金汇报了调研事宜,征得系里同意;还特意跟程健君老师谈话,让他充分认识此次专题调查的意义和重要性,暂时放弃个人进修,等调研结束后再做计划。

与此次调研相关的学术准备,实际上早已开始,1981年张先生就关注到学生作业中的相关线索。该年秋,1978级学生在灵宝的教育实习中,发掘了"黄帝岭"的神话,还有学生在作业中提到灵宝的"夸父山",这些与一些方志如《阌乡县志》中的记述相照应。另外,还有些方志记述和学生记录的民间文学作品所提供的"线索",也引起了张先生极大的兴趣,如《南阳府志》和《桐柏县志》中有关盘古山、大禹治水等传说遗迹的记述,尤其郑大芝善讲故事的母亲,更是激起张先生极大的兴趣。

11月30日,最后一次检查过录音机、照相机等设备后,张先生和程健君老师启程了。

二、进入田野

第一站:灵宝(今灵宝市)

11月30日,张先生和程老师到达郑州,购买到次日赴灵宝的火车票,12月1日下午3:40乘车奔赴灵宝,次日凌晨3点左右抵达灵宝,住铁路旅社,短暂休息后,上午7:30左右,张先生便与程老师赶赴灵宝县委宣传部拜访,因恰逢周日,宣传部只有值班的胡同志,说明来意后,他帮忙联系了文化馆的杨光甫、宁建民等同志,商定次日与宣传部接洽后,再就调研事宜做具体安排。晚上,河大中文系毕业生、78级同学李庆红来访,她是张先生教过的学生,也是程健君老师的同学。她已是乡党委副书记,交谈过后,李庆红答应安排得力人员,帮助调查组完成考察任务。

次日(12月3日),县委宣传部宋部长和县志办公室主任、文化馆杨光甫、宁建民等来访,张先生说明了调研的目的和计划,他们很是支持,指派了宁建民同志陪同采访,并让县志办李老师来,与宁同志一起介绍灵宝县文物名胜概况,还让县文管会送来不少文物卡片、碑文拓片,供调查组参考。其中《夸父峪碑记》颇有价值,该碑记主要涉及3个方面的内容,旨在说明立碑之功用:一是"崇祀典",碑文说该山之神"镇佑一方,民咸受其福,理合血食",所以当地的"八社士庶",岁岁祭祀;二是"考实箓",也即证明此山乃"夸父山",并引《山海经》所记夸父神话为证,"东海之滨,有夸父其人者,疾行善走,知太阳之出,不知其入,爰策杖追日至此山下,渴而死。山因以名焉";三是"息争讼",因庙底村等八社山民与夸父营、狼寨屯山民为夸父峪山权争讼,邑令李公将夸父峪断为庙底村等八社山民所有,立碑以为证,"永杜争端"。①《夸父峪碑记》将历史上神话、信仰习俗、地方风物、民众生活联系在一起,对理解神话的社会价值有着重要价值,但它是否延续至今,是否有留存,有遗迹?这引起了张先生的兴趣。

12月4日上午,调查组前往文化馆拜访李光甫,畅谈灵宝文化工作和此次调研活动。李光甫说因汽车使用问题,需要稍作等待才能下去。张先生当即表示,不必汽车接送,乘公共汽车

---

① 参见张振犁、程健君编《中原神话专题资料》,中国民间文艺家协会河南分会,1987,第278-279页。

即可;并特别说明,陪同采访的同志,要一道爬山涉水,住农村,深入群众之中采风,要有思想准备。张先生的意见很快由文化馆反馈给了宣传部,宣传部另派了杨虎胜陪同采访。下午,由文化馆联系后,张先生一行便出发前往西闫乡察访《黄帝铸鼎塬碑》和《夸父峪碑记》等重要资料。下午5时左右,调查组到达西闫乡并安顿下来。

12月5日,调查组一行骑自行车来到大字营村,见到西闫乡乡志编写办公室主任王生民同志,他为调查组讲述了"夸父山""阌莲九孔"等神话传说,介绍了夸父峪八大社的性质、社会功能,八大社的"赛社"活动以及历史上夸父峪服饰、庆寿的习俗,等等。[①]王生民还陪同调查组到大字营中学查看《轩辕黄帝铸鼎塬碑记》碑石,在村民们的协助下,调查组将压在校外墙根下的断碑翻转过来,拍照存证。这是正面篆文的巨型石碑,唐代刺史王颜撰文,确属重要文物。该碑的碑阴记述:王颜曾在铸鼎塬上四尺深地下,得一块玉佩,传说为黄帝升天时,小臣所遗佩饰。[②] 中午,调查组一行人在王生民同志处用餐,又请他讲述了夸父峪八大社"赛社"的社会组织、经济开支、农民负担、社首职责等,王生民还特别讲了黄帝骑龙升天时,人们拉下龙须,掉在阌乡变成文莲(九孔)的传说。

12月6日,调查组一行赴庙底村察访《夸父峪碑记》碑石,在村干部指引下,在该村学校墙垣上找到了这通石碑。调查组

[①] 参见张振犁、程健君编《中原神话专题资料》,中国民间文艺家协会河南分会,1987,第276-283页。
[②] 参见上书,第269页。

与已录的碑文比照,发现录文错处甚多,一一校改后,程老师拍照留证。之后,村干部推荐调查组访问了庙底后村的76岁老人张志君。据他介绍,他曾两次参加本村的赛社活动,送神迎神的盛大仪式在每年的2月或10月举行,山西、陕西、河南3省有数万人前来观看。送神的一社排成几里长的仪仗队,敲锣打鼓,燃放火炮,浩浩荡荡,簇拥着神轿。神轿前面,是精工制作的花馍,高3尺,上面用面捏的各种花卉和传说故事中的人物,五颜六色,令人眼花缭乱。祭神用的器皿也相当考究,据说这些器具都是向当地群众借来的,有借必应,万无一失,这是当地群众自觉遵守的一条不成文的规矩。① 下午4时左右,调查组一行登上了黄帝岭,它横亘于阌乡之南,全长十数里,是这一带最高的山峰,铸鼎塬正位于黄帝岭的西峰顶。当地群众传言,黄帝之所以从昆仑山来到山穷地薄的灵宝,是为察看这一带的灾情;同时采铜铸鼎,炼出仙丹给老百姓治病。黄帝给老百姓办了不少好事,所以人民爱戴他、崇敬他。当黄龙来迎黄帝升天时,老百姓死活不让他走,这才脱下了他的金靴,扒下了龙皮,拔掉了龙须。靴子埋葬的地方叫"葬靴冢",龙皮后来变成了黄金;龙须变成了莲湖里的藕,这些藕都是九个孔的。② 从黄帝岭东端庙底村登上铸鼎塬,迤逦向西2里许抵达黄帝陵,这里的黄帝庙已是断瓦残墟,仅奎星台遗址尚存,村人在其下挖以土洞,内祀黄帝之神,旁有半

---

① 参见程健君:《中原神话调查报告之二》,载张振犁《中原神话研究》,上海社会科学院出版社,2009,第225-226页。
② 张振犁:《中原神话研究》,上海社会科学院出版社,2009,第224页。另参张振犁、程健君编《中原神话专题资料》,中国民间文艺家协会河南分会,1987,第260-262页。

截石碑,碑上仅余黄帝2字残刻。晚上6时许,调查组返程。

12月7日上午,西闫乡团委书记许百赞同志陪同调查组采访,步行十五里至夸父峪采风。上午10时,调查组抵涧沟村,在大队支书的协助下,请来村小学杨永山老师、夸父营张景春和孙全禄两位老人,召开了小型的座谈会。张景春介绍夸父营祭祀山神的宗教组织和习俗①,讲述了"夸父营的来历"等传说,尤其以"夸父追日"有重要价值,主要情节为:夸父追日,中午到夸父峪,因口渴喝水,喝完以后,睡了一觉,醒来时,太阳已快落山了。夸父因见追不上太阳,一气之下就气死了。夸父死在这里,所以夸父峪就有了如今还看得见的夸父山。对于这则"异文",张先生甚为感慨:"我们听着真是惊喜万分,谁能料到如今在这里,民间还有如此优美的原始神话的口碑在传述呢!真是踏破铁鞋无觅处,得来全不费工夫。这样,在短短两天之间,就采芳撷英,得到两篇'夸父神话'极为重要的异文,这是久居城市大学院校研究室所绝不可能得到的奇宝。世界上还有什么事能比得到科学珍贵的原始资料更值得庆贺的吗!得到夸父山父老如此殷殷的期望和赞助,其情之深,也是无法用语言形容的。"下午,在杨永山老师的陪同下,张先生一行登上夸父山的东面山梁——夸父"膝盖",并在夸父"右肩"(山岭)上拍照留念。杨永山老师为张先生等讲述了夸父山的形象特征:山的顶峰似夸父的头颅,两边的山头儿似夸父的双肩和两臂;下面并排的四条山梁,两边两条似夸父坐下休息时的两条腿,中间是膝盖,中间的两条山梁似夸

---

① 参见张振犁、程健君编《中原神话专题资料》,中国民间文艺家协会河南分会,1987年,第275-276页。

父之肚腹。总的来看,夸父山极似夸父坐下休息时的形象。杨老师的介绍引起了张先生的兴趣,张先生不禁细致观察起来,还感叹:"越看越像。"当晚张先生、程老师又与涧沟村土改时期的老支书座谈夸父营、夸父山的传说、习俗,与张景春所见大体相同,也更多了解了八大社"赛社"的经济分配、负担、组织、分享供品酒宴等情况。静谧的山村夜晚,与夸父山下父老畅话古代传说、习俗、仪礼,张先生兴致勃勃!这是令人难忘的一天。他在日记中记下了这一难忘的时刻:"我们采风者的脚印留在夸父山上下,今后将永远留下诗的回忆和幸福的情趣!"

至此,调查组本地的考察任务也圆满完成,12月8日下午,众人奔赴此次调研的下一站。此时天寒气冷,云雾重重,北风骤起。西闫乡党委派出了乡里唯一一辆机动车——偏三轮摩托送张先生和程老师至阌乡火车站,当他们候车之际,已是雪花纷飞。天寒地冻,调研是否继续?一番踌躇后,张先生下了决心:"采风行动既已至此,不能犹疑、后退,坚决按计划行事。"下午4时20分,调查组依然登上了西进火车,晚上6时抵潼关,夜宿潼关饭店。

第二站:潼关与华山

在调查组的计划中,此行目的主要是初步了解风陵渡的相关传说,以及沉香劈山救母的相关传说和风物。12月9日张先生和程老师乘汽车前往风陵渡。关于"风陵渡"之名的由来,有两个传说:一说黄帝、蚩尤之战时,黄帝的大将风后战死,被埋葬于此,建有风后陵,故而名唤风陵渡;一说此地有女娲墓陵,女娲为风姓,故称风陵,故名风陵渡。调查组此行的目的就是调查相关的传说。然而,遗憾的是,此行只是拍了相关的照片,没有采录到传说文本。12月10日,调查组到潼关县文化馆访问,工作人员给他们介绍了风陵渡的一些情况,并送给他们5本《潼关传说故事(第一集刊)》。这里已经离西岳华山很近了,为探访劈山救母的相关传说,更为一览名山胜景,张先生决定趁此机会登顶华山。下午3时40分,在蒙蒙细雨中,调查组来到华山北麓,游览"纯阳观"(又称大上方院、希夷祠)、"三苏亭"。次日上午9时半,张先生与程老师饱食严装,拄杖前行,迈进华山大门。对这段登山的经历,无论张先生还是程老师,都印象深刻。张先生在日记中有详细的记述,这里摘要抄录如下:

> 过毛女洞,在路旁休憩时喝红豆粥一碗。相传秦始皇死时,令工人殉葬,其中一名仅14岁的宫女"玉姜",逃至华山,隐居此洞,饥食柏叶,渴饮清泉,体生绿毛,见者称毛女仙姑。这个传说是对秦始皇暴行的控诉和反抗,也是一曲凄惨的哀歌……经云门、青柯坪,抬头仰见华山西峰直插入云天,如刀削、剑劈,崚嶒万仞,令人惊叹不已。在抵"回心石"时,南望险峰直立。游人至此,往往心中回旋、迟疑不决,欲退不舍,欲进畏难。那就要看谁是强者,谁是弱者。如果决心前进,就可观赏太华真容,领略祖国山川美秀、雄雅的奇特风光。这是强者。但如果畏难而退,那就是首先在意志和体力上,打了败仗。这同生活、教学、科研中的道理是一样的。许多游华山的人到青柯坪一看高山入云,便望而生畏,拔马而回,"回心石"反映了这种思想和内心活动,十分生动。但也有这样一则传说叙述,贺道士带徒弟修

炼,徒弟不耐烦,把他推下崖去,但他未死,并教育弟子做事要踏实、勤恳;弟子每忆此事,便内心不安,终于幡然悔悟。这个传说称同一石为"回心石"。

"千尺㠉"是华山的咽喉之地,形势极险要,可谓"一夫当关,万夫莫开",它从悬崖上蜿蜒而下,一边是铁镇链条,一边是陡峭悬石,峡谷深壑,行走十分困难,只有靠紧悬壁、攀锁拾级缓步而上,稍一不慎便可能翻滚下来;此时已是隆冬之际,雪没山道,困难更大。但我们最终还是爬上了太华雄关"千尺㠉"……下午3时许,我们到达北峰,这时山上天气放晴,斜阳在云雾中明灭可见。山中幻境奇妙变化,令人目不暇接、惊叹不已;南望北峰的华山松,苍劲挺立于奇峰之上,倍感其傲骨,令人感奋;远望华山"天外三峰",高与天齐,雄险奇秀,多姿多彩,真如仙子呈露娇颜美容,奇瑰莫测。健君利用这难得的20分钟,把山中景物的风云变幻,一一摄入了镜头。这是此次登山取得的又一重大成果。时间不到半小时,乌云重新汇合,山峰也把其仙姿、美态藏匿了起来,真可谓"机不可失,时不再来"。如果不抓紧登山,这一切最美好的照相时刻,将无法捕捉。这是十分有利的采风和摄影的时间,可谓转瞬即逝,遗憾一生。这不是金钱所能购来的采风享受!

下午4时30分,走下北峰,继续向上走,经过"阎王砭"(或仙人砭)到达华山的第一险处——苍龙岭。苍龙岭处于北峰至华山"天外三峰"之间,气势如急湍瀑布奔泻而下,两边皆万丈峭壁,下为无底深谷,远望如苍龙腾飞欲上之势。站在北峰去西莲花峰的崖间仰视，令人心惊胆寒，望而生畏。此次登华山正值雪天，更显出高寒奇险。上山的游人寥寥无几，我们心中便有点犹豫，欲转身下去，心不舍。回想古今多少人登上这条苍龙岭！这正是考验勇力和意志的时刻！当看到了游人们从上面下来，我们勇气顿增。本着"脚踏实地，步步留神""大胆无畏"的精神，谨慎地一步一步，拉住铁链，屏神凝目，经半小时的攀登，终于把这条举世闻名的华山险途踩在脚下，抛于身后。回头向岭下一望，像一条玉练从天空飘入深谷之中，不禁令人毛骨悚然。难怪韩愈要在这里写"遗书"丢下山去了。我们征服了苍龙岭，越过金镇关，天已昏暗下来，在雪天深入梯道经过一阵攀登，来到中峰玉女峰（"吹箫引凤"处）；因一天之中，没吃多少东西，腹空力乏，抬步困难，行速大减，下午6时，才登上东峰朝阳峰旅社，浑身像瘫了一样，草草吃了一顿昂贵的晚餐，倒头便睡；深夜起床，饱览雪中华山，群峰如雪涛浪涌，加上月色如昼，更加奇伟壮观，为千载难遇的胜景。

　　12月12日早上，与健君登上朝阳峰望日台，此时东方一片金色朝霞，照耀得群山争辉。南望雄伟、挺拔的秦岭和远近的无数群山俊峰，如万涛奔涌，金光闪闪，加上雪后银装素裹，更加娇艳秀丽、雄险。赵匡胤下棋输了此山！而我们所在的华山是天外三峰——莲花峰、落雁峰、朝阳峰，又如遗世而独立的青莲，出于群峰之上，更显出她的壮观、奇美。环视周围，南峰、西峰就在身边，如同置身神仙世界。古人所谓"遗世独立，羽化而登仙"的境界，大概就是如此罢！上午 8:30 左右,开始下山,穿峡谷,爬雪径,绕巉岩,迈上西峰莲花峰脊背,登上华山气象站、守身崖,来到沉香劈山救母处,传说当年沉香为救善良、追求爱情自由的母亲三圣母,向吕洞宾学艺,得到劈山斧,大战舅舅二郎神杨戬,劈开巨石,救出母亲。这神话何等悲壮、优美,它反映了人民的意志。如今这个传说早已谱演成戏曲,家喻户晓。在这个高可齐天的莲花峰上,沉香的巨斧尚在,上书"天赐宝斧,七尺有五,赐予沉香,劈山救母",寒光闪闪,浑然天成。劈开的巨石中还有三圣母的体形印记。虽属于神话的幻想,却颇有艺术魅力。上午 10 时左右,循旧路经镇岳宫,步下苍龙岭,已不似昨日惊心不已的心境。下山路上,小心翼翼,履冰雪,踏险磴,挽铁链,看山景幻变。经 5 个小时的行走,下午 3 时 46 分,回到玉泉院。此时,重雾浓云已把华山层层遮掩。黄昏时,雨雪交加。两天华山之游,胜利结束。这是我们"中原神话调查组"采风以来的一次高潮性的活动。它将在我们采风的历史上,记下难忘的一页。①

不难看出,"探访"华山对张先生而言,是令人难忘的,他的心情是激越的。陪同张先生一路走来的程老师却是一路上都悬着一颗心,这正像他所说的,1984 年,张先生已经 60 岁了,天又冷,登山道又陡又险,路还滑。一路上他生怕张先生有个闪失。然而,总算"有惊无险",如果看到张先生日记中的记述,程老师恐怕也只能哑然失笑!

---

① 引自张振犁《日记》,12 月 11 日-12 日。

图7 1984年12月11日,张振犁先生(左)冒雪考察华山时留影(程健君拍摄)

12月13日上午,调查组对前一段的工作进行了总结,并对搜集到的录音、图片等资料进行了整理。面对已经搜集到的资料,回顾采风见闻,张先生深感田野采风意义的重大,他感叹"如果不搞科学考察,将永远只能当学术上的近视眼"。他让程老师初步算了一下经费支出情况,并告诉程老师在接下来的工作中要精打细算,保证胜利完成全部调查任务,顺利凯旋。

第三站:桐柏

12月13日下午,调查组重返灵宝。次日,调查组在杨光甫的陪同下到县委宣传部致谢并辞行;上午11时左右至火车站,在候车时邂逅的薛家营马老汉,向调查组讲述了黄帝炼丹为人民治病的情节,上述神话传说进一步得到证实。另外,西闫乡杨虎胜同志转述了王生民老师关于阌乡一带为老者庆寿蒸桃馍的习俗,张先生认为这种习俗或与夸父氏桃树图腾信仰有关。张先生与程老师下午5时许抵洛阳,因候车室寒冷,他们到电影院看了场电影,以避寒气。夜10时50分左右,调查组乘车下南阳,车厢内拥挤不堪,张先生站不住,立不稳,前仰后合,苦不堪言,他在日记中描述了这段乘车的经历与感受:

> 只得用头顶住车板打盹,用行杖抵住车壁,支持身体的平衡,像在单杠上吊挂一样休息,下面站在4只脚中乱插乱挤。一直到宝丰以后,始得坐一席位,夜下(即凌晨)5点钟,抵达南阳,一夜筋疲力尽。若不调查,自然舒服,但也永远得不到科学研究的稀世珍贵的宝贝资料,看来,甜与苦、幸福与平庸、实践与理想总是相依并存的一对矛盾,这恐怕是现实生活不断前进的辩证法吧!在事业前进的道路上哪有平平坦坦的时候呢?要想有所作为,就必然要有所牺牲和舍弃。几年来,生活磨炼了我的意志,也愈来愈坚定了我在科学事业道路上的信心。如同不扫除懦夫、弱者的情绪和感情,就不可能在雪中攀登上天下第一奇山华山极峰一样,只能在"回心石"旁徘徊不进,最后退出华山岭,这种弱者在我们登山过程中,遇上不少,但是都被我们否定了,只用微笑报答一下他们的"好心"提醒之后,又继续前进了。这不仅是登山,也是生活中经常遇到的现象。关键是如何做一个强者——科学工作者的强者![1]

15日,风雨交加的早上,调查组来到南阳市,至地区群艺馆

---

[1] 引自张振犁《日记》,1984年12月14日。

拜访范牧同志,安顿好住宿后,张先生洗了个热水澡,半个月来的疲惫缓解下来。16日早上,张先生将这两日遗漏的日记补完,又抄录了"豫西、华山诗抄"数首,以志此行:

其一,《谒黄帝陵》。夕阳云霭里,步上铸鼎塬。帝祠早倾圮,靴冢亦萧然。忆昔盛典日,人流汇如川。荆山功业立,黄陵升云天。龙鳞遗金贵,阕留九孔莲。伟哉古圣绩,黄炎万古传。

其二,《登夸父山》。采风秦岭下,雾登夸父山。追日遗恨在,长眠姿泰然。桃林成陈迹,苹果绿满园。父老秉豪情,改造就山川。宏志今初展,腾飞二千年。

其三,《过潼关》。漫步潼关道,古潼尚屹然。群峰峥嵘秀,千古踞雄关。巨灵擘山处,河渭波相连。一桥飞南北,风陵渡频繁。皇娇如有知,定当露笑颜!

其四,《雪中登华山》。甲子岁已晏,踏雪登华山。飞索攀云梯,雄关伏眼前。险峰苍松劲,云海雪浪翻。斜阳明欲灭,莲花呈娇颜。剑削崖万仞,五云苍龙眠。沉香救母处,局斧铁铮寒。仙掌抚朝阳,黄河奔中原。玉宇银装裹,如坐蓬莱船。神秀造化工,喜煞老陈抟。险途化为夷,人定可胜天!

1984.12于华山北路玉泉院草,改于南阳白河宾馆。①

雨雪愈来愈大,16日上午10时,已是冰雪满街衢。调查组一行下午3时出发,7时左右,黄昏雪云弥漫中,到达桐柏县汽

---

① 引自《张振犁日记》,1984年12月16日。

车站南桐柏旅社。这是一间家庭旅社,小店态度热情,住室干净、温暖,买饭送茶水、被子,比官办招待所的作风好得多了。价钱也只是每天2元,便宜合理。

夜里,张先生一面听听中央新闻,一面重新查看了调查资料。17日上午,张先生和程老师来到桐柏县委宣传部说明调查事宜,宣传部的同志协助联系、安排了调查的有关事项。18日上午,县里派车将调查组一行送往月河乡郑庄,采访郑大芝同学的母亲曹衍玉,曹大娘一口气讲了十几个神话、传说和故事,其中以大禹治水、孟姜女、牛郎织女等故事最为精彩。午饭时,主人盛情款待,与3位乡干部一直小饮近俩小时,张先生不善饮,只能坐视旁观。晚上,曹衍玉、郑昌禄(曹衍玉的丈夫)同志继续讲故事,其中的盘古神话和张上当、王小砍柴等故事最为精彩。次日上午,调查组仍请曹衍玉同志继续讲故事,她又一连讲了"求活佛"型故事和"鹅吃素""老八子(豹子)"等多个十分有趣的故事,其中的"求活佛"型故事,张先生给予了特别的关注,他认为这个故事别具风格,不仅开头新颖,而且后半部直接与"百鸟衣"型故事复合,这是很少见的。张先生还在日记中叙述了这篇故事的梗概:

> 1. 一少女在房屋廊中绣花,一青年瓦工的手因故割破,血滴在鞋花上,她吸去鞋上的血。2. 青年瓦工从房上看见少女吸他滴的血,以为是对他有心。3. 青年瓦工请母亲向少女求婚。4. 少女提出要青年找四样东西:四块金砖、一根马鞭棍儿、一根一丈二尺长的头发和四颗避风珠。5. 邻人劝青年去西天古佛那里算卦。6. 青年碰见土地爷、种果树

老汉、一哑女、乌龟,让他各带一卦。7.青年从乌龟四只爪子里抠出四颗避风珠,从哑女口中掏出一丈二尺长的头发,从老汉果园四角挖出四块金砖,从土地爷那里得到马鞭棍儿。8.青年和少女结婚。9.少女画像,青年在田间经常看画。10.画被风刮到皇帝那里。11.青年穿百鸟衣,妻子智杀皇帝。12.青年做皇帝,夫妻过上好生活。

张先生将该故事视作同类故事中"别具特色的珍品"和此次采风的重要收获。临近结束时,曹衍玉讲了自己的身世、听故事的情况和自觉讲故事的目的、认识。张先生向陪同的当地同志建议,应该好好抓一下曹衍玉这个故事家典型,争取出个故事专集。下午4点左右,调查组一行返程。12月20日上午,县文教局派车将调查组一行送往淮源采访,在固庙学校,调查组请吴生相老人讲述了"大禹治水"(即"玉井龙渊"和"禹王锁蛟")的传说故事,然后参观了禹王庙和淮井①;下午参观文庙文物,在桐柏县文化馆的马卉欣同志处小坐,向他了解大禹治水镇蛟故事的相关材料。21日上午,因车子问题不好解决,张先生与程健君老师在宾馆休息,整理资料;下午调查组一行乘车去盘古山采访。晚上张先生与马卉欣、程健君研究次日去盘古山的调查计划、路线、向导。

---

① 程健君老师的《中原神话调查报告二》之"四、大禹治水与玉井龙渊"对此有较为细致的叙述,这里不再重复。

图 8　1984 年 12 月 22 日,"中原神话调查组"在盘古山盘古庙附近的大磨村采录盘古爷盘古奶滚石磨成亲的神话故事(程健君摄)

12 月 22 日上午饭后,调查组在向导宋同志(乡团委书记)的带领下向大磨村行进,然后登盘古山。中午时分,调查组抵达大磨村,相传这里是盘古兄妹滚磨成亲时大磨滚落的地方,故称"大磨村"。大家首先参观了传说中的"大磨",这扇石磨上,雕刻有精美的花卉图案,较为罕见,程健君老师在调查报告中说:"这扇磨为青石质地,比一般的石磨要大,直径约 100 厘米,厚约 30 厘米。上面有磨齿约 136 个,下面为两个正方形相套的八角浮雕线框,中间饰有两大一小三个花形图案。"①在该村,调查组采访了陈玉九、李荣富、席志有等老人,他们讲述了盘古开天辟地,兄妹在洪水后滚磨成亲的故事,介绍了当地"三月三"盘古庙会的习俗及求神祈雨的过程。在这里,村人称盘古是人祖之根,盘古神话在这里家喻户晓,有口皆碑。下午3时左右,调查组一行向盘古山进发。此刻太阳西下,暮色苍然,距离夜晚投宿处,尚有至少15里的山路,幸得李姓朋友(农民)的带路,调查组少走不少弯路,他把调查组带至位于"半山腰"的擂鼓台村,村中的石太秀老人为调查组讲述了一则完整的盘古神话。之后,调查组一行继续沿着半山小道,朝着盘古山峰顶的盘古庙进发。山愈高,路愈难走,山上积雪未消,白茫茫一片,"路在脚下",却不知"路在何方",大家只好沿着雪上獾、兔走过的脚印,踏着没膝深的积雪,一步一步爬向山顶,荆棘不时挂住衣服。待调查组抵达盘古庙时,太阳已没入云霭之中,大家立即抄录碑文,拍摄建筑、壁画等资料。程健君老师在调查报告中介绍了这里的情景:"盘古庙现存三间正殿,两间配殿,坐北朝南。大殿周围有不少残砖断碑,其中一通盘古庙的碑文记载:'盘古为夫妇阴阳之始,天地万物之祖。声灵赫濯,固足庇荫于宇内,而举世悉蒙其苏矣……'此碑为清光绪二十年(1894年)三月重修盘古庙时所立。大殿正中有两个明显的圪(角)。从神台上陈设的祭品来

---

① 程健君:《中原神话调查报告之二》,载张振犁《中原神话研究》,上海社会科学院出版社,2009,第228页。

看,这里不断有人进香祭祀。"①下午5:30左右,调查组一行沿南山坡下山,晚上7时左右到达黄棟沟刘太举(村团支部书记)家住宿。晚餐后,众人围坐篝火堆旁,主人一家为调查组讲述了"盘古出世""盘古降龙——九龙山传说"等故事。

这一日的采访,调查组收获颇丰,但也辛苦备至,张先生在日记中写道:"今天是此次调查的高潮,也是尾声,可谓精彩结束,虽然吃了不少苦头,但也是调查中司空见惯的事,有了思想准备,亦虽苦犹乐也,特别是在得到大量宝贵的科学资料之后,一切疲累、辛苦也都融化进幸福的心绪之中了。"

12月23日早饭后,调查组启程,中午12点左右,到达寓所。下午张先生和程老师略作休息后,在市区内游览,观赏了与传说相关的一些文化景观。24日上午,张先生向宣传部、文教局、文化馆等单位领导致谢并辞行。25日上午,调查组因故(交通问题)滞留至10点,赴信阳,中午12时左右抵达信阳,休息,等待次日上午8时返汴火车。此次调研基本结束。26日晨起,张先生吟"桐柏行"诗三首:

其一,《探淮源》。才下夸父山,又来探淮源。神禹导洪流,蛟龙镇玉渊。沐浴栉风苦,意在万民安。勋业何辉煌,佼然有前贤。

其二,《登盘古山》。暮色苍茫日西沉,为登盘山历苦辛。踏雪觅径巉岩险,高天风寒心如水。庙圮碑残遗容存,

---

① 程健君:《中原神话调查报告之二》,载张振犁《中原神话研究》,上海社会科学院出版社,2009,第228页。

开天辟地创世功。滚磨成亲传佳话,团泥有灵人祖根。一方风雨赖调顺,花磨轻支如有神。三月圣会人潮涌,香火隆盛飞烟云。民艺相传古话在,故作惊言失民心。

其三,《咏女故事家曹衍玉》。桐柏山下淮水流,人民口碑星月稠。月河金桥出才人,腹藏古话称绝俦。上说三皇开天地,下讲孟姜哭城隅。盘古牛女问佛祖,人言鸟语发思幽。传承先辈惊人艺,滋育儿孙谋虑周。故事潮起用武日,劳民艺业传千秋!

晚上 7:30 左右,张先生返回开封家中。此次调查活动结束。

第三节 登"王屋" 奔"孟津"
——"中原神话调查组"的济源、三门峡之行

"中原神话调查组"第三次专题考察的重点是盘古神话、大禹神话和河图洛书的神话。这次考察从 1985 年 4 月 6 日启程,4 月 26 日返回开封,完满完成任务。

一、准备工作

1985 年 2 月 20 日,张先生系统查询《河南方志民俗资料汇编》中的神话传说线索,研究该年度的调查计划,一番检索之后,发掘出来了如下重点:

1. 正阳县:炎帝庙、真武庙(洪水神话);2. 上蔡:伏羲庙、神农庙;3. 内黄:鲧堤;4. 柘城:朱襄氏;5. 洛宁:仓颉造

字台、禹王庙、阳虚山;6.安阳:丹朱陵、鲧堤、尧城;7.辉县:古共城;8.汜水(郑州,笔者注):女娲祠;9.息县(信阳,笔者注):伏羲庙、神农庙;10.上蔡:蔡岗;11.考城(开封兰考,笔者注):女娲阁;12.孟津(洛阳,笔者注):河图洛书;13.夏邑:祈雨台;14.杞县:杞人忧天、兄妹婚;15.虞城:仓颉墓;16.商丘:阏伯、燧皇陵;17.鹿邑:亳城、漆园。

但意外的是,之后张先生并没有按照上述线索进行准备,而是给三门峡市群艺馆写信联系(3月15日),告知他们调查组将于4月份前往,采访大禹神话的原始材料,并请他们提供协助。3月28日,张先生与程健君老师商定:4月6日出发,路线是从开封出发,经郑州、新乡,到辉县百泉,了解女娲山(皇姆山、太行山)及共工神话问题,然后,去济源调查"盘古寺"及"大禹导洪水东流"等神话;4月中旬后,赴三门峡调查大禹治水神话,顺便在孟津调查"负图寺""河图洛书"的神话;5月初返回开封。张先生还让程老师提前准备好给各地区、县宣传部和群艺馆的介绍信。

与前两次调查相比较,这次调查的目标似乎更为明确,"锁定"了相关"文本",张先生在出发前的一次日记记述中有一段"摘调查线索"的叙述:

> 太行山,又名女娲山、皇姆山等——《寰宇记》(方志"资料"下);大禹导洪水东流——缪华、胡佳作(《新花》,1982年第2期);邙山的传说——白眉(《豫西民间文学》五);通天柱与汛河大王——徐子奇、王新章口述,戴征贤记录(同上书);大禹导洪水东流——《太平广记》473引《王

子年拾遗记》；禹王斩外甥——巴牧；老君列石、老君造桥——顾丰年；金牛开河——王生民(录音资料)；王指山——甄秉浩(《河南民间故事》民社)；河伯授图——申法海(同上书)；马蹄窝——顾丰年(《河南民间故事》民社)；负图寺(张作贞讲述)——褚书智(《豫西民间文学》四)；巨人导河(《达异记·巨灵擘山》)——《三门峡传说》(巴牧)；老君传说(5篇)——顾丰年《三门峡民间故事》；盘古寺(盘谷寺)——缪华、胡佳作(《河南民间故事》)；共工神话、百泉——辉县百泉(缪华)；伏牛山传说——张治国；黄河鲤鱼——刘邦项(三门峡)；开山门(《三门峡民间故事》)；棋盘山——顾丰年(无讲述人)；米汤沟(一说为鲁班的传说,此处为大禹传说,同上)、马蹄窝、神脚掌—(原为巨灵擘山,此系异文。同上,无讲述人)

从中可见,寻找上述"文本"和相关的讲述人,是此次调研的重点。

二、进入田野

第一站：新乡

4月6日,调查组从开封出发,下午2点20分左右抵达新乡。次日上午,张先生至群艺馆访胡佳作,不遇。4月8日,胡佳作同志来访,并至宣传部商订调研计划,宣传部与文化局、群艺馆协调,派胡佳作陪同调查组采访10日左右。10时半,张先生一行赴辉县县城,当地文化局副局长安排参访工作,并带领参观故共城遗址和相关文物发掘、分布情况。4月9日,召开座谈会,省民研会会员、辉县民间文学专干周抒真参加座谈,讲述辉县文物掌故和传说、故事十数个。4月10日,参观辉县博物馆,拍摄唐代碑文、战国时代的共城地下发掘文物照片,访卫源庙,拍摄清玉观碑(赵孟頫书)。为了解"太行山又名女娲山、皇姆山"之说,下午访百泉老人蔡秀彬、邹理文,再访牛文瑛等老教师,均无甚线索;晚上,再访80岁老人郭亮,他口若悬河,讲述故事滔滔不绝,谈到夜里11点,共讲故事十几篇,尤其所讲"药王"传说十分精彩。此行,得"百泉"来历传说异文甚多,但"太行山又名女娲山、皇姆山"之说仍未落实。

第二站:济源(盘古寺、王屋山)

4月11日,调查组返回新乡,下午1时乘车赴济源。次日,调查组与宣传部联系,商谈协助调研事宜;县文物所魏平复所长向调查组介绍济源文物、掌故等情况,其中两点引起张先生的注意和极大兴趣:一是有传说称盘古在"盘古寺"降生、创世,肯定无疑;二是天坛山下紫微宫西面河水中,石皆五色,据群众传说,这里的石头是女娲补天时剩下的石头。这如果有据,能查到原委,当系重要发现。下午调查组访文化馆原馆长曹修吉(离休)并与之同访杨建德(84岁)和段庆川(81岁)两位老人,他们分别是"盘古寺""王屋山"和"王母洞"故事的讲述人之一,但2人并未讲出什么材料,这让张先生有点失望,并对缪华记录的真实性有所怀疑。晚上调查组访相别8年的济源文化馆馆长王怀修,他一连讲了十几个故事,包括以往调查过的故事"宝剑斩蟒""盛花坪""棋盘山""李耳铁鞭打黄河""大禹导洪水东流""银鱼潭"及新讲的"盘古寺"等。这让张先生颇感欣慰,并称这次采访是济源之行的"高潮"之一。

4月13日,调查组在蒙蒙细雨中出发,奔赴盘古寺考察。出发前,张先生让胡佳作返回新乡,向缪华核查盘古寺的情况。车行约三十里后,抵太行山脚下,调查组步行五里到盘古寺。程老师描绘了当时"盘古寺"的情形:

> 我们沿着盘古寺前的台阶拾级而上,一个宏伟的寺院便出现在眼前。青石砌成的高大台阶,给古刹以庄严之感。平台上的八角碑亭内,矗立着乾隆写的《盘谷考》御碑。一棵枯老而高大的梭罗树(遭火焚),记载着这座寺院的盛衰情况。穿过雕梁画栋、五颜六色的前殿,东西两侧是构制精美、小巧玲珑的钟鼓楼。钟楼里,吊着一口唐代大钟,以石击之,声震太行,音绕山谷。天井内,有一个砌制别致的曲池,壁上嵌有一石方,上刻"可泉"二字。正殿和配殿的墙壁上,刻满了人们登临盘谷、纪念盘古的诗文。①

盘古寺因有盘古出世的传说而使人顶礼膜拜,又因韩愈的《送李愿归盘谷序》而天下闻名。因访谈对象在大社村,调查组一行至该村的严老大爷(88岁)处,并约请老者二三人,畅谈盘古寺今昔,但所讲多未涉及盘古开天辟地及蛋壳破后变盘石(砚石原料)的故事,这让张先生颇有怏怏之感。幸而,当晚胡佳作同志返回,带回缪华的信,其中详细叙述了调查盘古寺的经过和讲述人的情况;之后,通过这些讲述人,调查组了解到了相关传说,主要情节如下:

---

① 程健君:《中原神话调查报告之三》,载张振犁《中原神话研究》,上海社会科学院出版社,2009,第231页。

盘古没有爹,也没有娘,是在一个混混沌沌的大鸡蛋里孕育成人的。一万八千年以后,盘古用脚蹬烂了鸡蛋壳,这才出世,开天辟地,创造日月星辰、山川河流、风雨雷电、六畜树木、花草虫鱼、人类牲灵等等。盘古出世时挣破的鸡蛋壳,埋在山下,慢慢变成了薄薄的、一层摞一层细腻光滑的石头。后来,人们就用这石头做成了不渗水的砚台,这就是著名的"盘砚"。①

图9　1985年4月14日,张振犁先生在王屋山愚公村采录"愚公移山"的故事(程健君摄)

4月14日上午8:30,调查组一行驱车赴王屋山,10时抵王屋乡。这是张先生第2次来王屋山调研,早在1977年11月,他

---

① 程健君:《中原神话调查报告之三》,载张振犁《中原神话研究》,上海社会科学院出版社,2009,第232页。

就曾带领学生在此采录过"愚公移山""盛花坪""李耳铁鞭打黄河"等传说文本。但碍于条件，许多音像资料并未采集，此次调研，是对缺憾的"弥补"。所以当程健君老师以相机拍下"愚公挖山处"等照片时，张先生倍感欣慰，他在日记中感叹："这是从1979年以来一直盼望的事，今日终于实现，内心激动不已。"然而，此次"上山"还有更为重要的任务——调查当地丰富的神话传说。下午4时左右，在当地文化专干李同志的带领下，调查组采访了曾经采访过的韩龙书（64岁），他再次讲述了"愚公盘山"的故事，与数年前所讲相差无几。但遗憾的是，县文物所卫平复所长所介绍的"女娲补天"传说及其"遗迹"仍无着落。不过调查组也有新的收获，向导黄习瑞老人（57岁）也是"故事篓子"，他向调查组讲述了"汤王祈雨""禹王导黄河"等故事。尤其次日的登山途中，黄习瑞还讲了"撒金坡""油篓沟""老鸦山""人参洼""小有河""鳌背山""圣王坪""待落岭""包公庙"等一系列地名传说，以及"李耳补天""女娲捏泥人""大禹神鞭打黄河"等珍贵神话故事。这让张先生激动不已，认为这是"此次采风的重大发现"。但行至紫微宫时，调查组发现小河里有五颜六色的鹅卵石，并向黄习瑞"讨教"是否为"女娲补天时所剩的五色石"。黄习瑞告诉大家，这些不是五色石，"记得天坛山三叉洞口有一片五色石，很好看"，并纠正道"补天的事可不是什么女娲，我们这儿传的都是李老君补天"，接着便滔滔不绝地向调查组的老师们讲起了李老君如何出世又如何补天的传说故事。调查组一行上午10点登山，下午2:30开始下山，6时左右才到山下休憩处，前后8个小时的连续奔波，对张先生的身体也是一个巨大的考验。

4月16日,调查组的老师们与王屋山管理区的工作人员告别,乘车返回济源,同车的一位民办教师王生伟(胡佳作同志的熟人,在王屋山管理区阳台宫附近北十里王庄学校工作)得知调查组在了解"女娲补天"在当地的流传情况时,便兴致勃勃地讲起了王屋山"女娲补天"的传说,并且肯定是"女娲补天"而非"李耳补天"。这一意外收获让张先生十分惊喜,临别时,张先生还特别委托王老师将当地该传说的不同讲法都记录下来寄给他。约10:30,调查组一行返回新乡。至此,济源的调查任务基本结束,张先生向县委宣传部及众朋友致谢、辞行。

第三站:孟津

4月17日上午10点,调查组离开济源,奔赴孟津,调查"龙马负图"的传说。负图寺在今黄河桥南孟津县的雷河村,在孟津老城内,距离"新城"尚有30余里,为节省调研时间,张先生临时决定在老城下车,直接深入采访。下车后,调查组在孟津老城的雷河村街头、负图寺门外,遇到了两位摆小摊的老人——70岁的张从瑞和83岁的雷北海,他们分别给调查组讲述了负图寺的传说,[1]也谈了负图寺的历史、沿革和规模变迁。下午,调查组来到负图寺所在地——雷河学校,在学校负责人的协助下,调查组参观了伏羲殿和"龙马负图处""龙马记"等石刻碑文。[2]

---

[1] 参见张振犁,程健君编《中原神话专题资料》,中国民间文艺家协会河南分会,1987,第88-89页。

[2] 该节的撰写参考了程健君的《中原神话调查报告之三》,载张振犁《中原神话研究》,上海社会科学院出版社,2009,第235页。

由于工作顺利,计划3天的调研,调查组只用了一个下午便完成了。于是,下午4时许,调查组赴洛阳东站。

第四站:洛阳

4月18日,张先生在候车的空闲时间,与程老师赴龙门观览名胜。下午2时许,调查组西上三门峡,经过四个多小时,晚上7时抵三门峡。次日(4月19日)上午,张先生与程老师整理内务、休息;下午访市委宣传部,请求宣传部派人协助联络、安排调查工作;晚上,访陕县文化馆李树滋同志,他初步介绍了陕州的沿革、历史、山川名胜概况,调查组颇有收益。

20日上午,调查组再访宣传部,部里答应联系乡里领导同志安排,让调查组等候;空闲时间,张先生再次总结此次要调研的神话的"题目":

(一)关于"大禹治水"的传说。1.通天柱与巡河大王:薛子奇、王新讲述,戴正贤记;2.马蹄窝:顾丰年、巴牧记;3.开三门:顾丰年记;4.黄河鲤鱼:刘邦项记;5.米汤沟:顾丰年记;6.神脚掌:顾丰年记;7.邙山的传说:白眉记。(二)关于"老君"的传说。1.老君造桥;2.老君列石;3.老君出世;4.神火炼山。

下午,调研组再访宣传部,部里协调让文化馆戏剧组杨帆同志协助工作,并初步商定:从次日起,赴三门峡南岸的3个乡调查。

第三章 中原神话的考察

图10　1985年4月22日,"中原神话调查组"在三门峡史家滩采访村民张小根(左),右为河南大学张振犁先生(程健君摄)

4月21日上午7:30,调查组一行抵达高庙乡大安村采访。在一家街头小饭铺吃饭时,厨师王双师同志为调查组讲述了"大禹导黄河"的传说。饭后,在向导小石(乡武装部仓库管理员)的带领下,在大安村,调查组又采访该村的王明旺、王海亭、王海棠等老人,他们为调查组讲述了诸如"大禹导黄河""禹开三门""禹王治水""大禹造桥""老君造桥""马蹄窝"等神话传说,收获颇丰。次日,调查组到三门村访问张小根,62岁的他不识一字,讲起故事来却滔滔不绝,不但讲述了大禹造桥时,妻子给他送饭打翻了饭罐的"米汤沟"的故事,还讲了大禹骑神马飞跨黄河时留下的"马蹄窝"故事。尤其是他讲述的"白蛇的传说",别具地方色彩,在他的故事中,白蛇最初是在三门峡的桃花山上修炼,以后才去的峨眉山。下午,电厂宣传科的赵同志陪同张先生参观大坝工程外景及发电机组主体工程,并指点他们传说的"三门"即"人门""鬼门""神门"所在,并给他们讲述了激

157

流中"朝我来"砥柱石的传说:相传一位行船的老艄公,为了让船只能顺利闯过三门峡,便跳进激流,高喊"朝我来",为船只导航;后来,老艄公就化作了巨石,屹立河中,成了三门峡激流的自然航标。船过三门,必须顺水势直对砥柱石行驶,然后借水的回旋力才能将砥柱避开。站在大坝上,能看到传说中的米汤沟和米汤沟西侧山梁上的禹王庙。据说,过去过往三门峡的船工,凡经此处,均须停船至庙中烧香、祈祷,方可安稳通行。而诸如"马蹄窝""神脚掌"等遗迹则随着大坝的修建,早已不见踪迹。

4月23—24日,调查组赴三门峡市图书馆和陕县县志总编室查阅、摘抄《陕县县志》《陕州志》中神话、传说和相关民俗资料资料;查找、翻拍20世纪50年代三门峡"原貌"——如梳妆台、中流砥柱和"三门"等的照片;赴市委宣传部致谢并辞行;并给文化馆的戴正贤同志留信,嘱托他来信提供"通天柱与巡河大王""黄河鲤鱼"等传说资料。25日上午调查组返程,下午3时,抵开封。此次专题调研基本结束。

26日,张先生录《过豫西三门峡小吟·巨坝踞高峡》以志怀:

巨坝雄踞群峰上,雪浪翻飞廵声喧。忆昔鬼门千载怨,舟沉砥柱泪盈天。如今电机鸣高峡,晋豫通途南北连。百里平湖碧如玉,河清何须圣德贤!

第四节 "女娲文化"的专题调研
——"中原神话调查组"之河南周口、安阳和河北涉县之行

1993年3月至4月,"中原神话调查组"针对"女娲文化"展开专题调研活动,涉及区域包括河南周口的淮阳、西华和安阳林县,以及河北涉县。这次调研有几点值得注意的情况:一是这是张先生"在岗"期间的最后一次田野考察活动,同时,也是以张先生牵头的"中原神话调研组"的最后一次专题调研;二是"中原神话调研组"首次有"域外"人士的参与,即当时就读于北京师范大学的杨利慧博士参与了此次田野考察,其他两位成员是陈江风教授和吴效群教授;三是此次调研并没有明确的"文本"指向,更突出了考察的综合性和多元关照,比如考察仪式与神话"演述"的关系问题。

一、准备工作

早在1983年"中原神话调研组"第一次田野考察时,张先生就已经关注到了女娲的神话与相关的信仰习俗。1985年济源之行,张先生又了解了王屋山"女娲补天"神话的流传及相关的"遗迹"。再加上中原其他地区相关文本及各类习俗的补充,使张先生对女娲文化有了更为全面、深入的了解,并提出了女娲神话的"产生带或神话群"的概念。至1991年,张先生对女娲神话的了解更进了一步,他在11月份的日记中写道:

下午写"中原神话思考"笔记:洪水神话中保护神的取代及灾异时间先后、婚仪滚石块与滚石磨的时代问题。陈连忠提供的巩县"阴阳石"和安阳的"清凉山的传说"具有重要价值。"清凉山'女娲补天'",联系涉县(安阳北的邻县)的"娲皇峪"、卫辉县的女娲河、济源的"女娲补天"等神话遗存,逐渐形成女娲神话的产生带或神话群,如从文献上早有"太行山"又名"女娲山(或皇姆山)"、修武的"皇姆村"等地名来印证,更是确信无疑。今后的重点应逐渐向太行山转移。

再加上指导学生编写《河南方志民俗资料汇编》,使他对各地女娲文化的"遗迹"十分熟悉。然而,对女娲文化展开专题调研的契机却是源于当时在北京师范大学攻读民俗学博士学位的杨利慧的请教。

1992年杨利慧给张先生来信告知,她因撰写博士学位论文《论女娲神话及其文化史意义》,要在该年的寒假到河南淮阳采风,询问张先生能否一同前往。而此时张先生正考虑于次年至安阳、焦作和河北考察女娲神话的相关文本。最终,此次专题考察的时间定在了次年的三四月份。1993年3月中旬,杨利慧来到河南大学,张先生先让她到河南大学图书馆查阅相关的资料文献,并与陈江风教授商定3月21日出发至淮阳。

二、进入田野：第一阶段

第一站：淮阳县

1993年3月21日下午，"中原神话调查组"一行4人（河南大学张先生、陈江风教授、吴效群老师以及北京师范大学的在读博士杨利慧）来到淮阳，在与当地政府相关人员联系后，确定了调研计划，同时调查组开会，明确了采访分工和注意事项。

3月22日下午，根据分工，调查组成员分别至太昊陵庙会采风。在调查中，张先生关注到了泥泥狗。泥泥狗又称作"陵狗"，是太昊陵庙会上各类泥塑玩具的总称。张先生选购了几个有代表性的泥泥狗，并认真倾听了泥泥狗艺人对此类泥塑的不同名称、历史渊源、制作特点、功用和社会影响的讲述。在统天殿，张先生一行饶有兴趣地关注了这里的各类祭祀仪式，张先生还特别关注了来自故乡的一对香客的"还愿"仪礼。此外，有些香客在仪式上的"唱经文"活动也引起了调查组的关注。下午，张先生特意与太昊陵内摆摊的几位老太太交谈，她们讲述了伏羲兄妹婚神话，这是该故事的重要异文。还有一位老太太的讲述也引起了张先生的注意，因为她的故事中没有伏羲、女娲成亲情节，所以称"女娲"为"姑娘"而非"娘娘"，尤其这位老太太跳起"担经挑"的舞蹈，步履轻盈，身姿灵活。

3月23日上午，调查组一行参观了平粮台和孔子弦歌台等地方文化景观。下午，调查组再赴太昊陵采访。在淮阳县博物馆副馆长崔进善的安排下，张先生等对在显仁殿内进行的"担经挑"表演进行了重点关注，并录下《人祖夸家》《担花篮经》《人祖姑娘经》《老母娘下凡》和《道姑修行》等十余首"经歌"。据称,这类"经歌"有些是妇女们跳"担经舞"时边跳边唱的,内容多为宣扬神仙思想、劝人修行等。还有些是日常生活内容,不一定与祭祀、颂神时的舞蹈配合。不过,在张先生看来,这类舞蹈"将原始、古朴的祭神、娱神的庄严、肃穆的舞蹈,改编成了身着现代农村服装、头插鲜花的歌舞,舞步和组合舞姿虽未改动,但看来已失真,令人遗憾",其中透露出张先生的学术旨趣。

3月24日上午,调查组与淮阳县博物馆的霍进善、骆崇礼、彭兴孝等同志座谈,了解淮阳庙会文化的情况,并请他们介绍了泥泥狗、担经挑等的名称寓意、演变历史、社会功能和影响等。张先生还特别提出"伏羲女娲兄妹婚"中兄妹"上学"情节,请他们谈看法。霍进善认为:当时学校与后来不同,最早当以学"易"为内容;同时,人类文明毁灭也绝不是一次,这种境况很可能是洪水后先民的回忆场景,灾后这一情景也不复存在。张先生认为这种看法是很有见地的。座谈后,调查组参观了显仁殿"伏羲圣迹"壁画、蓍草园和伏羲陵墓,并旁观了香客们举行各类仪式。

第二站:西华县

3月26日下午,调查组一行与淮阳的朋友辞行,来到西华县。张先生等首先访问了文化局刘局长,在刘局长的安排下至文物所参观了女娲城发掘的遗迹文物,并在他的陪同下,调查组一行赴西华思都岗采风。这是张先生第二次到此采访,旧地重游,让他倍感亲切。在村支书带领下,调查组全面了解了女娲城遗址、女娲陵园和龙泉寺。较十年前,当地和其他地区来此朝奉女娲人祖的香客、游客们,仍然络绎不绝;而女娲陵园的规模也更加宏伟了,还有些建筑正准备动工修建,已完工者有女娲阁、女娲坟、女娲庙等。在这次调研中,张先生等注意到当地女娲显灵及其造人、补天、滚磨成亲等的神话传说十分普遍,并且关注到这里女娲神话讲述的特点,即"讲述人们知道补天或造人的情形的比较少见,而多是成串地讲述有关女娲的事迹,甚至将女娲的有关身世联成一体,从其出世、补天、成亲一直见到造人、定居以至葬于思都岗,形成了一定系统的民间神话传说群"[①]。如引起调查组关注的92岁老人史××演唱的《女娲诗卷》,便从天地混沌、兄妹降生、女娲以五色石补天讲述到兄妹滚磨成亲。

27日,调查组基本完成调研任务,向当地朋友们致谢并辞行,返回开封。

三、进入田野:第二阶段

第三站:河北涉县

经过10天的休整和准备,4月6日,"中原神话调查组"奔赴安阳。7日上午,调查组赴安阳市文联接洽采访事宜,因当地联系人暂时不在林县,没有办法到调研地展开工作,为节省时间,调查组决定直接前往涉县。下午,调查组一行参观殷墟博物馆。晚上,调查组请途经安阳的林县文化馆馆长崔复生介绍涉县娲皇宫的概况。8日上午9时,调查组乘车奔赴涉县,下午5时抵达,住县委招待所。9日上午,张先生等访文化馆李馆长,

---

① 杨利慧:《女娲的神话与信仰》,中国社会科学出版社,1997,第154页。

未遇,又访文管所程所长,他大致介绍了娲皇宫的情况及相关传说的流布情况。上午 10 时,调查组抵娲皇宫文管处,程处长详细介绍了娲皇宫胜景及传说。下午,调查组登上中皇山(今名凤凰山),有广生殿、十八盘、娲皇阁等,拾级而上,跨盘道,攀险岩,遍览全山名胜、碑文、庙貌,瞻仰圣母娲皇仪容,大有收益。杨利慧在《娲皇圣母女娲氏——河北涉县娲皇宫考察报告》中重点介绍了其中的 3 座"宫殿",摘录如下:

停骖宫,据清咸丰二年(公元 1852 年)《重修停骖宫记》碑文所载:"按旧志传载,北齐文宣帝高洋自邺返太原,尝道经山下,起离信以备巡幸。宫之得名或自此□与。内奉娲皇暨碧紫霞元君神像。"按照此处碑文的记载,停骖宫的始建时间当在北朝初期。如今宫中依旧供着这三位女神,女娲像居中。不过笔者询问当地老百姓,却都说此宫是女娲娘娘回宫时的歇马处,故俗名又叫"歇马殿"。

广生宫,俗称"子孙殿",是山下的主要建筑之一。它的创建时间,大约与娲皇阁相继。宫中主要供奉广生圣母。院中立有清代勘刻的石碑二通。同治八年(公元 1869 年)《重修广生宫记》载:"每岁暮春,燕晋士女不远千里奔走偕来,登览者必先于此宫瞻礼焉。"如今来这儿"求子孙生育之蕃"者依然络绎不绝。广生宫东有吕祖殿,供有吕洞宾像。

娲皇阁通高 23 米,整个建筑依山凿壁,错落有致。山门上书"别有天地""蓬壶仙境",左右楹联为"凤山名隆三岛,神仙势压十洲"。山门正、反面的四个角上分别镌刻着

"断鳌立极""炼石补天"字样。山门左有皮疡庙,里面供着皮疡与鲁班像。山门右有一牌坊,上书"娲皇圣迹"。拾级而上,迎面一块巨石上刻着"古中皇山"四个大字。依山的石壁上刻着珍贵的北齐佛经,并存有眼光、蚕姑二窟,窟中的神祇作佛像状,已有残损。娲皇阁共有四层。最高一层的门额上书写着"炼石补天",其中供着女娲托石坐像,脚下立着几个小泥人。三层阁楼中的女娲手托陶罐,阁中挂有香客送的红布和锦旗,各书"有求必应、得女谢恩","神恩赐子、灵验之极"等,看来是还愿时所献。门额上书"补造化"。二层阁楼乃"清虚阁",里面的女娲手托着一个男孩。最底层好像是一个洞窟,女娲凤冠皇袍坐在拱顶式的大厅当中,身后有九位女神及二位凶神恶煞作侍卫,门额上书"光照九洲"。①

4月9日下午的考察,对调查组而言主要是了解娲皇山的整体情况,捕捉"重点"。为完成调查任务,当晚调查组开会研究、布置次日的考察计划:一是全面抄录、核对娲皇宫山上山下的碑文,二是抓紧时机向进山朝祖的进香人采录"活的"口承神话传说。

4月10日,调查组进入了此次调研的"高潮"。旅游区东门外卖"香火"物品的摊贩"陈二迷"(芸锋)是当地人,熟悉民俗风情,并且会讲不少女娲故事,张先生在早上练剑时,无意中了解到此事,便约他晚上座谈。早饭后,大家从山脚起,逐一查阅、核

---

① 杨利慧:《女娲的神话与信仰》,中国社会科学出版社,1997,第156-157页。

对庙廊上有价值的碑文,抄录、照相,所录碑文如《重修停骖宫记》《重修广生宫记》《古中皇山娲皇圣母庙重修碑记》和《娲皇圣帝建立志》等。晚上,山道上朝圣者络绎不绝,调查组成员各自寻找采访对象;张先生与"陈二迷"谈娲皇宫的口头传承神话、民俗资料,收益甚丰。当晚,调查组开会,安排次日的工作计划:一是上午除核对个别碑文外,主要从沿途群众口头上采录有关娲皇的民俗资料,印证"陈二迷"等人的讲述材料;二是从娲皇宫出发,经停朝元宫、三官殿调查民俗;三是返回涉县县城与程所长座谈。11日晨起,张先生口吟《娲皇宫行》以志怀:

为探娲皇事,驱车上太行。中皇壁天立,圣宫何辉煌。

阁簷流异彩,群峰环碧苍。索吊楼欲飞,人祖自安详。

凤翼补天日,神火照洪荒。抟土子孙衍,墟里霭清漳。

娲母圣诞期,朝宗来四方。香火燎云雾,鞭炮鸣青岗。

碑碣廊庙满,泽被万世芳。伟哉创世功,日月同辉光。

1993年4月11日凌晨于涉县娲皇宫客寓。

11日上午,调查组成员按计划展开工作,沿途经朝元宫、三官殿,与许××和卖香火、祭品的商贩、村民交谈,了解娲皇宫习俗。其中,让张先生格外兴奋的是"了解到女娲在七星岭取漳河五色石补天一神话"。而在乘车返回县城的途中,调查组又采得"女娲移山"的神话,车上的一位林县旅客还讲述了安阳清凉山女娲传说。当晚,涉县文化馆馆长李亮及其子来寓所座谈,李亮畅谈女娲神话遗存,介绍了当地女娲补天及祭祀的习俗、信仰,还以工本费价售予每位同志一本《娲皇宫的传说》(中国民间文艺出版社1989年版)。

第三章　中原神话的考察

至此,调查组的涉县之行基本结束。这次调研对张先生之后的女娲研究颇有影响,写于1999年4月的《论中原女娲神话》一文中多次提及此次调查的材料。如在论证中原太行山是女娲神话的产生、流布的中心地区时,他便以《娲皇圣地建立志》碑文中的相关记述为重要依据,还说娲皇宫"上面的碑文、崖刻铭载涉县娲皇宫的产生、沿革等实证材料。它告诉人们,太行山是盛传女娲神话的渊源地区"①。张先生还借娲皇宫的调查资料谈及中原女娲的神话与信仰的原始文化色彩,"涉县中皇山周围的神奇的女娲补天、造人、兄妹成婚、女娲移山、占地、送子等的口头神话,随处可以从当地群众口头上听到;有关中州的女娲神话遗迹及清漳河里的五色石,娲皇山右侧七级熔五台、烟熏石,左面的'三级飞天降'等女娲补天遗迹和祀典习俗,触目即可看到。特别在'朝北顶奶奶'的庙会期间,北方中原的种种习俗无不融贯其中。它把人自然引进了古朴、原始的祭祀女娲仪典的宗教氛围之中。领受着原始民间信仰文化的实际情感熏陶"②。尤其值得注意,对西华尤其涉县女娲神话与信仰的考察,也让张先生神话研究的关注点开始有所转移,即更为注重与神话相关的信仰文化的研究,神话的记录文本不再是研究的中心,《论中原女娲神话》的研究便是如此,它将重点放在女娲信仰及其仪式文化方面。

4月12日上午11时,调查组来到林县,首先拜访了民政局李金生及金主任,并共同商订在林县的活动计划,并决定次日参观

---

① 张振犁:《中原神话研究》,上海社会科学院出版社,2009,第256页。
② 同上。

红旗渠。其实,在张先生的日记记述中,接下来几日的调查活动,更像是简略的"游记",显得十分欢快。这里不避烦赘,摘录如下:

4月13日,早饭后,县里派车抵林县红旗渠游览区分水岭景区,参观纪念碑、总干分水闸、纪念亭、分水岭双孔隧洞之后,赴络丝潭景区,参观冀豫索桥、络丝潭、神龟洞等景点。在络丝潭大瀑布旁岩石拍照,留下难忘的影像。在神龟洞拍下一幅幅鬼神、龟家族的珍贵龟文化资料。从太行山女娲断龟足立四极的神话,印证这里龟文化观念遗存,并非偶然。随后,沿青年洞景区,过鹊桥、大禹治水像、一线天、聚仙洞、虎口崖等景点,这里山势雄、险、奇、秀,集太行山之山势之美的大成,令人叹为观止。参观中深深为林县人民战天斗地、开山凿渠引水、造福后代的精神所感动。他们在党的领导下,为林县人民建立了不朽的勋业,为全国人民做出了光辉的榜样。我们应当将这种精神贯穿进工作中去。

4月14日,今日在李金生、金主任陪同下参观林县著名旅游特区开发点石板崖。这里山势奇险,变化多端。凌空傲视群山,可谓目空一切。太行山的精粹全集于此。俗云"五岳归来不看山,黄山归来不看岳,唯有必看王相崖",其秀奇雄险甲天下之称,名不虚传。因此,有"太行魂"之称。穿隧道进入石板岩区之后,群山纵横,高摩云天,奇逢险岩,山瀑流泉。遍山桃杏李花如锦似绣,菜花黄、杨柳绿,鸟鸣山谷云端,真是目不暇接,美不胜收。在石板岩镇镇长导游下,穿过传说受相台、驼峰、"双鸟对语"、东南山顶的"李时珍采药"处、"金龟望日"处、玉皇顶,登上"仰天地",

钻山洞,过栈道,最后到达王相岩赵得秀道士墓。桩桩件件,令人叹服天地造化之工,神奇不可思议之妙。俯视石板岩全区奇山异象,尽收眼底,兴尽而返。此次采风,达于高潮。我深感登山身轻体健,甚为欣慰。

结束了两日的游赏,4月15日,调查组至清凉山、紫金山采风。上午10时左右,张先生抵达清凉山采访"女娲补天"神话,因未找到故事讲述人,采访任务未能完成;又因为交通问题,前往紫金山采访的计划也未能实现。令人欣慰的是,当晚安阳县文化馆送来神话资料12篇,张先生连夜翻阅,并在16日早上摘录紫金山一带流传的神话资料,其中包括"清凉山的传说""小廉湾的来历""二帝陵和硝河的传说""龙哥和龙妹"和"下雨时为啥起黑云"等。至此,在安阳的调研基本结束,向当地朋友致谢并辞行后,调查组奔赴焦作武陟。

第四站:武陟

4月16日下午,调查组一行到达武陟并与当地宣传部门取得联系,商定次日去城关乡探访当地女娲、盘古等口承神话的遗存、流传情况。17日,调查组在当地文化馆王广先同志的带领下,赴城关乡访王百贞和秦秀花,并请她们重新讲述了"盘古开天辟地""人从哪里来""兄妹成婚""船城""仓颉造字"等神话传说,从而落实了女娲、伏羲、盘古的神话及相关民俗资料。下午,调查组结束在武陟的考察,张先生向王广先致谢并告辞。

至此,本次围绕"女娲文化"的专题调研活动,全部结束。17日下午7时,调查组一行返回开封。

四、调研总结与报告

调研结束后,经过几天的休整和资料整理,4月20日上午,"中原神话调查组"召开了豫北太行山采风工作总结会议。在会上,调查组的各位老师都有发言,张先生在日记中记述了这次会议上老师们的发言情况,其中张先生的发言要点如下:

1. 此次采风时间短、任务重,特别是跨省区考察,情况不明,问题较多。但调研活动基本上进行顺利,在各方面大力支持下,取得了比较多的科学资料。2. 基本上搞清了太行山与盘古特别是女娲神话的关系。这一神话集群的形成,绝非偶然,文献上多次记载,有民俗文化依据,很重要,对项目(当时张先生主持的国家社科基金项目)有很大用处。3. 从众多民俗信仰、祭仪、碑文中,可以看出原始文化的观念、心态在今天我们生活中的地位、作用和影响。4. 在考察方法上,组里比较注意分工协调合作,发挥了好的作用,精神面貌比较好,保证了工作的顺利进行。

不足之处,往往出在注意力不集中和蹲不下去客观对待遇到的材料问题,有遗漏;调研时间短,未能用较充分时间住在群众中采风,有一定局限;物资准备还可以,但有时技术上也出现失误;为今后的工作提供了经验教训,感谢小杨同志(杨利慧)。

陈江风老师的发言:

1. 此次调查是成功的,取得了不小成绩,是初次实践科学考察,知道了这个工作的做法,这一点很重要,为今后的工作打下了基础。2.懂得了许多问题,仅淮阳采风,就可写十几篇文章,启了蒙,采风活动顺利。3.理论总结不够,下一步要写好调查报告,写专题研究文章;要有几种想法、做法。这一段工作对今后会影响很长一段时间。理性要与实际相印证,不下去怎么行？4.要脚踏实地进行,将原始仪式复原,很有意义。可能每人理解不同。要有信心地开展研究工作。5.太昊陵触动很大,《诗经》中几乎每篇都与原始祭祀仪式有关,绝不只是生活和爱情生活的反映。

吴效群老师的发言：

  1.写出总体调查报告；2.写出专题调查报告；3.写出研究文章。

杨利慧老师的发言：

  1.此次调查意义重大,对古典神话流变的、变异的研究,具有重要作用。2.为何古典神话至今在群众中影响如此之大,原因可进一步思考,它触动思维很大,对我写论文有很大帮助。3.调查中的某些急功近利的思想,是缺陷。要全面、客观调查才科学,而不能各取所需,遗漏或对有些材料视而不见,这对采录会造成一定损失,失之交臂。4.方法上的科学性还需加强,要用国外的科学方法进行考察,才不至于事倍功半。5.应在一个地方蹲下去十天八天,才不至于走马观花。6.目标不要太单一,这样限制就比较多。7.此次调查队很有力,是一生难忘的学术经历。

最后,张先生提出了调查组成员下一步工作的分工：

  1.杨利慧写总体调查报告,集体传阅、修订后,以集体名义呈现。2.吴效群冲洗放大照片资料,转录音资料为文字资料。3.陈江风进一步整理相关文字资料。4.每人考虑写1~2篇专题文章,准备参加今年10月在邯郸召开的北方十省民间文学理论讨论会(以庙会文化为中心)。

第四章 中原神话研究

若自 1951 年《从〈燕子赋〉看民间文艺》一文的发表算起，至 2017 年《中原神话通鉴》的出版为止，张先生从事民俗学、民间文学的教学、研究的时间，长达 60 余年。在如此漫长的学术生涯中，张先生的学术研究涉及民俗学（民间文学）的基本理论、学术史、故事学、神话学和节日文化等诸多研究领域，产出如《河南民间故事（增订本）》《中原神话专题资料》《中原古典神话流变论考》《东方文明的曙光——中原神话论》和《中原神话通鉴》等在学界有着广泛影响的重要成果；参加了钟敬文先生主编的《民俗学概论》和《民间文学概论》，对中国近代民间文学研究资料进行了系统的梳理，并编制了资料索引。

然而，在众多的研究领域中，张先生最为专注、付出最多的却是中原神话的考察与研究，从田野考察到专题资料集的编纂，从"流变"研究到文化内涵、价值的考察，从 1982 年到 2017 年，从 58 岁到 93 岁，张先生在这一领域辛勤耕耘了 35 年，为中国神话学乃至民俗学研究的转型筚路蓝缕，在一些领域的研究有着"吾道夫先路"的开拓价值，更为后来者留下了丰厚的文献资料。

第一节 由"专题课"到"专题研究"

关于"中原神话"的发现,在河南大学民俗学研究生中有一个颇有趣味的"传说":20世纪80年代,张先生在讲授"民间文学概论"时,从学生的作业中发现了不少仍然流传于民间的"古典神话"的各类异文,这令他兴奋不已,从而激发了他对中原神话进行广泛的调研和研究的兴趣。"传说"是有合理性的,张先生对中原神话的发现确实与他注重学生"田野考察"的实践教学密切相关,但又不尽然,因为中原神话概念的缘起和研究思路的确立,还有更为重要的"契机",这便是来自钟敬文先生"流变"研究路径的启发。在中原神话研究展开的过程中,张先生对中原神话这一研究对象性质和内涵的认识也始终受到钟敬文先生的影响。

一、由"课程"到"项目"

自1983年起,张先生开始为河南大学中文系的本科生开设"中原神话研究"的专题课程,但实际上在1982年的"民间文学概论"课上,张先生已经开始为学生讲述"中原古典神话流变"的专题课了,在日记中他多次提到相关的情况。例如,3月26日他提及,"上午整理《中原古典神话传说流变今昔》专题讲课提纲,充实内容,明确论点,查证原始资料",在3月17日又提及:"上午讲《中原古典神话传说流变初议》民间文学专题,初次讲,精神振奋,同学面貌焕然一新,注意力集中。效果不错,大家很感兴趣。"其实,在上课讲授的同时,张先生也在积极撰写《中原古典神话传说流变初议》的论文稿,在这一过程中他还专门研读了钟敬文的《论民族志在古典神话研究上的作用——以〈女娲娘娘补天〉新资料为证》,在4月1日和2日的日记中,他写道:"晚上学习钟老《论民族志在古典神话研究上的作用——以〈女娲娘娘补天〉新资料为证》一文,吸收讲课要点。""上午备课,写《中原古典神话传说流变初议》的'小结'部分,吸收钟老对这个问题的观点。"

随着对"中原古典神话"相关资料的积累,张先生对"中原神话"的研究有了更大的计划,他想编著一本《中原古典神话流变见闻录》,在他的记述中,这一设想较早出现于他给钟敬文先生的信中:"8月29日,上午给钟老写信,谈论文修改问题,及打算编著《中原古典神话流变见闻录》一书的事,请他指导。"钟先生是否就此事有所答复,不得而知,但其后张先生却在日记中不止一次提及此事,如下述:

10月6日上午,登记《花神》《春风第一枝》卡片入《中原古典神话流变见闻录》卡片。

10月7日上午,看《山海经校注》,开始摘有关神话资料,为编著《中原古典神话流变见闻录》一书做准备。

10月10日上午,安排科研工作计划,准备有步骤地编著《中原古典神话流变见闻录》。

11月30日上午,继续抄《论衡》中神话资料,对于编著《中原古典神话流变见闻录》一书,意义重大,当全力以赴,力争早日脱稿。它将为我国神话研究开拓一个新领域。它要求严、要求高、要求材料过硬,丝毫含糊不得。它需要大量资料的收集和鉴别、分析、编辑等环节,但是,只要用攻关的精神全力奋战,总有拿下这个项目的一天。

其间,张先生也在辛勤地查阅各类古籍文献资料,如《山海经》《论衡》《搜神记》《太平广记》等,中原地区的各种方志材料,当代人所编著的《水经注异闻录》和《古神话选释》等,以及学生所记录的依然流传于民间的各类神话传说,从中查询相关的神话资料,为《中原古典神话流变见闻录》的撰写做准备。然而,张先生的这一计划还是暂时搁置了,转向了"中原古典神话流变论考"项目的研究。

1982年,河南大学中文系各学科讨论教学科研计划的制订,张先生提出了编著《中原古典神话流变论考》的科研计划,并让程健君老师以书面形式提交,很快这一项目被中文系列为"六五"科研规划的重点项目,系里将为项目考察调拨专用录音机、照相机等器材,解决考察经费问题,张先生预计在5年内(1983—1987年)完成项目。1983年,张先生以同一题目申报的河南省哲学社会科学项目,又被列为"重点资助"项目,且必须在"六五"期间也就是在1985年底完成。在此情形下,完成项目便成为张先生的首要任务。与此同时,器材、经费的支持也为张先生中原神话的考察和研究提供了保证。

二、"流变"研究与"综合"考察

系统的民俗学学科训练,使张先生十分重视田野考察,一方面他本人积极参与田野考察,搜集各类神话、传说和民间故事;

另一方面他也要求学生学习和实践田野作业的方法,在课程作业中必须有田野考察材料的运用,这样便使他在"不经意"中积累了大量的民间文学资料,其中便包括中原神话的不少资料,然而,如何看待和研究这类资料,却是值得思索的,"接踵而来的是同学们提出了如何解释和认识这个文化现象的问题"①。幸运的是,这一时期的钟敬文先生也在思索同样的问题,他的思路给张先生提供了启发。张先生在《钟敬文与中原神话研究——悼念恩师钟老》一文中有这样一段直陈:

> ……(钟敬文)嘱咐我写了一篇《〈愚公传说〉调查记》。他说:"传统的民间神话传说的变化问题,很有意义。愚公移山的影响太大了!"……记得有一次,我和他刚进图书馆还未坐下来,钟先生慨叹地说:"要是能把传统的神话传说和今天的演变结合起来研究,就要放'卫星'了。"这句话,当时我还领会不深。1981年,我和他一起去丹东开会,回来时,住沈阳等车。早上,我去他住的房间里,见到放在桌子上的笔记本里列有一个《传统民间神话传说、故事与现在演变问题的思考要点》(大意),我吃惊了:原来他的一句"放卫星"的感叹,竟是他经常思考的重大理论研究的课题! 对我来讲,这也还是认识上进一步启蒙,实践上还谈不上有多深的感受,但它在我心目中的分量却在进一步加重。

---

① 张振犁:《钟敬文与中原神话研究——怀念恩师钟老》,《西北民族研究》2002年第2期。

我也开始思考这一学术上至关重要的问题。[①]

钟敬文所思考的"传统的民间神话传说的变化问题"或"传统民间神话传说、故事与现在演变问题",主要指传统民间文学在当代的传承状况,它包括对各种异文、母题及其与传统文本的比较研究,与民间信仰、民众生活的关系和当代的传承主体等方面的研究。在钟敬文先生的启发下,张先生很快展开了学术"行动"。

1982年1月,应《湘潭大学社会科学学报》编辑彭燕郊先生之约,张先生撰写了《实事求是,从实际出发,建立我国的马克思主义民间文艺学——兼谈中原古代神话、传说流变今昔》一文,参与该刊组织的关于"建立我国民间文学理论体系"学术讨论。在该文中,张先生提出,从"五四"歌谣学运动开始至20世纪80年代,研究者一直在进行着各类民间文学作品的搜集整理,并已经积累了大量文献资料。但如何对待这些资料,是值得思索的,更是推动新时期民间文学继续发展的重大理论问题,由此提出中原神话"流变"问题的研究,"仅以我国中原地区近几年来发现和记录到的资料为例,其中不少都对我国的古典神话、传说的流变,提出了许多值得注意和研究的重要问题"。他还说道,"许多活生生的资料的被发现,不仅说明古典神话、传说的流变这一课题有研究的必要,而且有了逐步深入研究的可能。这个流变的情况怎样?有哪些特点?研究这个问题的理论和实践意

[①] 张振犁:《钟敬文与中原神话研究——怀念恩师钟老》,《西北民族研究》2002年第2期。

义如何?"①。

在张先生看来,中原神话"流变"研究的意义是十分重大的,它首先表现在对学术界的重大理论问题提出了"异议"。在《实事求是,从实际出发,建立我国的马克思主义民间文艺学——兼谈中原古代神话、传说流变今昔》一文中,张先生借助中原地区流传的"兄妹俩""杞人忧天""盘古山"等古典神话的当代"异文",佐证了闻一多和袁珂对盘古神话来自汉族或中原地区的"推测"。他说:"尽管以上还是初步的、很粗略的探讨,但却在以往的'盘古神话南方传来说'和'苗汉同源说'之外,又提出了'盘古开辟神话'最早起源于中原说的具体依据(灵宝的黄帝岭、黄帝庙的遗迹证明,中原神话是最古老的)。"②以古典神话"流变"至今的神话形态佐证某神话的原始性或原初性或源发地,其中透露着张先生的"流变"研究的思路。

当然,张先生的中原神话"流变"研究的思路不止于此,他还关注到古典神话的地方化及其情节、人物、主题的丰富与变化,并希望借助这种研究达成更为宏大的目标,即"把运用先进技术采录的活神话与古文献神话结合起来,构想和探究我国上古神话的固有特征及其在长期封建社会的流变规律。而对中原神话的这些问题的研究,将直接接触人类学、神话学的原始文化与现代文化以及神话与现代生活之间的关系的再认识问题。这

---

① 张振犁:《实事求是,从实际出发,建立我国的马克思主义民间文艺学——兼谈中原古代神话、传说流变今昔》,《湘潭大学社会科学学报》(民间文学增刊),1982年第5期。

② 同上。

就必须在观念上有所更新"①。探索"流变规律",认识"神话与现代生活之间的关系","流变"研究也就必然是综合性的研究。在这方面,张先生也有着自觉意识,他倡导一种"多学科、多层次、多角度的整体研究",他在《中原古典神话流变论考》的"后记"中对此有专门的说明:

> 本书研究中原神话"流变"的着眼点,主要限于与中原神话有关的文献资料与"活神话"的比较中,探讨其流传、变化的特点和规律。而不涵盖我国同类古代神话的总体发展趋势(那样涉及有关省区、民族协作的问题,目前还不是主攻目标)。至于"论考"的"考",也不限于以往学术界传统采用文字学、训诂学、音韵学等一类研究方法(当然,必要时也借用此法),但本书主要从整体研究入手,运用综合考察和研究的方法,在古文献与活资料的对比中,思考一些问题。②

这种研究方法也在他的研究实践中得到了贯彻:如在中原神话"地方化"的研究中,对地方风物和各类民间信仰及其仪式行为的关注,注重考古学和方志资料的运用,等等,无形中使张先生的研究对象表现出与社会生活的关联性和自身的层次感,而不只是单纯的文本呈现。

---

① 张振犁:《中原古典神话流变论考》,上海文艺出版社,1991,导言第 10 页。
② 同上书,第 325 页。

三、"古典神话""原始神话"与"民间神话"

1993年,张先生在为《中国各民族宗教与神话大词典》撰写的"汉族中原神话"中说:"中原是中国神话产生和流传的典型地区之一。中原神话是中国古文献已有记载,至今仍流传在河南等地民间的著名神话,是汉族神话的重要组成部分。这是近年来在神话学界科学考察的重要发现之一。"①这里赋予了"中原神话"较为明晰的内涵。但在张先生的研究中,还有几个概念是值得说明的,即"古典神话""原始神话"和"民间神话"。

"中原古典神话"是张先生各类论著和项目名称中出现较多的名称,比如他的论文《中原古典神话流变初议》(《民间文学论坛》1983年4期)和专著《中原古典神话流变论考》(上海文艺出版社,1991年版),对这一概念张先生有过明确的说明。首先,在他的研究中,"中原"是一个"地域"的概念,而非"文化"的概念,且主要指的是河南地区,但在某些研究也会涉及湖北、山西和河北等毗邻河南的区域。笔者曾听闻有些学者谈及"中原神话",他们首先提出的质疑便是"中原"的内涵,实际上他们多是文化层面上来谈论"中原",而非地域。对于"古典神话",张先生也有具体的说明,他说:

> 这里(指《中原古典神话流变论考》一书)所说的"古典神话",主要限于古籍中所涉及的我国古代著名神话,至今仍继续在中州人民口头流传的"活神话"。其中既有古典

---

① 本书编审委员会编《中国各民族宗教与神话大词典》,学苑出版社,1993,第263页。

神话的异文,也有不见于古代文献,却又属于与同类神话有关的、未被记录的神话作品。因此,这里的"古典"是广义的,而不仅指那些见于"经传"记载的神话(实际上,那样理解有许多问题,也不符合古代神话的实际流布情况)。作者在行文时,为了避免单调、重复,有时也使用"原始神话""远古神话""古代神话"等词,实际是一个意思。判断是否神话的标准:首先,从内容看它是否具有"名副其实"的神话的观念和思维特点。其次,要看它存在的整体环境,如与之有关的祭祀仪式、庙会、赛社、风俗、歌舞、民间工艺艺术、绘画和考古等资料,是否真实、合理?此外,还要看它流传地区的特定自然环境与社会环境,是否可以证明其为当地人民确信其真实存在的庄严的作品。而不是什么故事都叫"古典神话"。①

在张先生看来,作为"古典神话"要有如下的特质:一是这类神话是依然流传于民间的"活神话",其中有的在古籍文献上有记载,有的没有记载;二是在内容上要包含"神话思维",且这种思维主宰了文本内容的"叙事逻辑";三是神话与特定的祭祀仪式、地方风俗等相联系;四是神话流传区域的人民是否相信,即神话所述内容是否是真实甚至庄严神圣的。这种观点也是这一时期民俗学、民间文学研究界的一种共识,刘锡诚先生在《中原古典神话流变论考〈序〉》中就说道:"中外学者们公认的一点是,神话之为神话,就在于它的神圣性,即西方学者所说的'神圣

---

① 张振犁:《中原古典神话流变论考》,上海文艺出版社,1991,第325页。

的叙述'(Sacred narrative),讲述者、演颂者将他们讲述或演颂的神话信以为真,崇信不疑,如若失掉了这一基本特征,神话就变质了,就不成其为神话了。"但另一方面,刘锡诚先生又对这一说法做出相应的补充:"(神话)在历史演变中发生着历史化、现实化、科学化、世俗化、宗教化的变革。一个原始神话的内核,经历过朝朝代代、千年百年的传承,就像滚雪球一样粘连上层层的外延物,当然也免不了在某个时候、因某种因素而失落了些什么。我以为中原神话大体就是这种情况。原始的内核、历代的不同积层、历史的失落以及与这些现象有关的社会与自然,都应该加以探讨,这种探讨有助于人类对自身的认识。"[①]刘锡诚先生对张先生"古典神话"的理解是全面、准确的。实际上,也正是在这种"神话观"的影响下,张先生认为"古典神话"包含着原始文化的内核,是远古神话流传至今的"异文"形态或"活化石"。

然而,把"中原神话"称作"古典神话"或"原始神话""远古神话""古代神话"的观点,实际上有将"中原神话"等同于"原始神话"或"远古神话"的嫌疑,将后者视为产生和流传于原始社会或远古社会的神话。在张先生的研究中便有这样的情况出现。例如,在《中原神话考察的回顾》一文中,张先生就说道:"实际,我们在调查中,往往是在偶然的机会,从普普通通不为人所注目的、文化程度很低甚至文盲的老农、商贩、乡村小学教师、一般学生和老大娘那里,出人意外地得到非常珍贵的远古神话

[①] 张振犁:《中原古典神话流变论考》,上海文艺出版社,1991,序三第7页。

资料。"①这类"远古神话"的文本如《盘古寺》《胡玉人和胡玉姐》和《人祖爷》等。20世纪初,张先生的观念有所改变,也不再称"中原神话"为"原始神话"或"远古神话",而这种变化其实也是在钟敬文先生的影响下产生的。在《再论钟敬文与中原神话——纪念钟老百年诞辰》一文中,张先生有这样一段记述:

> 2001年元月10日,我在参加北师大举行的民俗学学科评议之后,与高有鹏同志,晚上去向他(指钟敬文)辞行时,刚坐下来,钟老就和蔼而又严肃地说了第一句话:"我要纠正一个错误,现在我是教师都改了,你们也要改。今后不要说中原神话是原始神话,称它为民间神话就可以了,至于广义神话也不必管它了。"②

从钟敬文先生的这种提醒出发,张先生对几个神话概念进行了重新辨析,这实际上代表了他晚年的神话观。他认为"原始神话""民间神话""典籍神话"三个概念应该严格区分。"原始神话"指的是在原始社会口头创作、传播的反映先民的意识和理想的带幻想因素的故事;"民间神话"是在文明社会里从原始先民传承下来并一直变化、发展着的,以口头形式传承的神话作品;"典籍神话"是在阶级社会里,上层文化人从民间记下来并经过修改的神话资料。③因而"原始神话"不能等同于"民间神话"和"典籍神话","中原神话"自然也不能等同于"原始神

---

① 张振犁:《中原古典神话流变论考》,上海文艺出版社,1991,第288页。
② 张振犁:《再论钟敬文与中原神话——纪念钟老百年诞辰》,载《纪念钟敬文诞辰一百年座谈会暨学术研讨会论文集》,2003年12月。
③ 同上。

话"。

然而，值得注意的是，对于"中原神话"界定的改变，不等于张先生对它"核心"认识的改变。对于"中原神话"的认识，张先生还有一个坚持始终的观念，即它包含着"原始文化"的内核，通过"中原神话"才能够"复原"原始神话。

四、"原始意识"与"神话复原"

20世纪八九十年代，在神话学界有一个引人注意的话题：神话到底应该怎样界定。仙话是否是神话？仍在人们口头流传的神话是否是神话？袁珂先生专注于文献神话的研究，他提出了"广义神话"和"狭义神话"的概念。这样，不仅诸如《山海经》《尚书》等古代典籍记载的相关故事是"神话"，在"广义神话观"下，诸如"仙话"和《封神演义》《西游记》中的神怪故事也可以被列入神话，当代民间社会流传的口承神话自然也在神话之列。然而，对于袁珂先生"广义神话观"的神话观念，许多从事民俗学研究的学者并不满意——上述钟先生所谓"至于广义神话也不必管它了"的说法就说明了这一点。由于民俗学与文化人类学天然的"血缘"联系，从事民俗学研究的学者更容易接受文化人类学家关于神话的观点，所以神话是"神圣叙事"一直是民俗学家广泛认可的。然而，实际情况是，在当时如中原地区的神话讲述并非都是"神圣"的，很多人是把它们当作故事来讲或听的。在这种情景下，以张先生为代表的民俗学家所谓的"口承神话"便不能被称作"神话"。如此，相应的研究自然也不能被称作神话研究，在"神话学"上也就没有了意义。

一方面坚持神话是"神圣叙事",另一方面现实情景中的神话讲述又没有为人所认可的"神圣性"。尤其随着网络媒介的兴起,网络上各类讲述形态的神话文本和借文献神话故事或人物改编而来的各类故事大量衍生,也使神话是神圣叙事的观念受到极大冲击。如果继续坚持神话是神圣叙事,那么民俗学的神话研究将不复存在,由此造成的民俗学神话研究困局带给相关学者极大的困惑。直到21世纪初,杨利慧"新的"神话学观念的提出,"打破'神圣性'的限制,既有助于解决古典神话研究中名实不符的矛盾,也有助于神话研究者突破古代与现代、神圣与世俗、本真与虚假等壁垒,以更加开阔的胸襟、更加开放和灵活的眼光,积极参与到与活生生的现实对话和更广大的学科领域的对话中去"[1]。这种观点对民俗学者而言是颠覆性的,而张先生的神话观念实际上处于这种观点出现的"前夜"。他一方面坚持神话是"神圣性"的,在中原神话的研究与考察中注重"文本",甚至以文本为"中心";另一方面坚持神话的"神圣性",但是在相应的考察报告和具体研究中,我们又很难真正体会这种"神圣性"的所在。然而,不可否认的是,张先生一直在追索和证明这种"神圣性"的所在,他的方案是发掘神话文本的"原始意识"特质。

在《再论钟敬文与中原神话——纪念钟老百年诞辰》中张先生反复论证了这一问题,他的重要理论依据是美国学者戴维·利明和爱德温·贝尔德的《神话学》中的下述观点:

神话用语言和形象表达了人类对自己与宇宙的感知。

---

[1] 杨利慧:《神话一定是"神圣的叙事"吗?——对神话界定的反思》,《民族文学研究》2006年3期。

人类神话的外在形式随着人类生活千万年来的变化而变化，但它的内在基本上始终如一。因此，任何一个神话故事都是迷信和宗教真理的综合，是原始人的畏惧与对宇宙的理解，但却是不合逻辑的。……因此，必须从不同的观点，甚至截然相反的观点去探讨，唯此我们才能全面看到综合的情况。(见戴维·利明等著《神话学》，李培荣、金泽等译，上海人民出版社，1990年版)①

依此，张先生提出：随着时间的推移，原始先民的神话不论在形式上变得如何复杂，但原始人的内在"神话意识"又是始终不变的。因而神话也是继续存在甚至发展的。在这一点上，上述观点与马克思有相通之处，不能认为神话进入阶级社会就不存在而完全消失，不再有存在的可能，不过是情况更复杂罢了。由此便可以推论出，大量存在的中原神话的"内在的原始神话思维内涵"是始终存在的。他还在本文的结尾之处强调：中原神话"所包含的原始先民对客观世界的幼稚、幻想的认识和理解，是'原人心智'的再现。对我们理解中华原始社会的现实生活（曲折地）、观念、信仰、民俗风情、语言乃至历史的脚印，等等，都是极其宝贵的。它是'原始社会文化的脊柱'和'信条'"②。所以无论原始意识还是神话意识、原始心智，对张先生的中原神话的考察与研究而言，"中原神话"是原始的，借此可以理解原始社会的信仰、风俗和观念，有着极为重要的价值。

---

① 张振犁：《再论钟敬文与中原神话——纪念钟老百年诞辰》，载《纪念钟敬文诞辰一百年座谈会暨学术研讨会论文集》，2003年12月。
② 同上。

此外,强调中原神话的"原始意识"对张先生而言,还有一层重要的意义,即借此强调"中原神话"较"典籍神话"对于"原始神话"的复原价值。早在民国时期,鲁迅、胡适等学者就提出,中国神话是零散的、片段的,不成系统的,并为此寻找了诸多的"理由"——这种观点的依据主要是典籍记录的神话。但无论如何,对民族文化而言,尤其对中国神话学的研究者而言,这都是一种遗憾。所以当张先生对中原大量民间口承神话的发现和搜集整理,让当时的学界倍感振奋。钟敬文先生说:"世界一些远古的文明国家如希腊、印度,都曾经产生过许多神话、传说,并且有幸保留下来(主要凭借文字记录),成为人类共有的精神财富。但是,时代远远过去,许多宝贵的古典神话消亡了。像希腊、印度等国,未闻他们在今天国民的口头中,今天还有大量古典神话的遗存。从这个意义上说,中原人民口头遗留下来的许多古典神话,便是一种文化史上的奇迹,是十分值得重视的珍宝。"[①]这是中国民间文化的骄傲,这一发现也是中国民俗学研究者可以引以为豪的理由!同时,这一发现也在一定程度上打破了中国神话带给人们的零散的、片段的印象,为神话的"复原"提供了依据和必要材料。"五四"以来的文化分层的观念也深刻影响了张先生的文化观。在他看来,由于几千年来,民间文化始终处于一种"受歧视、压抑的、潜伏的"状态,民间神话的地位是"低下的"和"受冷遇的"。虽然诸如《庄子》《易经》《风俗通义》《论衡》《淮南子》《述异记》等文献中也记录了口承神话

---

① 张振犁:《中原神话研究》,上海社会科学院出版社,2009,序一第3页。

的种种形态,但它们都在不同程度上"改造和伤害"口承神话,使之"变容",脱离了口承民间神话的"原形",也已经很难再回到劳动人民中间重新传播了。但口承民间神话却不同,它与典籍神话之间是"源"与"流"的关系:

> 民间口承神话既是被上层文人记载的神话来源的"母体",又是口承民间神话的损伤者:活泼、生动的民间神话,一下子在文人的手下变成了零星的、片断的、散乱不成体系的形态。这就是我国上古神话为何几千年来,总是理不清的一团乱麻一样的奇怪文化现象。①

在这种情况下,"复原"中华民族的神话,进而构建完整系统的民族神话系统,只能依靠口承的民间神话,尤其是作为中华文化发祥地的、一直在中原腹地传承流播的"中原神话"。

第二节 《中原神话专题资料》与《中原神话通鉴》

由于倡导田野作业的研究方法,并长时深入田野进行考察,张先生积累了大量的民间文学文本及相关资料。这些资料也先后被张先生编集为《河南民间故事》、《河南民间故事》(增订本)、《中原神话专题资料》和《中原神话通鉴》等,沾溉学界颇多。

---

① 张振犁:《再论钟敬文与中原神话——纪念钟老百年诞辰》,载《纪念钟敬文诞辰一百年座谈会暨学术研讨会论文集》,2003年12月。

一、由《河南民间故事》(增订本)说起

张先生对"中原神话"的辑录是从《河南民间故事》开始的,但涉及篇目很少,仅有《马蹄窝》和《启母石》两篇而已。随着张先生对"中原神话"的关注,相关资料的搜集、整理也逐步展开。1982年,在《河南民间故事》的基础上,张先生与程健君老师主持编选了《河南民间故事》(增订本),这是张先生十分珍视的一本书,他曾在日记中写道:"此书确是我最满意的一部民间故事选本。它风格独特,富有乡土特色。心甚爱之!"[①]这本书对"中原神话"有了特别的关注,一方面所选"中原神话"的篇目大量增加,有了18篇;另一方面在《河南民间故事》后记中,还对这类神话进行了重点论述、说明。不过,值得注意的是,在这个故事集里,张先生尚未提出"中原神话"的概念,对相关神话的篇目论述也主要从思想和艺术方面,没有关注与之相应的自然和社会文化环境,这从如下的一段叙述就可以清晰地感受到:

> 在河南的大量民间神话、传说、故事里,有相当一部分带有浓厚神话色彩的开天辟地、创世造人、移山治水的英雄。这些具有非凡神力和顽强意志的象征性的人物,像盘古、女娲、后羿、夸父、愚公、大禹、李耳、二郎神等都是祖国古代艺术画廊里极为感人的典型。有的开辟宇宙、补天、造人;有的射日、移山;有的驯服黄河;有的可以用铁箍把裂开的邙山箍住,等等。这些人物形象,既是神奇的气吞山河的

---

① 引自张振犁《日记》,1998年8月3日。

顶天立地的神人,又是亲切、可感和富有人情味的普通人。他们这些神话式的人物,都是用"想象和借助想象以征服自然力,支配自然力"的英雄,而不是阶级社会出现以后,带有"社会属性"的最高的"抽象的""万能的神"(恩格斯)。在这些人物身上,没有荒诞不经和虚幻的感觉。在夸父追日之前,跟猛兽搏斗中取胜;追日时,他要吃饭、喝水、休息;最后,因饮量过大而被渴死。大禹治水时,要和妻子商定送饭、吃饭的办法。他化熊开山,还跟涂山氏闹过误会……我们可以从这些人物身上,透过神话的故事表象,看出它所包含的深刻的、现实主义的合理的内核。这一点是非常可贵的。[①]

这里之所以大段引述张先生的原文,是为了说明在"中原神话"这一概念及对它的"流变"研究的思路提出之前,张先生的神话观和研究取向。首先,这类"口承神话"在张先生看来是"神话",并称之为"民间神话",其次,张先生对这类神话的论述,着眼点在思想和艺术层面,而很少涉及诸如"神圣性""原始意识"等内容。最后,在这本书里,张先生对神话的认识主要还集中于文本内容,对于神话相关的自然、人文环境,没有涉及如文本流传地域的地理和信仰、风俗等事项。

其实,若从民俗学学术研究的角度,张先生《河南民间故事》(增订本)中对相关神话的收录是不规范的。比如因搜集时间和地点的缺失,我们很难将它们的传承与地方文化相联系,相

[①] 河南师范大学中文系"民间文学"研究组编《河南民间故事》(增订本)(内部资料),1982,第380页。

关的研究自然也难以展开。随着"中原神话"专题考察、研究的开展与深入,这种情况得到了改变,而在此基础上编辑而成的《中原神话专题资料》自然也更为注重文本"来源"信息的完整性和学术价值。

二、《中原神话专题资料》的编集与价值

《中原神话专题资料》的编集完成于1987年,但张先生编集"神话资料集"的设想早在1982年就已经产生。当时他设想的《中原古典神话流变见闻录》内容包括了两个部分:一是古代文献记载的"神话",二是他本人田野考察和通过学生作业积累的当代口承神话的记录文本。这一工作为后来的"中原古典神话流变论考"展开打下了良好的基础,张先生因此对文献记述的神话有了更为全面深入的了解,并掌握大量田野考察的"线索"。

不过从张先生日记的记述来看,这本"设想"中的神话资料集仍然是以"文本"为中心的,接近《河南民间故事》(增订本)对神话的编集。然而,随着中原神话的田野考察和研究的进行,他对神话的理解也发生了明显的变化,意识到对神话的考察研究不能局限于文本,要突破以往的"单面性调查"而进行民俗、考古、历史和地理等多学科综合调查,[①]相应"神话资料集"的编集自然也不能局限于单纯的文本。张先生《中原神话研究初议》等论文的发表也引起了学术界对"中原神话"的关注,不少学者

---

① 引自张振犁《日记》,1984年4月11日。

希望看到"中原神话"相关的文献资料。1984年,张先生多次到北京开会,其间,钟敬文先生不止一次提醒、督促张先生要尽快将中原神话研究的"科学资料本"做出来。张先生在日记中对此有所记述:

(2月18日晚上)与钟老在看电视剧的过程中,谈了一些科研的问题,他让我先把(中原神话的)第一手科学资料调查到手,印成科学资料本,内部和国际交流,就可以放个卫星。

(9月1日晚上)……(钟敬文)说:"你(张振犁)在中原神话研究方面,先把科学材料搞出来,研究要慢慢来。提出问题可以,但一定不要急于做结论。科学研究下结论,谈何容易!工夫浅了不行,要加强综合研究(如历史学、宗教学、民俗学……),只从文学研究太肤浅。"……关于中原神话调查,他(钟敬文)问我(张振犁):"你们过去搞过几次调查?最长时间有多久?"我谈:"已有四次(去济源、登封、周口地区、新郑、密县)。最长的一个月。"他说:"时间太短了。"他还说:"中原仍在口头流传的见于古代文书的著名神话,都有哪些?"我说:"基本都有,从开辟创世,洪水兄妹婚、夸父、后羿、尧、舜、禹、汤全有。"他说:"这真有意义。你们可先搞资料集。"我说:"民间文学三套理论研究丛书中,已把《中原神话集》列进去了。"他听了非常高兴。

此外,张先生在京的好友——张紫晨、许钰、陶阳和马昌仪等学者也都与他谈及尽快编辑中原神话资料集的问题。

至1985年8月份,张先生所带领的中原神话调查组已经先后进行了4次专题调研,积累了大量材料,在《中原神话专题资料》的后记中,张先生说:"1983年到1985年间,我们先后曾4次组织'中原神话调查组',赴河南周口、开封、洛阳、南阳、新乡等5个地区及周边的西华、淮阳、沈丘、项城、新郑、密县、灵宝、桐柏、辉县、济源、孟津、三门峡、登封、禹县、潼关等县市,对流传在中州大地的盘古、伏羲、女娲、黄帝、大禹、商汤、夸父、愚公等神话,进行了科学考察。经过3年的时间,取得了大量科学资料(包括录音、文字、文物、碑文、档案等250余件;碑刻、建筑物、实物、民间艺术、采风实景等图片120余件)。"[①]《中原神话专题资料》中的大量口承神话资料就来自于这些田野考察的资料,这本书并非正式的出版物,而是以"中国民间文艺家协会河南分会"的名义刊印的"资料集",但钟敬文依旧为之题写了书名,并为之题写"扉页":"这是一部富有科学研究价值的神话传说的资料集。它的刊行,必将给予我国和国际神话学者以极大的兴趣。"钟敬文先生还积极向国际学界的朋友们推介此书,为此,他还不止一次向他的学生张振犁"索要"此书。

  这本书是主要以神话人物为专题进行编集的,包括了"盘古""女娲""伏羲、女娲""洪水后兄妹婚""神农""燧人氏、祝融、阏伯""后羿""嫦娥""牛郎织女""王母""黄帝""夸父""尧、舜""禹""商汤"和"愚公"等15个故事"专题"。在每个专题下面,则依照古籍文献资料和当代采集(区域)资料的顺序进行排列,比如在第一个专题"盘古"下面,首先是"文献选录",主要包

---

① 张振犁、程健君:《中原神话专题资料》(内部资料),中国民间文艺家协会河南分会,1987,第425-426页。

括《庄子》《淮南子》《山海经》等古籍文献中所记录有关"盘古"的神话故事,之后是"太行山区",其下是《盘古寺》等口承神话文本和"方志选录""碑文""盘古民俗"等。

这种资料的汇编,基本上为我们呈现了区域内某类神话传播的基本情况,包括历史、考古、风物及相关信仰、仪式等。这种着重文本而又不局限于文本的资料编集形式,无疑为研究者提供了便利。从学术研究的角度,《中原神话专题资料》还十分注重文本相关信息的完整性,不仅每则故事标注明确的"讲述人""(采录)地点""(采录)时间""录音(者)""采录(者)",而且对"讲述人"的性别、年龄、文化程度和职业,也都有明确的标注。该书还附录了《中原古典神话资料索引》,其中包括"录音、文字篇目"和"图片部分"的索引,其中所记神话篇目数量远大于该书所选篇目。但只要有录音、图片资料存在,任何时代的学者都可以按图索骥,找到需要的神话篇目和图片资料。此外,该书还附录了《中原神话主要讲述人情况一览表》,包括了讲述人的姓名、性别、年龄、民族、文化程度、职业、居住地、主要(讲述)作品和讲述时间等信息。该书编者还专门绘制了《盘古开辟神话分布图》《伏羲女娲神话分布图》《洪水兄妹婚神话分布图》《黄帝夸父神话分布图》《大禹治水神话分布图》《中原其他神话分布图(一)》和《中原其他神话分布图(二)》,这为学界同仁贡献了宝贵资料,当时学者按照图示即可寻找到相关神话的流传地,而后代学者则可以依据这一图示了解相关神话传播与变迁情况。在中国民俗学界,除了张先生与程健君老师外,恐怕还没有其他人对所掌握的资料进行如此细腻的整理并贡献于学界的。

20世纪八九十年代,"活神话"或"口承神话"的研究正处于学术的开创期,学术研究的最大障碍便是资料的匮乏,张先生的《中原神话专题资料》是第一本专题资料集,他不仅为相对"文明"区域内"口承神话"的存在提供了坚实的证据,而且为相关的研究提供了可资利用的学术资料。

三、《中原神话通鉴》的艰难产出

继《中原神话专题资料》之后,张先生一直想编写该书的"续编",用以汇集尚未结集的中原神话篇目,这种想法早在1987年《中原神话专题资料》刊印过程中就已经产生了。① 直到2000年的时候,这种想法还一直萦绕于张先生的脑际,当时他正在编集《中原神话评注》——这是后来《中原神话通鉴》(以下简称《通鉴》)的前身,并在考虑这部资料集究竟应以怎样的"面目"问世,他在日记中记述:

> 2月19日,《中原神话评注》(以下简称《评注》)不妨仍以《中原神话专题资料》面目出现。可作"续编"或"上下卷"出现。内容可容的《评注》所必具的要求。这样,诸多方便。更重要的是原已印的《中原神话专题资料》已经产生较大影响。在此基础上重编,顺手得多,意义也更大。对中国神话学界的影响不容低估。与其另起炉灶,不如在原有成果的基础上进一步丰富、充实,更替完善。这是有效的途径。古代许多著作都是经多人反复修订完成的。如《山

---

① 引自张振犁《日记》,1987年9月19日。

海经》《图书集成》等厚著无一不是如此。前人的经验,应该吸取和借鉴。①

然而,张先生最终还是"另起炉灶"了。虽然《中原神话通鉴》仍是是一部关于中原神话的资料集,但在体例上却与《中原神话专题资料》有不小的差异。虽然他仍以神话人物为纲,分专题编排故事篇目,却表现出了对"个体"篇目更为注重的倾向。也就是说《中原神话专题资料》中,每一人物专题下的"口承神话""文献资料"和其他相关材料是各自"独立的"整体,他们相互映照,在这种"映照"中体现的是古今的"流变"和口承神话在当代呈现的状况。但在《中原神话通鉴》中,虽然每一神话人物的专题构成了中原神话中相关故事的整体风貌,但其中每个"个体"篇目却是张先生所重点着墨的,这才是张先生"鉴"的中心所在。以全书第一个专题"盘古"为例:它的第一篇神话作品是《盘古寺》,在叙述完该故事后,标注了"讲述人"和"采录人",接着便是程健君老师拍摄于1985年"盘古寺"的照片,"盘古寺"实际上是这篇神话故事所依附的地方"风物"。接着是"文献选录",其中包括了《三五历纪》《述异记》《淮南子》《丹铅录》《续博物志》和《山海经》等。然后为"方志选录",包括《三才图会》《河南通志》和《古今图书集成》等文献中的相关记述。接着是"附录",包括了"碑文"、"关于〈盘古寺〉调查的信件"、"《盘古寺》内题壁诗抄"和"神话诗《黑暗传》选录"。最后一部分是"点评",这是《中原神话通鉴》处理"个体"篇目的基本范例。从

---

① 引自张振犁《日记》,2000年2月19日。

文献的角度看,它几乎是"一网打尽";从田野资料的角度看,它也较完整地呈现了"采录"时间"个体"文本的存在环境,以及考察所得与之相关的其他文字记述。值得注意的是"点评",我们来看其主要内容:

  本篇是我国北方地区太行山一带流传已久并至今仍保存在群众口头上的关于盘古开辟创世神话的珍品。它是由我省民间文化工作者从济源县城关集市上个体商贩那里采访的优秀成果。对照徐整的《三五历纪》和《五运历年纪》记录,基本相符,但绝不是徐记录的盘古神话在民间的回流。原因有:①本篇说宇宙蛋壳被盘古蹬破后,变成被太行山压在下面的石质层,有确定的地方特色,徐记的却无标志。②本篇记载的天体宇宙九重天形成及日月运行的规律完整、形象、生动,而徐记的盘古神话却比较简单、文雅得多。前者系口头遗存的神话典型,而后者却是文人用文言词语,脱离了民间语言风格。③盘古神话是我国远古先民创世神话中阴阳五行观念的演化的产物。太行山与五行山同名,应源于此。关于五行山名称至少在商代以前就已出现(见《淮南子·汜论训》)。当地又把太行山叫"盘古山"。因此,本篇神话产生比徐记的盘古神话要早得多。④从盘古死后肢体化生"五岳"、万物来看,明显说明盘古神话产生、流传地点,最早在北方中原,而非南方吴地。⑤最近考察证明,徐整所记的盘古神话是从中原带过去的,而非从吴地产生,后又传到北方中原。对照《嵩山的来历》,同属北方中原"盘古创世"类型。地名的差异,有地方化的痕迹,也说明其与嵩山、太行山的关系极为密切。

说《盘古寺》的"寺"的建筑源于佛教,就认定此神话产生晚,不科学。因两者不是一回事。神话产地,后人为纪念盘古生于太行山,创世有功,才建寺作为祭祀场所。古代不论我国和世界文明古国,凡祭祀神祇的圣地,许多都叫寺,并非只限于佛教。"盘古寺"亦然。本篇及同类神话是我国"天体宇宙说"最早也是最原始的形象记录。它具有很高的科学价值。《盘古寺考》(碑文)说:"盘谷(古)寺,旧有关圣殿一座,地宫母庙三楹,不知创于何时,至我朝高宗纯皇帝束为重修,有碑记可考……迄今时远年烟,庙宇复为倾颓……佛殿一座。"可见,原来最早的盘古寺里所祀神祇并无佛像,倒是在关圣殿外还有地宫母庙三楹。地母比释迦牟尼要早得多。原始神话中所说的"金木水火是盘古父,土是盘古他母亲",敬地母倒直接与崇祀盘古关系密切。这又是说明"盘古寺"之名最早,最可信。[①]

这里之所以将"点评"大段引述,主要是为了说明张先生《通鉴》之"鉴"的主要内容和学术的倾向。其实,细读这篇"点评",会发现它的论述核心是较于文献记述,中原流传的"盘古寺"传说更早,徐整《三五历纪》对盘古开辟神话的记载是从中原带过去的,而非产生于吴地后又传至北方。他的主要依据是所采录的口承神话的内容及相关的碑文。大致而言,"口承神话"所表现出的"原始性"特质,在内容上的"独特性"与地方考

[①] 张振犁:《中原神话通鉴 第一卷》,河南大学出版社,2017,第11-12页。

古、历史的联系,所透露出的地方化、宗教化等色彩及"个体"神话在某一"神话群"中的特色、地位,是张先生的"点评"表现出的重要内容。如《嵩山的来历》的点评中也提出:"嵩山的自然因素和文化因素特殊,与其位于中国远古文化'中心地区'的内在蕴涵至为密切有关。从嵩山神话体系的包容来看,不论从创世神话、造人神话还是文化创造英雄传说等藏量来看,都居于中心向四周辐射的'母体'地位。本篇在中国古代神话中具有'根性'价值的经典名篇。"①如对《盘古创世》的点评:"在中国,不同的盘古神话的异文,反映的不同时代的思想虽有差异,但却是原始意识的完整形态。本篇神话的价值就在于对人的价值的认可和肯定:人管天地万物。比起单纯的盘古'肢体化生',明显大大前进了一步。"②又如在《负图寺的传说》中,他说"值得注意的是,本篇采录者所用的语言已经失去了口头神话的朴素、明快、生动特点,许多地方都是现代的语言,距离原始形态较远了"③,等等。

其实,作为一部中原神话的资料集,张先生最初设想的名称并非"中原神话通鉴",而是"中原神话总览",它是作为张先生"中原神话学"的一部分来准备的。1994年张先生主持的国家社科基金项目"古代东方文化的曙光——中原神话文化价值论析"已经基本完成后,张先生便打算申报1995年的国家项目,希望借助项目的支持逐渐构建起"中原神话学"的资料和理论体

---

① 张振犁:《中原神话通鉴 第一卷》,河南大学出版社,2017,第14页。
② 同上书,第24页。
③ 同上书,第237页。

系。他在日记中有这样一段记述：

> 11月27日，开始考虑1995年以后国家社科项目的问题。就中原神话研究的进展情况和远景规划需要，可考虑暂定为编著《中原神话总览》一书。其中既有理论统帅，又要汇集目前所有搜集到的中原神话资料。更更要的是保持中原神话的科学性特色，剔除、剥离蒙上的杂质；又必须列入对每篇神话的研究性的分析文字，表明其产生、特质、流变等一系列的看法。还要尽可能列入有关的整体文化资料。从主体上讲，基本采用已编的"专题资料"体例。使人能从中对中原神话的方方面面一览无余。可以读，可供研究之用。此一书搞好了，就可以成为"中原神话完整的系列书"。既有《中国民间故事集成·河南卷》的神话精选本；又有各方资料齐全的这部《中原神话总览》；再加上《中原古典神话流变论考》和从中原神话文化价值论析的《古代东方文化的曙光》等理论著作。如果从长远规划考虑，能于将来写出《中原神话学》专著，我们也就可以完成关于中原神话采录、研究的系统工程，又可以无辜负历史赋予我们的使命了。展望前景，信心满怀。我更应该做一个无愧于共产党员的时代弄潮儿！其次才是一个科学家！[①]

从中可见张先生构建"中原神话学"资料、理论体系的雄心壮志。其中，所说的"保持中原神话的科学性特色，剔除、剥离蒙上的杂质；又必须列入对每篇神话的研究性的分析文字，表明其

---

① 引自张振犁《日记》，1994年12月27日。

产生、特质、流变等一系列的看法。还要尽可能列入有关的整体文化资料"一段文字,其实正是后来张先生《中原神话通鉴》中"鉴"的目的。简单而言,张先生要为中原神话研究编集一套科学、纯正的科学资料本,为"中原神话学"的构建奠定基础。正是基于这种"科学资料本"的初衷,张先生在后来的项目申报中,又将"通鉴"二字改作"疏证"。

1996年,由于国家社科项目申报中专门设立了"现代民间文学、民俗文化研究"的选题,系里便通知张先生讨论相关课题的申报,对此,他在日记中如此记述:

2月1日,在系里与杜运通同志及系里陈副主任、志熙、增杰同志共商上报国家社科项目问题。上面特别定有"现代民间文学、民俗文化研究"项目,与我正在从事研究的内容相符合。此次可考虑上报《中原神话疏证》研究课题。除作品尽量丰富外,要列入各种资料、考证、阐释、比较、分析,形成独特的体系。这将是"九五"重点攻关课题。如能批准,将是中原神话研究系书籍的重点书,极有价值。

为此,他还专门找到陈江风老师讨论:

3月10日,访江风同志,送他项目成果,交谈下一步搞"中原神话疏证"项目的设想:可按地区、内容、形式分册成套书,如"汉画像与中原神话""考古实证与中原神话""名宿与中原神话""文献(含方志)与活中原神话""中原与其他地区洪水神话的异同""中原神话图片汇解""调查报告"等。这样,此书就有了规模、品味了。每册按20万字,就可以达百万字巨著。同时附编地图、参访有关人员信息资料等。这一工程浩大,将动员河南这方面的力量,共同协力攻关,完此大业。"

然而,由于各种原因,"中原神话疏证"的项目最终并没有获批立项。但张先生并未因此停止这项工作的开展,而这一年张先生已经72岁了。

大约从1996年底,张先生开始着手"中原神话疏证"资料的整理工作,其中的第一项工作便是补充完善"中原神话总篇目索引",将近年来搜集整理的中原神话篇目纳入"篇目索引"中。至1997年3月,他在日记中说:"上午编写《中原神话总篇目索引》的统计资料:全部篇目1266,古典神话872,民间神话394篇。可谓洋洋大观。中原神话如此丰富,是开始考察时料所未及的。有此一笔财富,经过整理,公之于世,实一大贡献也。它对研究中原神话乃至中华民族之原始先民文化,具有极其重要的作用。它对开展"中原神话疏证"课题研究,也创造了非常有利的条件。因为它为中原神话理论研究奠定了必备基础。晚上补齐'索引'中商丘的神话有关资料,增加《仓颉造字》一篇。"[①]但这项工作的繁杂程度超过了张先生的预期,他在6月3日的日记中说道:"上午誊抄《中原神话总目索引》稿,发现此一工作程序至关重要,远非原来所想的那样简单。实际也是对中原神话资料一次全面审视和思考的过程。大类之下如何分小类,乃至顺序的排列,作品的归属,往往要经过反复思考,才能确定。变化是经常的,决不可等闲视之。"但无论如何,至7月中旬,张

[①] 引自张振犁《日记》,1997年3月31日。

先生还是完成了这一繁难的工作任务:"最终核查并结束《中原神话总目索引》的编纂工作。这是1997年的科研工作的重要一项基础工程。它对下一阶段的"中原神话疏证"研究奠定了基础。"① 但是1997年,张先生忙于照顾病重的妻子,"中原神话疏证"工作实际上并没有真正展开。大约1998年3月,张先生才开始投入到这一工作之中,系统汇集相关的神话作品,并对相关的作品做出相应的评价。在这一过程中,张先生也发现了不少有意思的问题,比如他提到,"盘古开天"在河南多与鸡的关系密切。一说盘古是由鸡胚胎(榆钱形)变成巨人。二说盘古乃鸡头龙身。三说一处兄妹婚后生鸡,哥哥打鸡,鸡叫:"哥哥打,哥哥打。"可见中原人类起源,最早的祖先与鸡关系密切。四说盘古死后"魂"化作雷公,而雷公鸡头龙身,龙身与中原濮阳、淮阳的龙文化关系密切。五说商丘盗火神话,说鸡叫出太阳。六说人死后,灵前要放供领鸡,以便为死者引路去阴世,并继续为死者报晓。七说在范县,传说黄河是鸡蛋黄变的。第八,汝南的女娲造人,传说天地派鸡啄男的生殖器,才有了女人,男女阴阳结合。② 张先生的这种认识,后来也体现在他对《中原神话通鉴》第一卷"盘古"专题神话的解读中。

对于中原神话"疏证"工作如何进行,张先生在日记中也有记述,他说:"上午开始考虑在《中原神话疏证》(以下简称《疏证》)科研工作中,先以写个案研究的《中原神话随笔》的灵活形式出现。可大可小,可长可短,自由活泼。可根据已掌握材料加

---

① 引自张振犁《日记》,1997年7月12日。
② 引自张振犁《日记》,1997年3月26日。

以梳理、探讨，为《疏证》做准备。不能拖延等待。'不怕慢就怕站。'"①所以在接下来的2年多时间内，疏证工作实际上是以"中原神话评注"的形式展开，围绕一个又一个"人物"专题，张先生对每个神话篇目都做出了细致的阅读与评点。但在这一过程中，由于相应的篇目实在过于繁杂，且文本质量良莠不齐，张先生曾有过只选择其中的"精品"篇目进行评点的想法，他在日记中提及要搞出一个《中原神话500篇评注》，这部书不仅要求学术性，还要适当考虑经济效益，考虑面向市场的可读性，满足读者需要，并希望高有鹏、陈江风和程健君等老师能够参与进来。但或许是对中原神话过于"珍爱"的缘故，所选的"精品"越来越多，远远超过了500篇，1998年的8月份，这类"精品"就有642篇，还有更多的神话文本让张先生难以舍弃。最终，他还是放弃了这一计划，继续"按部就班"地做着"疏证"的工作：一方面整理个案神话篇目需要附录的相关古籍、方志文献和考察所得的图片、碑文等资料，另一方面对每一个篇目都作出相应的"点评"。然而，在工作的进程中，张先生的思想又开始有所变化，在他的日记中，开始强调对神话篇目的"鉴别""注解"，2000年8月份，他在日记中记下了这样一段话：

> 8月31日，上午继续读《一个外国人眼中的中国民俗》"中国民俗学绪论"，认真对照当前研究工作，找出问题，认真思考。詹姆森的著作虽已出版六七十年了，由于种种原因，今天才能为中国民俗学者所见到，但他的观点和所提的

---

① 引自张振犁《日记》，1997年7月20日。

问题对照目前中国的情况,还没有完全解决,有的甚至仍然是当前面临的尚未解决的新的课题。而我们当前正在进行的中原神话的资料的分类、分析:从历史和地域的;从民间原始的神话和经过文人知识分子加工、润色过的资料来源的区别,从原型的到经过人为宗教化了的,等等。这些问题都需要加以鉴别、注解。这是最根本的基础工作,却又是十分重要的工作。①

2002年,该项工作接近尾声时,他还曾想将名称改作"中原神话鉴评":"整理《中原神话鉴评》文献印证资料。此书书名前后经过几次变动,似应以《中原神话鉴评》为妥。因为'疏证''评注'都不符合其内容的特点。《中原神话鉴评》正是为了展示和鉴定全部中原神话作品的特殊要求。"至同一年的8月10日,"中原神话鉴评"又被改作了"中原神话通鉴",张先生并未说明原因,或许是表达一种整体"通览"中原神话的旨趣吧。但无论是鉴别还是评注、注解,抑或鉴评、通鉴,"疏证"工作的繁难是毋庸置疑的。从1997年至2002年,它是张先生最为主要的学术工作,尤其在1999至2002年这几年间,在张先生的日记中,可以看出"疏证"工作几乎成了他唯一的工作。

大约在2002年的12月,张先生《中原神话通鉴》的工作基本完成了。不过,有一点需要说明的是,张先生曾经打算撰写《对神话学几个理论问题的再认识——从中原神话多元建构体系谈起》一文作为《中原神话通鉴》一书的"序",此文是否撰写

---

① 引自张振犁《日记》,2000年8月31日。

完成,不得而知。但按照张先生日记的记述,它至少包括对这一时期对"中原神话研究"相关批评的回应和中原神话"多元体系化建构"等问题。然而,《中原神话通鉴》出版时,所采用的是钟敬文先生的《马克思神话观管窥》一文。

从1996年至2002年,经过长达6年的时间,张先生《中原神话通鉴》的编纂工作终于完成;然而它的出版问世又经历了更长的时间,从2003年到2017年,其间的曲折孟宪明老师在该书"后记"中做出交代。这里不再饶舌。仅将孟老师的文章附载,以明先生之劳,以见师生之情。

附:

中原神话通鉴·后记

孟宪明

2003年9月6日,河南省民俗学会在郑州举行换届会议。会后和张振犁老师同车去河南大学,再次说起先生的著作《中原神话通鉴》。

我是七七级学生,1978年3月入学。我们的民间文学课是大三时开的。我们的作业就是假期回乡时搜集一篇民间故事。那时的民间故事像那时的文物一样遍地都是,很少人知道它的价值。我是先生的学生。我是先生在七七级中文系中最早的学生,因为大一的时候我就找到了先生家,诚惶诚恐地向先生请教民间文学。我平生拿到的第一笔稿费就是发表在1979年第2期《遍地红花》上的民间故事《张三打鬼》。从七七级开始,从1980年开始,以后历届的中文系学生都上民间文学课,历届的中文系学生都把民间故事当作业。之后,先生带着助手程健君等溯淮河源,登太行山,沐黄河风,履邙上霜,探求神话圣迹,聆听乡民夜语。照相之,录音之,寻宝般踏遍了中原的山高水寒。三篇《中原神话调查报告》,记录了1980年代"中原神话"的最初惊喜。

传奇闪亮于庸常之中,宝藏深潜于阳光之下。关键是,有没有识宝的慧眼。

先生发现了宝藏。先生发现那些从缺齿跑风的嘴里进入灵透无比的童耳中的似乎荒诞不经的故事,是祖先向我们秘密传递的无价之宝。

它叫神话!

今天的民间还有神话?

今天广袤的中原民间还鲜活着洪荒时期的神话?

四大文明古国已消失三个,独存的唯有华夏文明。也就是说,那些消失的文明所留下的神话都已经成为神话的木乃伊,而华夏文明的神话却依然鲜艳成花朵,在一代又一代老百姓的口中美丽绽放,随风俯仰。

生活中不缺少美,只缺少对美的发现。

阳光下不缺少宝藏,只缺少对宝藏的发现。

先生是个老实人。老实人唯一能依仗的就是老实。先生的老实成就了先生。先生于是在他发现的鼓舞下一次又一次地发现着,《中原神话专题资料》《中原古典神话流变论考》《东方文明的曙光——中原神话论》《中原神话研究》……先生的努力和执着,先生的辛劳与成果,获得了中外学者的高度评价。先生不仅贡献了一个学术流派——中原神话流派,贡献了学术史上的一个词条,还贡献了一种研究的方法和视角。

2003年9月8日上午,我来到了河南大学出版社王刘纯社长的办公室。刘纯兄是我的同学,一个有着超前的学术警觉和颖悟能力的人。11时45分,社长屋里的人走光了,我打算用剩下的15分钟详说先生,岂料,不到3分钟,他就慷慨表态:可以。随后记下书名,嘱我下午莫走,拿先生稿子,并坚持我和他联合责编。下午我去先生家,一敲门就应,显然先生在等我。

此时的先生已届80高龄,且视力不佳。感谢先生的信任,他把积20多年心血完成的《中原神话通鉴》的两千多篇、140多万字的稿子,答应交给我进行统编。早在读大学的1980年,我就和7个同学在先生的指导下编写过40万字的《河南民间故事》,后来又和健君兄联袂主编了《中原民俗丛书》15种。先生的信任没让我感到压力,编纂的难度没让我感到压力,是年我四十有八,正值气盛心高之际。2004年1月18日,也就是农历的腊月廿七,我把先生的手稿、书稿、图片、资料,大小3个纸箱2捆书统统装车,拉到郑州我杂乱有序的混沌斋。

2004年1月27日,农历正月初六,我开始编排先生的书稿。《中原神话通鉴》内容有神话、评论和用作考据的文献、方志、碑铭、书信、采录等。一故事一评论是其特点。这个并不难编。先生于此书用时多年,常写于讲课后、听会间,笔迹不同,纸张各异,时有对不妥的地方,这就得仔细校正和考究。6月13日,印刷厂将排印好的稿子送到了我的案头。6月30日,我专去开封给先生送稿,让其审校把关,就版式、题例、文字、图片等详细商谈。我提出,文献、方志等内容请先生的研究生帮着校订出处。半年后,完成二校。并于春节前交到出版社。

2005年9月5日,社长刘纯兄告诉我,已交责编看稿。

2006年6月22日,高有鹏教授电话,说《中原神话通鉴》定下了具体的责任编辑。

2007年6月26日,我和程健君、高有鹏一起去出版社见总编张云鹏兄,商谈了《中原神话通鉴》详细的出版计划:《中原神话通鉴》由我统编文稿,健君负责编照片,有鹏负责将书中注释文字让研究生校正出处。

2008年5月30日,我和健君、有鹏去出版社见云鹏总编,把《中原神话通鉴》编校稿奉上。此时,由于时间久,由于承接此书的印刷厂机器更新,该书电子版丢失。商量决定,仍让此厂重新录入。印刷厂很快录毕。9月21日《中原神话通鉴》新稿完成校对。正、副编共1056页。10月29日,出版社派人将《中原神话通鉴》取走。

2009年12月3日我去出版社,总编云鹏兄拿出了责编审稿后的意见,说,约时候专程去郑州详商。

2010年12月24日,如约和健君、有鹏一起去出版社见云鹏总编,责编周老师亦到。对此书的意见进行具体研讨。云鹏谈了此书的紧迫性,说先生已经86岁。最后议定,赶在2012年9月河南大学百年校庆之前出版。

2013年7月5日,和健君去郑东新区河南大学出版社见云鹏兄,再商先生《中原神话通鉴》之最终意见。总结为:

1.年底及明年初出版;2.填写国家图书资助书,争取资助,不获资助也要出;3.找原来的电子版;4.由孟宪明、朱淑君具体完成书稿;5.程健君负责图片。

2013年7月24日,我全日帮填《中原神话通鉴》申请国家图书出版基金的表格,至子夜方成初稿。

2013年的国家图书出版基金未能如愿。好在,2014年《中原神话通鉴》终于上榜。

2015年7月1日上午,我和朱淑君到出版社,商量《中原神话通鉴》一书的出版计划。张云鹏社长亲自主持,责编李云、谌洪波,总编室主任陈林涛等均到。决定当年11月出版。从后往前推时间,要求9月全部校编完。校出一部分,交出一部分。9月19日,我和健君在河南大学参加会议,下午云鹏兄开车来接,一起去看先生,将年底出书的决定告诉他,并准备出版先生的论文集和作品集。

从2015年6月初到10月26日,按照出版社的要求,朱淑君再次对稿子做最后的审校。也就是说,"漫长地"编纂要变成"快速地"奔跑。此书的复杂性在任何一次的编校时都没有轻松过。此书有800多篇神话故事,每篇故事后都附有搜集人和讲述人的信息,时间、地点、文化程度等。按照要求,所有信息要统一格式,所有正文中的数字都改成汉字，所有关于故事所附的时间等的数字都改成阿拉伯数字；故事中讲述人的方言、口语比比皆是，不好理解者必须加注；故事流传的发生地由于建制有改，譬如巩县和巩义市、登封县和登封市、密县和新密市……是一仍其旧，还是再行加注；文献、方志等都要有详细的引用来源，而至此还基本没做；尚有不便的是，出版社所送打印的稿纸是 PDF 版，而在个人电脑上使用的却是 Word。这不仅是时间的压迫，尤其是麻烦的折磨。朱淑君是个老实人，老实人唯一依仗的就是老实。淑君的老实成就了此书。逐章逐篇，逐句逐字。至 10 月 26 日，《中原神话通鉴》正编稿编校完毕并立即发健君让其配图。11 月 26 日，按照先生的指示，她将钟敬文先生关于神话的讲稿修改成《中原神话通鉴》的书序。12 月 1 日，我开车带朱淑君去健君处拷贝《中原神话通鉴》的图片。12 月 3 日，责编将最后的书稿和图片一并拷走。朱淑君于此际多次感冒且久拖不好。自此以后，随着《中原神话通鉴》的交稿而日渐康复。

王刘纯、张云鹏、程健君、高有鹏、朱淑君、孟宪明，我们都是先生的学生。我们都知道先生著作的价值，我们都想早日将先生的著作面世，从 2003 年到今天的 2016 年，俯仰间过去了 14 个年头。细心的读者自会发现，负责此书的"社长刘纯兄"后来变成了"总编云鹏兄"，再后来又变成"社长云鹏兄"。岁月的魔术师轻举起手中的魔杖浅浅一触，鲜花成果，嫩芽成木，白云瞬间成为雨露。编者一方也有变化，开始是孟宪明统篡，后来由朱淑君完成。我编了 2

次,朱淑君编了2次。出版社出了3次电子版。健君兄选编了图片。有鹏兄擘画、奔走。《中原神话通鉴》就是他起的书名。古云,有事弟子服其劳。值先生喜届94岁华诞,一群弟子将此书奉献于先生面前,算是多年后的又一份作业吧!

长得慢的未必都好,但好的一定长得慢,像长了数亿年的石头,像长了数千年的神话。先生的书写了20多年,编了10多年,加起来将近40年。确实感觉漫长了些。但一想起是说神话,一想起是说千百年来出入于千万先祖并流传于亿万后人的口慧和智慧,忽然就感觉"漫长"得理直气壮。

我知道,华夏独存的神话是民族心灵的种子,自会一代一代地扯蔓、开花,结出鲜艳的果实。作为神话研究集大成的《中原神话通鉴》,其实是一座随时准备飞扬播撒的种子仓库。

第三节 《中原古典神话流变论考》的出版与影响

《中原古典神话流变论考》并非专著,而是一部论文集,从1982年书中的第一篇论文撰写完成,到1991年书籍的出版,跨越近10年的时间。对于这部书的学术价值,不少学者都不吝夸赞之词。但毋庸讳言,任何学术著作都不会"完美无瑕",甚至会有难以回避的学术局限,在这方面,学界也有尖锐的批评。然而,无论如何,这部中原神话研究的"代表性"著作,神话学学术史研究中需要被重视的著作,在张先生的学术生涯中都是不能不提及的。不过,笔者不愿在这部传记里谈论该著学术上的"是"与"非",而更乐于透过该著的"成书"过程,展现学人治学之勤谨、谦虚,学人学术成果推出之艰难,以及面对学术批评的积极求索,虽然这些学术求索的结果,因为各种原因并没有完全公之于众。

一、虚心求教

张先生真正进入中原神话研究领域,始于《实事求是,从实际出发,建立我国的马克思主义民间文艺学——兼谈中原古典神话、传说流变今昔》一文的撰写与发表,文中提出了研究的核心问题、基本思路和主要内容;之后的1983年张先生又完成了《中原古典神话流变初议》,并以该文参加了当年的"中国民间文艺学研究会第二届学术年会"。在这次会议上,关于神话学的2篇论文引起了大家的兴趣:一是袁珂先生提交的《从狭义的神话到广义的神话》,二是张先生的《中原古典神话流变初议》(以下简称《初议》)。据张先生日记的"一面之词",《初议》得到了很好的反响。比如他在日记中谈到,刘魁立认为河南古典神话的发现和研究会在国际学界引起"震动",并提出文研所可以与河南大学协作展开该项目研究的问题。[1] 贾芝在主持民研会的工作会议时,对《初议》一文和河南发掘口头神话提出表扬;[2]李

---

[1] 引自张振犁《日记》,1983年4月11日。
[2] 引自张振犁《日记》,1983年4月14日。

子贤称张先生中原神话的发现和研究,是神话研究的一个大突破;①还有同志称中原神话的搜集整理是"新时期的《搜神记》";②马昌仪表达了与张先生相近的神话观,并建议张先生编集民间神话的资料集;③陶阳提出要把《初议》一文发表在《民间文学论坛》上,④等等。然而,事实证明,张先生的日记所述并非"一面之词",因为在之后的学术发展中,张先生中原神话研究不断得到学者们的赞扬,并获得了国际神话学界的关注,著名汉学家李福清在相关论著中就不止一次表达他的观点,比如以下论述:

> 应当承认,注意到神话传说在口头流传的情况,从根本上说是中国神话研究的一个新的方向。这一工作于1964年由袁珂肇始,目前由张振犁继续进行,并取得了成绩。张振犁对河南省口头流传的许多神话异文进行了研究,张振犁强调指出,研究古典神话,如果忽略了民间神话的活材料,就必然受到一定的局限。张振犁在这篇论文中提出了许多新的、对理解神话传说历代流变情况至关重要的问题。例如,作者认为,神话一方面演变为宗教传说,另一方面,也出现了世俗化的现象;或者,古典神话"地方化",演变成为地方、地名传说,传说中英雄的业绩常与故事流行的某一地点相联系。张振犁说得很对,民间流传的资料可补充古籍

---

① 引自张振犁《日记》,1983年4月14日。
② 同上。
③ 引自张振犁《日记》,1983年4月17日。
④ 同上。

记载之不足,并对其做出新的阐释。①

李福清文中提及的这篇论文便是发表在《民间文学论坛》1983年第4期上的《中原古典神话流变初议》。正是在这种褒扬声中,张先生围绕中原神话的考察与研究工作逐步展开,专题论文一篇又一篇地问世:《中原神话采风散记》《黄帝神话的传说化与历史化》《中原夸父神话探原》《大禹治水神话溯源》《中原神话考察的回顾》《盘古开辟神话新论》《论女娲神话的地方化》《从古神话看楚地与中原文化的关系》等,张先生在日记中将它们命名为"初议""再议""三议""四议""五议""六议"……至1986年,这部书稿已经基本完成。

书稿完成后,张先生首先想到的不是联系出版,而是将书稿暂时打印出250余本,一是作为"教材",二是作为"征求意见稿",请师友们提出修改的意见、建议。前文已经提及,《中原古典神话流变论考》中的绝大部分专题曾经作为讲稿在课堂上讲过,在书稿印出以后,张先生又一次专门请听课的学生们提意见。学生们的意见五花八门,但张先生都认真阅读。当然,张先生更为重视的是学界同行们的意见,为此,他先后两次携书稿至学术会议上,向学界朋友请教修改意见。1986年11月2日至8日,张先生赴会途径郑州,他先将书稿送给老友——河南省博物馆馆长、著名的考古学家许顺湛,请他提意见。在会上,他先后将书稿送给钟敬文、袁珂、许钰、乌丙安、张紫晨、屈育德、柯杨、吴超、刘锡诚和马昌仪,请他们不吝赐教,帮助提升书稿的质量

---

① 李福清:《中国神话故事论集》,中国民间文艺出版社,1988,第169页。

和"理论档次"。在返程途中,张先生与乌丙安先生同车,两人一路的话题,也是围绕书稿展开。1987年,张先生又专门写信给刘锡诚和马昌仪二位先生催促他们提修改意见,同时,又将书稿送给任访秋先生请教意见。尤其在10月17日至24日在郑州召开的"中国神话学讨论会"的筹备会上,张先生特意申请召开一个小型的座谈会,主题就是评议他的《中原古典神话流变论考》的书稿;并在会议召开期间,给鲁刚、秋浦、刘锡诚、傅信、袁珂、朱可先、陶思炎、谢选骏、蔡大成等学者发出正式的"邀请书"。22日晚上,小型座谈会如期召开,张先生在日记中记述了这次会议:

> 关于《中原古典神话流变论考》书稿和中原神话研究的座谈会,共有九人参加:袁珂、鲁刚、秋浦、武世珍、龙海清、陶思炎、谢选骏、蔡大成、莫高等人。大家谈得很热烈,意见很中肯。从书稿结构体制,内容调整,资料订正,文字加工等方面,都提有很好的意见。大家一致认为此书的价值在于它的开拓意义,路子正确,应尽快出版,不必大动。会议期间,拍下了一幅幅讨论的场景和与老同志的影照。这是一次具有重要意义的会见和讨论。①

就张先生和他的《中原古典神话流变论考》(以下简称《论考》)的书稿而言,这次会议的收获是很大的,除了"意见"和"建议"之外,袁珂先生还主动提出,《论考》出版时他将作"跋"推荐;更为重要的是刘锡诚先生还提出把张先生的《论考》列入中

---

① 引自张振犁《日记》,1987年10月22日。

国民间文艺出版社的"中国民间文学理论建设丛书",这让张先生备受鼓舞,也十分兴奋。然而,《论考》出版中的波折,却是张先生始料不及的。

二、好事多磨

1987年郑州"中国神话学讨论会"后,张先生根据各方面的意见,对《论考》书稿进行了部分的修订、完善,并补写了"导言""后记"等内容。1988年3月16日,在完成上述工作后,张先生按照约定将有关《论考》的书稿寄给了中国民间文学出版社的责任编辑傅信,他在日记中写道:

> 下午包扎《中原古典神话流变论考》书稿,与明文一道去北道门邮局寄出。至此,这一专著全部修改妥当,交付中国民间文艺出版社正式出版。今天是可纪念的一天。同时,寄出给此书责任编辑傅信同志的信。书稿总计262022字(不含序文)。①

多年的心血终于要出版了,况且是第一部理论性的著述,张先生内心的激动可想而知。至1988年11月初,中国民俗学第二届年会在北京召开,张先生赴京参会期间专程拜访《论考》一书的责编傅信,了解该书的编辑、出版进程和存在的问题。根据张先生日记的记述,这次拜访解决了三个方面的问题。一是该书的出版时间和订数问题。傅信告诉他,该书明年第一季度就能发稿,但是需要作者或作者单位预订一定的数量。张先生告

---

① 引自张振犁《日记》,1988年3月16日。

诉他,河南省民协和河南大学可以预订2000~3000册。傅信当即表态:"可以排印保证出书。"二是张先生要尽快落实该书的序文、跋语,交给出版社,如果缺少任何一种,就可能影响书稿的排印,出书时间也会拖延下来。三是改变书名,傅信建议更名为"中原神话流变"或"中原神话流变今昔"。此外,这次在京期间,张先生还拜访了刘锡诚、马昌仪两位先生,并请刘锡诚为《论考》作"序",刘锡诚先生爽快答应。同时,张先生返回开封后,很快也收到了袁珂先生的来信,他同意"'以信代序',排在书的前面。不必制版,但要全信照排"①。一切看起来如此顺利,似乎只要钟先生和刘锡诚先生的"序"到位,书籍就可以顺利刊印了,张先生仿佛已经嗅到了新著的墨香。

  然而,好事多磨。在等待《论考》出版的过程中,张先生依然进行着紧张的学术工作,任访秋先生主持的《中国近代文学大系》"民间文学卷"邀请了钟敬文先生做主编,许钰、张振犁两位先生做副主编。但主要的工作,如篇目初选的工作和"导言"的写作主要由张先生来做,《钟敬文采录口承故事集》也由张先生来校对、编集。这些工作都在1988~1989年2年间完成。此外,1988年张先生招收了第一个研究生,并开始讲授晚清民间文艺学概论的研究生课程。1989年,张先生的学术论文《中原神话考察》还获得了《民间文学论坛》第二届"银河奖"。学术工作的繁忙与荣誉似乎已经让张先生淡忘了《论考》的出版,直到1989年10月中下旬在江西南昌举行的"中国民俗学第四届

---

① 引自张振犁《日记》,1988年12月17日。

年会"上,宋兆麟的提醒才让张先生感到了些许的压力和"不祥",他在日记中写道:"10月20日,听宋兆麟谈中国民间文艺出版社将被砍去,我的书稿就成了问题。此事甚压头。"①不过,幸运的是,在这次会上有一位中国华侨出版社的编辑韩金英,经宋兆麟和张紫晨的介绍、引荐,她慨然接受了《论考》一书的出版,并表示,如果中国民间文艺出版社退回书稿,就可以直接寄给她。

然而,事情并不是说起来这么简单。张先生几经曲折将《论考》书稿从中国民间文艺出版社拿回来,交给了华侨出版社后,也很快收到了对方的回信告知:"《中原古典神话流变论考》已列入1990年中国华侨出版社主编的'中国本土文化丛书'出版计划。"②但是很快,张先生再次收到了华侨出版社的信件,这次是退稿,原因是书稿与他们的出版宗旨距离较远。没有办法,张先生只好求助于河南大学出版社,并给上海文艺出版社民间文学室主任徐华龙和涂石去信联系书稿出版。《论考》出版的曲折让张先生颇为沮丧,他安慰、宽解自己,正好可以借机充实《论考》的内容,增加一些论题,③但胸中郁闷依然,他在日记中写道:"因书稿的事,情绪不好。这也是考验名利关的时刻。当前出版情况不景气,文科学术著作尤其如此,这不是哪个人的事,处在这样的环境中由不得自己,各出版社有自己的方针,不对口苦恼何益?加以经济负担也不易承担,只有冷静对待此事,别无

---

① 引自张振犁《日记》,1988年10月20日。
② 引自张振犁《日记》,1990年1月15日。
③ 引自张振犁《日记》,1990年4月27日。

他途。机会也要碰才行,出书无非为了著作问世,让同行了解科研成果。"①幸运的是,他很快收到了徐华龙先生的来信,信中告知上海文艺出版社接受《论考》书稿的出版,并说:"此书稿有一定价值,希望能够将书稿(同时附上照片、碑文、实景材料等)寄到我社,进一步审阅研究。待审阅全稿之后,再作联系。"②这个回信,让年过六旬的张先生十分兴奋,他觉得不能再错过这次出版机会了,于是他很快给钟敬文、刘锡诚两位先生写信,请他们尽快写好序言;同时也给高有鹏等学生写信,让他们尽快将所需照片、碑文和年画等资料寄来,以便集中寄往上海文艺出版社。

自此,《论考》出版事宜确定下来。1990年的12月中旬,张先生收到了上海文艺出版社寄来的书稿校样;1991年9月下旬,张先生收到徐华龙来信及图书出版合同书;1991年11月上旬,上海文艺出版社来信通知:《论考》一书已经正式出版;1992年3月7日,张先生正式收到《中原古典神话流变论考》一书,他在日记中写道:

> 收到《中原古典神话流变论考》一书,精装本六部,十分欣慰。装帧漂亮,爱不释手。看到半生心血结晶,心情自是不同。这应该成为前进的起点。③

三、批评回应

《论考》这一研究成果在国内外获得极高的声誉,虽然下文

---

① 引自张振犁《日记》,1990年4月30日。
② 引自张振犁《日记》,1990年5月8日。
③ 引自张振犁《日记》,1992年3月7日。

的一些内容，不少研究者尤其张先生的后辈学生多次提及，但这里我依然乐于将相关的赞誉再次罗列：

钟敬文《中原古典神话流变论考·序一》：

> 振犁教授这部《中原古典神话流变论考》的稿子放在我书桌上，至少已有一年多了。我有时也把它取来翻翻，感到兴味滋滋，因为它实在是对我们这门科学疆土的一种新开拓……这部论考，是我国神话学史上一个有突破性的尝试。①

袁珂《中原古典神话流变论考·序二》：

> 我一向认为：研究中国神话，向古籍文献取材和从田野作业取材，二者都是很重要的，譬如鸟的双翼，缺一不可。而过去由于种种原因，许多中国神话研究者（包括我）都偏重于前者而忽视了后者，因此显得田野作业研究的重要性尤为突出。如今你能足踏实地，从田野作业研究的崭新角度出发，取得民间口头传说、地方风物以及民情风俗等多方面的实际材料，再回溯而上，探其本原，又从古籍记载中取得切实的印证，得到中原古典神话乃是中国神话摇篮这样一个既深刻而又新颖的命题，说服力强，启人思考。此书出版，无疑是对中国神话研究一项新的贡献。②

刘锡诚《中原古典神话流变论考·序三》：

---

① 张振犁：《中原古典神话流变论考》，上海文艺出版社，1991，前言第1-2页。

② 同上书，前言第4页。

振犁同志的中原神话研究,是以实地考察为基础的一项极富意义的研究工作。这项规模宏大的研究在神话理论上所提出的问题,在我看来则更为意义深远……(张振犁)这种默默无闻、埋头钻研的品格,在当今是十分难得的。不禁使我想起《红楼梦》里林黛玉的《问菊诗》来:"欲讯秋情众莫知,喃喃负手叩东篱:孤标傲世偕谁隐,一样花开为底迟?圃露庭霜何寂寞,鸿归蛩病可相思?休言举世无谈者,解语何妨话片刻?"振犁在"圃露庭霜"之中培育出了一棵丰硕的成果,我真为他高兴。①

该书还获得了中国民间文艺山花奖学术著作奖一等奖,向云驹在评价该著作时说:"《中原古典神话流变论考》是作者深掘中原古典神话活形态,有扎实的田野基础,又比照典籍神话,材料新颖,立论坚实,改写了中国古典神话的旧论。过去的史家,一说中国汉族神话历史化,二说中国'无神话',几成定论。'流变论'对中原汉族民间传承神话的发掘和研究使中国神话学获得了重大学术成果。"②这种评价是中肯的。

然而,与之相映,学术界批评的声音也常常可以看到,其中影响最大的无疑是陈泳超先生的批评,他在《关于"神话复原"的学理分析——以伏羲女娲与"洪水后兄妹配偶再殖人类"神话为例》(以下简称《为例》)一文中主要从两个方面质疑张先生

---

① 张振犁:《中原古典神话流变论考》,上海文艺出版社,1991,前言第6、8页。
② 向云驹:《把民众文化的价值发掘出来——中国民间文艺首届学术著作奖获奖作品述评》,《民族文学研究》2002年2期。

神话研究的不足：

> 从时间上说，该研究似乎认为他们调查搜集到的活态神话，在本质上是发生于远古而一直流传至今的，它们比古代文献的记载要古老；古代文献只是对它们片段的、偶或的记录，而且还时常有些歪曲……从空间上说，该研究也有夸大以河南为核心的中原地区在神话发生、流传过程中的重要性，似乎总有将中原看作是诸神话及其代表的原始部落之发源地的倾向。①

这里且不论这些批评的"是"与"非"，②而主要以张先生日记中的有关记述为材料，来表现他面对学术批评的态度。

从张先生的日记来看，他应该在陈泳超《关于"神话复原"的学理分析——以伏羲女娲与"洪水后兄妹配偶再殖人类"神话为例》一文在《民俗研究》刊发之前，就已经得知或者看过了。该文的刊出时间在2002年的9月15日，但早在5月份，张先生已经提及该文："浏览陈泳超的《"神话复原"学理分析》（部分），这是关于民俗学神话研究理论清算和批评的文章，应仔细找出中原神话研究的难点与突破口，以利今后继续向高峰攀登。有争鸣才能有创新。切不可等闲视之。当然，如果批判者有问题，亦应当仁不让，'真理愈辩愈明'！"③这里的记述很有意思，

---

① 陈泳超：《关于"神话复原"的学理分析——以伏羲女娲与"洪水后兄妹配偶再殖人类"神话为例》，《民俗研究》2002年第3期。

② 梅东伟在《中原神话研究述评——以张振犁的中原神话研究为中心》（《黄河文明与可持续发展》2014年第8辑）曾经就中原神话研究的"理路"有所关注，其中涉及对张先生的神话研究是否为"神话复原"研究理论的剖析。

③ 引自张振犁《日记》，2002年5月28日。

一方面表现出了积极的重视的态度;另一方面也给这篇批评文章的"定位"——"民俗学神话研究理论清算和批评的文章"。言外之意是,张先生自己所秉持的是民俗学神话研究的立场,而陈泳超则不是,这是一种基于不同立场的批评,所谓"道不同不相为谋"!所以他在次日的日记中说:"今后对陈泳超的看法,可以置之不理。他的目的是打着'神话复原学理分析'的幌子,为神话研究文献派招魂,批评'五四'以来的人类学、民俗学的研究。走的不是一条路,无共同对话的语言。不如静观其变,待机反击之。我的学术取向不变,继续进行《中原神话通鉴》的课题研究,进一步写出《中原神话多元体系建构的探索》工作。"① 然而,张先生的立场并非始终不变,也没有对陈泳超的观点一棍子打死,而是持续思索着陈泳超所提出的批评,尤其对他批评的切入点"神话复原"。可以说,这种思索在2002年间一直"纠缠"他,使他难以抛开。

9月15日,整理关于中原神话多元所涉及的一连串理论问题。1.中国神话的"原"在哪里? 2.原始神话有没有,存在不存在? 3.今天的民间神话有什么价值? 4.中原民间神话和"原始神话"有何关系? 5.民间神话与典籍记载的神话是什么关系?谁是源,谁是流? 6.所谓"神话复原"的实质是什么? 7."神话复原"有没有可能都是假? 8.民间神话存在的问题,其形成的原因是什么? 9.如何全面认识民间神话被发掘的意义? 10.对待中原民间神话的科学态

---

① 引自张振犁《日记》,2002年5月29日。

度是什么？11. 中原神话作为一种民间文化现象，它出现的背景是什么？以上的几个问题，将是在《中原神话通鉴》"序"中要思考的重要内容的一部分。另外，就是分析中原神话多元体系形成的原因。

9月22日，开始写《关于"神话复原"问题的思考》一文的初稿。此问题在思想上酝酿已久，应该形成文字，作为一个材料保存下来，如有必要，也可以发表。这些意见，在北京开会时，已同陈泳超交谈，也不是秘密。今后可在考察的过程中，继续思考、研究。[①]

诸如此类的思索，张先生在日记中还有多条记述，相关的思考形成了《对"神话复原"论的思考》和《对神话学几个理论问题的再认识》2篇论文，他打算将这2篇论文整合出来作为《中原神话通鉴》的"序"，最终不知何故，《通鉴》所用的"序"是钟敬文先生的《马克思神话见解管窥》，我们也没有看到张先生日记中所述相关的文章，令人遗憾。

第四节　国家项目与《东方文明的曙光——中原神话论》

《东方文明的曙光——中原神话论》出版于1999年2月，是张先生中原神话研究的又一论著，它是在张先生所主持的国家社科基金项目"古代东方文化的曙光——中原神话文化价值论

---

① 引自张振犁《日记》，2002年9月。

析"(1990年第20号)结项成果的基础上修订而成。从张先生中原神话研究的总体思路而言,这本书表现了张先生希望通过"中原神话"的研究,深入发掘华夏民族原始文化的特质和深层内涵的研究理念。较于《中原古典神话流变论考》(以下简称《论考》)一书,该书在神话观上并没有明显的变化,依然将神话视为原始文化的当代遗存或流变至今的文化形态,其中包含着原始文化的"内核",但又有所不同,如果说《论考》着眼于某一神话的"专题"性剖析,本书将"中原神话"视为一个"整体",注意从不同的层面探讨中原神话的文化内涵和文化价值。

一、由"专题论"到"整体论"的研究思路

在《论考》的书稿完成以后,张先生便开始思考接下来的"中原神话"研究应如何进行,他思考的方向是"中原神话与传统文化",这一思路是与课堂教学有关的。这是1989年他在准备和讲授"中原神话研究"专题课之"女娲神话与民族文化(地方化)"过程中产生的想法,他在日记中记述道:"11月13日上午,研究女娲神话的讲授问题,补充新材料及神话观点;下午继续整理、重写'女娲文化与民族文化'的专题教学讲稿要点。从本学期起,下决心结合教学撰写《中原神话与中国传统文化论纲》一书的各个专题书稿。有计划地为完成七五科研项目而克尽厥职。要以拼搏精神去工作。"[①]而这种从文化学角度切入中原神话研究的思路,也与钟敬文先生倡导"民俗文化学"的学术

---

① 引自张振犁《日记》,1989年11月13日。

思想有关。

1989年3月,钟敬文先生撰写了《"五四"时期民俗文化学的兴起——呈现于顾颉刚、董作宾诸故人之灵》,这篇文章着重论述民俗文化学在"五四"新文化运动中的兴起和取得的成果,以及它的现实意义;尤其这篇论文再次强调了民族文化传统中、下层文化的价值与意义,并提出民俗文化体现着"民族社会生活及多数成员及多数社会成员的思想、感情和创造力"①。同年6月下旬,张先生受武汉大学李惠芳教授的邀请,参加该校民俗学硕士点的评议工作,其间,许钰受钟敬文先生委托,将《"五四"时期民俗文化学的兴起——呈现于顾颉刚、董作宾诸故人之灵》一文的油印本带给了张先生,在返回开封后,张先生多次翻阅此文。在"民俗文化学"的视野下,民间文学与民族传统文化的关系自然应成为学术研究的重点。于是,"文化学"的相关论著便成为这个阶段张先生阅读的重点,从日记记述来看,张先生阅读的书籍有本尼迪克特(美)的《文化模式》、水野祐(日)的《"文化"的意义》、C.恩伯和M.恩伯(美)的《文化的变异》和荣格(瑞士)的《原型与集体无意识》等著作以及未提及著者的论著,如《马克思主哲学与文化哲学》《中国文化史》和《多维视野中的文化理论》等。与此同时,无论参与学术会议的讨论还是个人论文的撰述,他也开始更为注重神话文化内涵的思考。如他在日记中提到的《伏羲现象蠡测》便是如此。在这篇论文的论述中,他从文化功能的角度审视伏羲神话,认为它"具有民族文

---

① 钟敬文:《钟敬文民俗学论集》,上海文艺出版社,1998,第333页。

化象征的功能效用。它代表了中国上古特定时期对文化起源的思维方式"①。神话文本已经不再是论述的中心。此外,在1990年5月份召开的"中国齐鲁神话讨论会"上,无论是与钟先生的交流中,还是会上的分组讨论中,张先生关于神话的话题都集中于神话的价值、神话思维、神话文化现象和神话的文化基因等方面。《东方文明的曙光——中原神话论》实际上正体现着张先生的这种学术的"转向"与思考,该书"内容提要"写道:

> 作为东方文明的源起,中原神话蕴蓄着古代东方文化的丰富而重要的初期信息。为此,著作者们通过10多年的调查访问,在充分掌握口碑相传的中原活神话材料的基础上,结合古文献记载写成了本书。书中以系列性专题研究的方式,从认识论和价值论两方面分析了若干重要神祇如盘古、女娲、黄帝、伏羲的品格;从哲学、史学、民俗学、文化学、宗教学等诸多角度,努力挖掘中原神话的深层内涵和典型意义;原始哲学思维和科学思维、华夏族系的确立、河洛文化在华夏文明中的地位、远古民俗的映照……构筑起东方原型文化的模式,为中国神话学规范化的学科建设奠定基础。同时,这对于理清中华民族文化源头及弘扬民族文化也颇具意义。②

当然,相关的研究在《论考》中已经出现过,如《盘古神话新论》中对"原人哲学观"探讨、《夸父神话探原》中对神话与习俗

---

① 张振犁:《中原神话研究》,上海社会科学院出版社,2009,第270页。
② 张振犁、陈江风等:《东方文明的曙光——中原神话论》,东方出版中心,1999,内容提要。

关系的论述,等等。

二、项目的获批、鉴定

1990年12月中旬,张先生申报的国家项目获批了,他难掩心中的激动,在日记中写道:"在夏天上报的国家社科基金研究课题申请书已被国家批准,下拨经费10000元。明日去科研处签字办理领款手续。这真使人喜出望外。在1990年取得科研成果累累的胜利之年,在九十年代八五计划的头一年,得此好消息,令人兴奋。下一步就是逐步落实的问题。要在这一次完成国家赋予的科研重任中,再拼搏他十年,绝不辜负党和人民的信任、重托。"[1]项目获批后,接下来的工作就是组织团队、投入项目成果的撰写了。"项目组"成员除了张先生外,还有陈江风、程健君、高有鹏、吴效群和杨利慧诸位老师,经过多次讨论后,大家达成了共识:

以马克思主义唯物论为指导思想,唯物辩证法为基本方法。适当吸收国外的可以为我所用的方法,帮助解决我们的实际问题。对海内外一些神话学著作所持种种观点,不必拘于具体就事论事方面,主要从我们的观点出发,联系中原地区的神话实际立论。不必要以辩论、争鸣文笔入手,卷入论战漩涡。我们的立论科学性突出了,其他观点不辨自明。下一段将从务虚转入务实:1.从具体的中原研究对象入手,通过分析、论证,取得共识;2.按期分专题逐一进行

---

[1] 引自张振犁《日记》,1990年12月14日。

讨论,明确认识,进入研究;3. 各人按分担的专题进行深入研究,提出提纲、论点;4. 1993年,各人写出部分书稿初稿;5. 赶快汇集目前已掌握的中原神话资料,让每人手持一份,便于全面认识中原神话整体价值。①

在张先生的督促和大家共同努力下,大约在1996年初,项目结项成果完成,张先生向学校提交了结项审批书。经过钟敬文、刘魁立、许钰、许顺湛和马昌仪等五位先生的鉴定,顺利结项,钟敬文和许顺湛两位先生的鉴定意见,大体就是该书的"序一"和"序二",他们都对项目成果给予很高的评价。笔者有幸在张先生的遗物中见到了马昌仪先生的"鉴定意见表"的复印件,现将全文抄录如下:

历时14年的中原神话故事调查与研究是中国神话学界乃至中国文化界的一大工程,其成果同样为国内外学术界所瞩目。本书的学术价值在于:

一、中原神话故事调查摸清了汉民族神话故事在中原地区的蕴藏、流布和流变规律。本书在这一扎实的基础上,把中原神话作为一种文化现象,放在中华民族的整体文化背景上,从天文、哲学、科学、历史、宗教、民俗、信仰、艺术、考古等不同的角度,探讨中原神话的文化品格和价值,并从理论上阐明中原神话在整个远古神话体系乃至中国远古文化中的中心地位,在中国神话学史上具有开拓的意义。

二、本书的作者都是中原神话调研组的主要成员,本

---

① 引自张振犁《日记》,1992年12月29日。

书是在大量田野调查资料的基础上写就的。对一个地区的神话故事及其文化环境做如此大规模的、有组织的、持之以恒的反复调查,在我国是罕有的。田野作业是神话研究的生命力所在,中原神话调查不仅为神话研究提供了极其珍贵的第一手资料,而且还显示了中国神话研究的新方向,具有方法论的意义。

三、本书所探讨的一些学术问题富有独创性,对中国神话的深层研究,对学科的建设和发展必将起促进和推动作用。例如,中原神话群及其附丽的民间神话传说群的形成及其演变规律;某些古老的神话形象(如盘古、女娲、伏羲、炎帝等)的文化品格及其变异轨迹;以及中原并非偏远山区,几千年来中原文化又是发达的定型地带,为什么至今仍有大量神话故事流传,等等。

中国社会科学院文学研究所研究员
马昌仪
1996 年 3 月 2 日

三、成果的出版与主要内容

国家项目顺利结项后,张先生与陈江风老师对"结项成果"进行了系统修订,然后投稿至上海东方出版中心,1997 年 5 月份,该社同意接受该书的出版;又经过将近一年的修订,于次年也即 1998 年 3 月份张先生将第 2 稿寄回出版社。1999 年 1 月,张先生收到出版社寄来的样书,兴奋之余,又不禁感慨万千,他在日记中记述道:

下午看《文艺报》上纪念钱锺书、郑振铎、江绍原等的消息报道。读鲁光《退休第一周》自述心态变化感受。要"人生六十从零开始",自我解脱后,开始适于自己事业的新天地,发挥专长,为民立功。我回想自己也真幸运,60岁时正奔赴中原各地考察神话遗存,直到古稀之年,始正式退休。五年来,一是为国家项目忙得不可开交,加上家中爱妻病重,护理奔波,马不停蹄,她最后过世。可谓焦头烂额。不管怎样,科研成果《古代东方文化的曙光》一书业已问世,一可告慰近十年的心愿,二可以此嘉穗悼慰爱妻亡灵。近几年,事业蒸蒸日上,心境开阔。目前还正在为完成下一个科研任务《中原神话疏证》而日夜奋斗。生活很充实,心胸很开朗。退休至今,五年来,从无退休之感。从工作岗位上下来了,事业上都跨步前进了。这是我最大的快慰。在今生有生余年,奋斗目标明确,工作具体,努力向前就是了。以我75岁年华,身体康健,正当为国出力,建功立业之时。时不我待,唯求心安,无愧于党和国家,于愿足矣![①]

张先生退而不"休",以75岁高龄奋力科研的精神实在令人感佩。"古代东方文化的曙光——中原神话文化价值论析"项目的完成也确实不易,因为项目开展的1992年到1996年间,也正是他的妻子病重的时间,他一方面照顾爱妻,一方面读书写作,甚至结项成果中的不少内容就是在妻子的病房里完成的;尤其在夜里,因为要首先照顾好病重的妻子,他不得不忙碌至深夜

---

① 引自张振犁《日记》,1999年1月13日。

才能开始工作,以 70 多岁的高龄,常常要工作至深夜 12 点,甚至凌晨一两点。"老骥伏枥,志在千里;烈士暮年,壮心不已!"这正是张先生科研精神的形象写照!

从《东方文明的曙光——中原神话论》一书的"后记"来看,张先生主要撰写了绪论和第一、二、三、四、五、六章。有意思的是,张先生在绪论部分首先引用了马林诺夫斯基的一段话:

  文化现实是体现文化的碑铭,而神话是道德准则、社会组织、宗教仪式和习俗的真正依据。因此,神话故事是文化不可或缺的组成部分。它的存在和影响不仅超出了故事讲述活动本身,它不仅从生活汲取营养,它还制约着文化的许多方面。它是原始文明的信条,原始文明的脊柱。①

这段话放在绪论之前,显然,张先生是希望借此表达自己的神话观。在正文中,他明确提出了"鉴别神话的标准"——神圣性和真实性,在他看来中原神话具备这样的条件。他认为,在中原地区影响较大的神话(如盘古、女娲、伏羲、黄帝、夸父等的神话),至今对群众仍有很深的精神约束、规范作用,这些创世神话的大神,都被尊为"人祖"。与这些大神有关的神话故事,也都被信以为真实的和神圣的。② 何以在现代文明的中原地区还会有这样的神话遗存呢?张先生认为有 3 个原因:一是中原是华夏文化形成的中心地区,是远古神话的集中区域;二是中原地区以农耕为主、自然经济延续时间长,传统文化变化较少,几乎处

---

① 张振犁:《东方文明的曙光——中原神话论》,东方出版中心,1999,第 1 页。

② 参见上书,第 10-11 页。

于"静止"状态,这为原始神话的流传提供了条件;三是中原地区庙会文化发达,庙会文化集经济活动与神灵信仰活动于一体,其中的信仰活动延续了因"尊祖"观念而兴起的"人祖"祭祀活动,促进了神话的传承、传播。张先生还提到,虽然中原神话中有许多"接近原始神话的珍贵作品",但也有一些神话是由于宗教化的影响,而使其中的原始意识被曲解。张先生还总结了作为"原始先民'心智'结晶"——中原神话的"特质",共有8个方面:一是具有明确的历史地理特性,与黄河中下游和长江、汉水、淮水流域的自然环境关系密切,神话中的地点和人物时间,都有历史依据;二是中原神话折射出"前华夏文化"众多部族发展、融合、壮大的历史;三是中原神话认识、解释自然天体宇宙形成和运动的原始思维模式有独异的特点;四是中原神话填补了"前传说时代"历史的空白;五是中原神话记录了华夏先民创造物质文明和精神文明的辉煌业绩;六是中原神话对中原民俗的形成产生了重要影响,其中的民俗事象贯穿五千年文明史,是打开中原远古先民生活、心理的"窗口";七是中原神话反映着先民的原始信仰,其中的神祇是自然神或半神半人的英雄;八是中原神话对原始艺术有着深刻影响。

正是基于这样的认识,张先生在接下来的章节中分析了"中原神话中的宇宙意识",这种意识如女娲神话中的"五方"观念和"阴阳五行"观念;中原神话中"哲学思维的萌芽",如"八卦"中所包含的混沌观念、阴阳观念;中原神话中的"科学思维的萌芽",如盘古神话对宇宙诞生的想象与现代科学观点"弥漫说""超密说"的相通。中原神话反映着原始"大神"与华夏族系的确立关系密切,如相关神话透露出黄帝、女娲和伏羲等与华夏种源的确立关系密切;中原神话构建了华夏文化的原型,如张先生认为"伏羲神话不是某一个天国神话人物的个体事件的积累,而是东方思维和文化模式的体现"①。中原神话中"史前历史的投影",如"河图""洛书"神话折射着黄帝统一北方、天下安定和百姓太平生活的远古历史情景。接下来的几章分别从神话的文化功能、神话对宗教巫术的解释意义、神话与民间信仰源起的关系、神话的民俗文化价值、神话与汉画像艺术的关系、神话与考古实证的关联等方面论述了中原神话的文化内涵、价值和功能。

---

① 张振犁:《东方文明的曙光——中原神话论》,东方出版中心,1999,第89页。

第五章　师友情谊

张先生生前曾任中国民俗学会副会长、河南民间文艺家协会副主席、名誉主席,学术交游广泛,学界朋友众多。从张先生的日记来看,与张先生学术交往最为频繁的学者集中于北京,具体而言,是以钟敬文先生为中心的师友群体。钟敬文先生是张先生终身之师,无论学术上还是生活上,张先生都遵从钟先生的教谕;许钰和张紫晨,他们是张先生的学长、同学和挚友;刘锡诚、马昌仪,还有陶阳、柯杨、李惠芳等学者,他们与张先生有着相近的学术观点和学术旨趣,更是无话不谈的朋友。张先生到北京的时候,常常会到他们家里做客,畅叙友情,讨论学术。

第一节　悠悠五十载　殷殷师尊情

在钟敬文先生去世后,张先生先后写了3篇回忆性的文字:《钟敬文与中原神话研究——怀念恩师钟老》《再论钟敬文与中原神话研究——纪念钟老百年诞辰》和《悠悠五十载　殷殷师尊情》,其中详述了钟敬文先生对他学术研究尤其中原神话研究的影响,展现了钟敬文先生作为教育家和学术大家的风范,更包含着对恩师的敬仰之情。从1949年张先生到北京师范大学中文系读书,师生相识,到2002年钟敬文先生去世,他们的师生情谊延续了50余年。甚至在钟先生去世后，这种师生情谊也依然在张先生身上延续，并深刻影响着张先生的学术与生活。对张先生而言，钟敬文先生是学术上的导师、严师、终身之师；对钟敬文先生而言，张先生是他学术思想的倡导者和忠诚的实践者。

图11　张先生(右)与钟先生(左)合影

一、终身之师

钟敬文先生在对张先生学术上的影响方面，可谓张先生的终身之师。张先生能够走上民间文艺学的道路，钟敬文先生的影响是不容忽视的。在张先生大学阶段，虽然钟敬文先生并没有给他们开设民俗学、民间文学的相关课程，张先生却阅读了钟先生所主持《光明日报·民间文艺》副刊上的大量文章，正是它们激发了"潜歇"在张先生"内心深处对民间文学艺术的痴情"，张先生因此先后向《光明日报》投递并发表了《豫中谣谚》《从〈燕子赋〉看民间文艺》《内蒙古人民的歌声——读〈东蒙民歌选〉》等民间文学作品或研究、评论性文章。① 这些文章的发表，无疑包含了钟敬文先生对学生的厚爱与提携之情。

同时，在钟敬文先生的影响下，张先生选修了刘盼遂开设的唐宋以来俗文学课程，并是该门课程的"课代表"。在上课之余，张先生的重要工作，就是协助钟敬文先生整理民间故事、歌谣、谚语和谜语等民间文学作品。在这一过程中，钟先生教导了张先生如何搜集整理民间文学作品，影响了后来张先生的田野作业和科研、教学工作。可以说，正是在钟先生的指导、影响下，大学时代的张先生开始走上民间文学研究的道路。因为家庭困难，大学三年级的暑假，张先生到《说说唱唱》杂志社实习，准备参加工作。但钟先生的一席话却改变了张先生的想法，并在根本上改变了他的人生轨迹，钟先生说："你衡量一下，如果你能挑80斤的担子，努努力能挑100斤，你就参加工作。如果差太远就把大学读完，新中国的事业要大发展，不担心工作问题。"一席话打消张先生"退学"工作的念头，使他不仅读完了大学而且跟随钟先生攻读了民间文学的研究生，真正走上了民间文学研究的道路。研究生毕业后，张先生到河南大学工作，钟敬文先生还经常将自己的论著邮寄或托人送给张先生，关心他这位学生的学术工作。

张先生是钟先生学术思想的忠诚实践者。在这一点上，张振犁先生从不讳言。中原神话的考察与研究，是张先生学术研究的贡献所在，但他从不掩饰钟敬文先生对自己的"启发"，也

---

① 参见杨哲编《中国民俗学之父——钟敬文生涯·学艺自记与学界评述》，安徽教育出版社，2004，第757-758页。

从不避讳钟先生对自己研究中不足的指摘与批评。在《钟敬文与中原神话研究——怀念恩师钟老》一文中，张先生直截了当地告诉读者，中原古典神话"流变"研究的思路，是在钟先生相关问题思想的启发下产生的。《再论钟敬文与中原神话研究——纪念钟老百年诞辰》一文中，张先生公布了钟先生与他的"私下"谈话。在这段谈话中，钟先生告诉他：称中原神话为"原始神话"的说法是不科学的，称作"民间神话"较为合适。张先生不仅接受了钟先生的建议，而且还在该文中对"原始神话""典籍神话"和"民间神话"三个概念做了系统的探讨。此外，张先生晚年《中原神话通鉴》一书的编著体例，也包含了钟先生的指导和建议，该书初命名为"中原神话评注"，张先生曾就此多次与钟先生通信请教。2001年元月在北师大开会期间，某天晚上他与高有鹏老师一起拜访钟先生，就中原神话研究的一些问题，钟先生谈了自己的看法，其中涉及《中原神话评注》的编纂，张先生在日记中记述了钟先生的一些建议：

> 《中原神话评注》可分作品、文献、民俗、评论等几项，也可以结合讲中原神话研究。又谈到，不一定就认为口承神话遗存就是原始神话，可称民间神话。也不能因为有了庙宇、坟，就能认为是神话产生地，说是传说可以。①

《中原神话通鉴》的编纂实践就包含了上述思想的影响。《再论钟敬文与中原神话——纪念钟老百年诞辰》一文对此有更为详细的说明，这里不再赘述。

---

① 引自张振犁《日记》，2001年1月10日。

在张先生的日记中,有大量关于他与钟先生的交往和师生情谊的记述。从这些记述中会发现,几乎每个月,张先生都会给钟先生写信,或请教学术问题,或询问其他事宜;而每次张先生到北京都要至钟先生家拜访。在这些记述中,我们能够真切感受到,张先生是发自心底敬爱他的老师,以老师为榜样,在学术之路勤奋前进。1999年6月16日,他在日记中记道:"人生之余年,固然要养生,更要养心。钟师:'立德立功长生术。'何等胸襟!"11月27日,他又记到了"钟敬文先生的'人生短语、格言'"三条:

1.我们的时代的道路太辽远而且太崎岖了,几多没有毅力的赶路人不断地在中途的小站里悄然下了车;2.守住一种理想比收获一种理想远为困难;3.谁都祈求远达,可是很少人真能摒绝琐屑去奔赴它。

张先生一生淡薄,专注学术,是学术界公认的"老实人"和"大好人",而这"老实"的背后,正是以钟先生为榜样,并默默无闻、踏实勤恳。

二、学术合作

钟敬文与张振犁师生之间,既有老师对学生的指导,也有师生之间的学术合作。当然,这种合作是以钟敬文先生为主,张先生为辅,甚至常常带有老师给学生布置作业的性质。这主要表现于4种论著(编著):《钟敬文采录口承故事集》《晚清民间文学资料集》《中国近代文学大系·民间文学集》和《中国大百科全书》"民间文学"相关词条的编纂上。

《钟敬文采录口承故事集》一书是由张先生编纂的,该书1989年11月在黄河文艺出版社出版。据钟先生的介绍,该书中所收录的故事采录于20世纪初:"现在大略估算一下,当在七八十篇之谱。这些记录作品,除了出过一本专集《民间趣事》(1926,北新书局)之外,其他大都发表在当时的学术刊物上或别人所编的故事集子里。前者如以《陆安传说》的总名(共14篇)刊载在《北大研究所国学门周刊》的那一组,后者如那些被收入林兰所编的民间故事各个集子里的篇章。这些都是60年以前的出版物。现在已经很难看到了。"[①]对这些故事的辑录是需要梳理大量文献资料的,自然也是需要耗费大量时间和精力的,所以钟先生也在《钟敬文采录口承故事集》的自序中特地对张先生提出了表扬和感谢,他说:"张振犁教授在对我国民间文艺学的培植上,是一位不辞辛劳的忠实园丁。他近年来继续奋力,去挖掘和探讨'中原神话'的蛮劲,是叫人感动的。他对于我年轻时所集录的这些故事也很感兴趣,并花了许多精力去搜辑、整理他们,最后编辑成专集,使之得与今天国内外的读者相见。对此,我首先自然要感谢他。"[②]对张先生而言,整理老师的作品,是作为学生的分内之事,所谓"有事,弟子服其劳"。在张先生看来,编辑钟先生早期的民间故事集,是了解他早期的民间文学思想和学术实践的重要途径,对了解中国民间故事史也是必要的。然而,这一故事集辑录的开始,实际上是基于师生之

---

① 张振犁编纂:《钟敬文采录口承故事集》,黄河文艺出版社,1989,自序第3页。
② 同上书,自序第4页。

情。他在该书编后记中说:"几年来,他(钟敬文)一直系念这件事情。1984年,我在北京调查晚清民间文学资料时,钟先生曾多次跟我谈起这个想法,这便是我编纂本书的缘起。"①从现有的张先生的日记来看,早在1983年,张先生就已经开始从民国时期的各类报刊中辑录《钟敬文采录口承故事集》的中故事篇目了,并且应钟先生的要求,将已经辑录出来的故事的出处抄录出来寄送给他。② 在1983年8月初,他还专门到钟先生家拜访,谈论故事的辑录事宜,如日记中所述:

> 7时半,访钟老、陈先生。详细汇报如下情况:将《海丰民间传说故事》书稿交给钟老,交代遗留问题、编"附录"的技术问题。他让我在回开封时,把名篇出处抄来,补在每篇之后。将《民间趣事》"小序"放"附录"最后一篇。③

然而,由于已经过去半个多世纪,该书故事的辑录并非易事,即便从1983年开始,这部书从辑录到出版,也花费了6年之久的时间。1989年《钟敬文采录口承故事集》确定出版,书稿"清样"出来以后,钟敬文先生又委托许钰先生给张先生写信,让他"精校"书稿。

《中国大百科全书·中国文学》之"民间文学"部分由钟敬文先生主编,副主编为许钰和张紫晨两位先生,编写组的成员有屈育德、王一奇、张振犁、陈子艾和李德芳。钟敬文先生十分重

---

① 张振犁编纂:《钟敬文采录口承故事集》,黄河文艺出版社,1989,第145页。
② 引自张振犁《日记》,1983年9月4-6日。
③ 引自张振犁《日记》,1983年8月7日。

视"词条"的编纂工作,视之为新时期民间文学事业的三件大事之一,①他特地邀请河南高校的学者,也是唯一的北京之外的学者,他的学生张振犁参与到"编写组",可见对他的这个学生的偏爱与看重。从已出版的《中国大百科全书》来看,署名为"张振犁"撰写的词条有"洪水神话""愚公移山传说""龙女故事""田螺娘故事""狗耕田故事""呆女婿故事""长工与地主故事""十二月长工歌""民间故事"等10条,其中"龙女故事"条署名为"许钰、张振犁"。

不过,从张先生的日记来看,他所承担的任务不止上述内容,因为在1984年2月15日到3月6日召开了《中国大百科全书》"民间文学"定稿会议,会后对不少词条提出了修改意见,并给与会专家分配了修改意见,对此,张先生记述道:

"2月24日下午,分配好要改的条目,我除修改已承担的10条词条("民间寓言"抽下)之外,还负责修改袁珂先生的4条神话(女娲神话、盘古神话、伏羲神话、黄帝神话)和汪玢玲写的毛衣女等共15条。"

钟先生的提携之情,张先生自然也是深有体会,并充满感激之情。他在日记中写道:"2月18日,全天讨论百科全书民间文学词条。关于我写的十二个词条基本结束讨论。所提各种意

---

① 钟敬文先生在1984年9月份的"《中国新文艺大系》'民间文学'卷导言起草讨论会"上说:"我抓的我国三件民间文学大事:(一)编《中国大百科全书》'民间文学'卷;(二)《中国新文艺大系》'民间文学'卷;(三)《中国现代民间文艺学史》。前两件已经完成。第三件正在进行。这些工作完毕以后,我再也不承担别的事了,实在精力不行了。我能尽的力量都尽了,以后怎样?让历史去评价吧!"参见引自张振犁《日记》(1984年9月17日)。

见直截了当,从词条内容、材料、写法、文字等都扣得很严,这是一次参加国家级出版物编写工作的重要训练。他的科学性高、要求十分严格、准确,收益很大。同时,也是很好的备课。钟老如此关怀,当永远铭记不忘。要用改好词条的实际行动,不负此行。"师生间的默契不言而喻。

《中国近代文学大系·民间文学集》也是钟敬文与学生合作的结晶。20世纪80年代,任访秋先生编纂《中国近代文学大系》,其中的《民间文学集》,任先生希望钟敬文先生领衔主编,并通过张振犁先生请教钟敬文先生的意见。最终,钟先生同意担任主编,同时提出由许钰和张振犁先生担任副主编。① 这项工作大约自1989年开始,1994年方告结束。篇目编选的具体工作由许钰和张振犁两位先生来做,又以张先生为主,但编选的原则却是由钟先生确定的。所以当1989年4月钟先生同意主编《民间文学集》后,5月份张先生便收到了许钰先生的信,其中说明了钟先生对于《民间文学集》编选的指导性意见。至7月份,许钰先生来到开封,与张先生接洽,具体商定了编选的"设想",并由张先生起草文稿后寄给钟先生。至8月份许钰先生又寄来了钟先生修订后的编选"设想",这构成后来《中国近代文学大系·民间文学集》之"编选说明"的主要内容。如编选以汉族民间文学作品为主,既要体现民间文学的传承性,也要体现近代民间文学的"新变"特征。神话、传说,主要从近代笔记小说和史、地杂著中选篇,记录作品时要注意作品所反映的民间生活内容、

---

① 引自张振犁《日记》,1989年4月7日。

叙事情节和民间故事类型等特点,等等。按照编选设想,张先生用了近4个月的时间,整理出了《中国近代文学大系·民间文学集》选篇资料索引,并编集出"初稿"。在1989年12月,张先生先与许钰先生商定"初稿"选目,后又专程拜访钟先生请教其中的问题,钟先生提出了几点意见:

> ……集中审视《中国近代文学大系·民间文学集》初稿,确定立即修改的几条意见:1.在资料时限上一定要卡死,个别问题下一步再研究;2.一定要是民间文学优秀作品,而不是凡有就选;3.说唱部分从严,一般曲艺不考虑入选;4.列出书目,不能确定篇目的暂时仅列书名,个别可列篇目;5.一般历史故事,不入选;6.当代记录的反帝反封建故事不予考虑。总之,一定要在第一批选篇时,经得起检验。下一步个别资料(时限前后几年的)再研究。①

根据钟先生的建议,张先生对"初稿"重新检视、甄别,约至次年元月中旬,张先生最终选定所负责部分的《民间文学集》的"篇目",并寄往出版社。之后,便是《民间文学集》"导言"的写作问题,张先生撰写了"导言"大纲,在与钟敬文、许钰两位先生商定后,张先生执笔撰写,至1991年8月完成初稿,经钟、许二位先生审订后定稿。之后,书稿经过一年左右的校对、修订,最终定稿。1993年5月份,张先生收到了许钰先生寄来的《中国近代文学大系·民间文学集》的稿费,并在日记中记述了此事:

> 5月29日,收到许钰信。他说:上海寄来《中国近代文

---

① 引自张振犁《日记》,1989年12月23日。

学大系·民间文学集》一书"导言"稿费600元,他将其中400元寄给我,给钟老200元。另编辑费给金名200元,许留200元,给钟老200元。此书出来时,算账后可能还有钱。此事到此告一段落。这是师友合作的又一大工程,值得纪念。钟老将《导言》(部分)之功劳归于我,实在惭愧。

《晚清民间文学(研究)资料集》的编纂是钟敬文先生与张振犁先生师生间的又一次合作,然而遗憾的是,至今笔者尚未见到该书的相关资料。20世纪60年代,钟敬文先生开始关注我国"民间文艺学史"的研究,至20世纪80年代初,主要完成了《晚清革命派作家对民间文学的运用》《作为民间文艺学者的鲁迅》《晚清革命派著作家的民间文艺学》《晚清改良派学者的民间文学见解》和《晚清时期民间文艺学试探》等系列论著。在此基础上,钟敬文先生希望展开"晚清民间文艺学史"的系统研究,并做了"晚清民间文学书目"的笔记,积累了大量资料。1983年他将这本"笔记"交给张振犁先生,希望他能够据此整理出相关资料,为撰写《晚清民间文艺学史》做准备,张先生在日记中对此记述到:"我们3人(即许钰、张振犁和张紫晨)共赴钟老处。我向他辞行,他将他多年积累的"晚清书志"(笔记本)交我。他说,先把每条摘成卡片,然后分类,再按各类的时间顺序编排。前面可以写个后记。如果来得及,写一篇介绍晚清翻译情况的文章,合起来以往的文章,就可以编写一本《晚清民间文艺学史》了。"[①]返回开封以后,张先生便开始按照钟敬文先生的

---

① 引自张振犁《日记》,1983年5月8日。

要求,摘抄学术卡片,这项摘抄工作占据了1983年张先生的大量时间,但他乐此不疲,并在日记中写道:

> 全天集中时间抄录钟老辑录的《晚清书钞》(也即《民间文学书目》)。这是他在20世纪60年代研究晚清民间文学专著时的副产品。他花了大量心血,积累了这样重要的书刊资料。对于研究这一时期的社会、思想、政治、历史、文学等都有直接作用。我今后虽不一定专门投身这一段的研究工作,但用一定时间进一步探讨民间文艺学专题或编辑有关资料书,也是我系近代文学研究室所要求的。因此,有必要熟悉这些难得的书刊资料。这是十分有意义的工作。①

但张先生所做的并非纯粹的摘抄,对于钟敬文先生没有注意到或者遗漏的资料,他还会一一查找并抄写出来。1983年8月5日至9日,张先生在中央民族学院"民俗学和民族民间文学讲习班"授课期间,专门拜访钟老汇报该项工作,钟老告诉他这个项目已经被列为国家项目,并让张先生给单位打报告,专门抽出时间到北京来查阅资料,"你给你们学校写个规划报上去。你必须来北京一段时间,查书刊。我家资料你也可以查阅,复印。这资料分两个部分:一是篇目索引,二是资料选编(包括书的前言、后记、论文等)。你不要忙,总得几年时间。慢慢来。"②按照钟先生的要求,1984年7月初,张先生来到北京,开始查阅相关资料,直至12月初,在长达5个月的时间里,他日日奔走于图书馆、北师大宿舍和钟先生家中,进行资料的抄写和索引的编制工

---

① 引自张振犁《日记》,1983年7月30日。
② 引自张振犁《日记》,1983年8月7日。

作。其间,张先生几乎每天都要到钟老家中汇报工作的进度,谈论相关问题。尤其,钟先生还希望张先生能够在以后的工作中继续从事晚清民间文艺学的研究工作,他不止一次提及这个话题:

8月11日,晚上访钟老,汇报查资料情况,对有关问题他的意见:1.对国外资料,暂时空起来,等中国材料完成时再摸一下,编个目录,不过一定要查到原书;2.太短的材料,可在"导言"中提一下;3.滕尼斯《中国民俗学》和高木敏雄的《比较神话学》等,可去清华大学查看。4.与民间文学关系不大的材料,可以摘要节选。最后,钟老说:"近代民间文学很值得研究。再搞20年,还是大有用武之地。我们编的《中国现代民间文艺学史》第一章一定要把'近代民间文艺学'放在里面,这一章,只要我的手好了,非我自己写不可。"他说,"搞科研要记住3句话:一要有材料;二要分析;三要融化。缺哪一条也不会写出高质量的著作。"

10月21日,早上练剑。钟老再一次叮嘱:"近代民间文学资料书编好后,一定要写出一篇上万字的有学术价值的《导言》,这样,你在这方面的权威就树立起来了。千万不能只为了写"导言"而写"导言"。不只是为了应付这本书的出版,而是要有更远大的见解和眼光。"

然而,遗憾的是,这个时期张先生的"中原神话"研究刚刚开始,他非常热切地希望在此领域取得成绩,1984年12月一回到开封,他便开始了"中原神话"的田野考察,所以对"晚清民间文艺学"领域的研究就暂且停止了。

三、直言批评

毫无疑问,钟老和张先生之间保持了一种亲密的师生关系,张先生极为尊敬自己的老师,在钟老面前他始终谦虚、谨慎,保持了应有的敬爱之情。钟老也始终不遗余力地在学术方面指点、提携自己的这位朴实、厚道的弟子,但对于他的不足也从不客气,直言不讳。

张先生曾经在《悠悠五十载 殷殷师尊情》一文中提及钟老对他的批评:

> 1984年,有一次我和他从图书馆出来,送他回家时,他说:"你们应该向王国维、梁启超、鲁迅等大手笔学习。"我当时犹豫地说:"慢慢来吧!"他当时很激动又很严肃地说:"都啥时候了,还慢慢来呀!"我深知钟老对学生要求之严格,希望之殷切,没敢再说话。[①]

1984年的张先生,已经60岁了;但客观而言,此时的他在学术上还未产出有分量的、让学术界重视的成果。当然,其中有各方面的原因。但作为老师的钟先生却是急在心里的,他希望他看重的这位弟子向王国维、梁启超这样的学术大家学习、看齐,能够振奋精神、奋发向上,做出有分量的成果。所以当听到张先生"慢慢来"的回应时,自然不满,进而直言批评了。对钟老的批评,张先生深有体会,十分珍视,他说:"从1979年起,每当我和他分别时,总要请他写点教诲的话,作为纪念。他很少写祝愿

[①] 杨哲编《中国民俗学之父——钟敬文生涯·学艺自记与学界评述》,安徽教育出版社,2004,第760页。

一类的话语,总是用他写的诗来鼓励、鞭策我。如今回忆起来,这却是一份极为宝贵的精神财富。"①

知徒莫若师,钟老对张先生学术研究上存在的问题十分了解,相应的批评更是一针见血。比如针对1984年张先生在《民间文学论坛》(以下简称《论坛》)上发表的《中原古典神话流变初议》一文,他便直言评点,并由此涉及他的其他几位学生,张先生在日记上记述了这一情节:

> 10月23日,钟老说:"你在《论坛》上发表的文章,基本可以。但对结构、逻辑的严密性注意较差。今后要加强这方面的功夫。××有分析,有概括,但重点不突出。你的文章有的概括的很好。××的文字很流利,但内容不行,不扎实。××是空话多,不足为训。到你们的年龄,要有人指点。师友之间应经常谈谈。没有人指点不行。"又说:"写文章要保证突出重点。就像画人物一样,眉毛、眼睛都应画好。但二者相比,眼睛比眉毛重要。嘴与耳朵比,嘴比耳朵重要。耳朵坏了,有嘴还可以活,嘴坏了就不行。左手和右手比较,右手比左手重要。总之,一篇文章不可能解决你很多问题,要突出重点,保证重点,其他就不一定平均使用力量。只有科学资料,还不是科学成果。论文,就是要讲求概括力,讲求严密的内在逻辑和结构的安排。这些不注意不行。"②

---

① 杨哲编《中国民俗学之父——钟敬文生涯·学艺自记与学界评述》,安徽教育出版社,2004,第760页。

② 引自张振犁《日记》,1984年10月23日。

当然,钟敬文先生对弟子的批评并不只是点出问题,他还会教给他们解决问题的方法,张先生的日记中还有这样一则钟先生针对弟子们学术研究的点评:

9月1日,晚上访钟老。他和我一同看电视剧《包公》(河南电视台),一边谈工作和学习。他说:"搞科学研究只凭材料不行。要具备3条:一是要占有真正的科学材料;二要会动脑筋分析;三是要融化,摆脱材料束缚,驾驭于材料之上。×××先生搞了一些通俗文学材料,但没有理论,仍不算学术著作。××也有这样的毛病,一定要改。××学风好,能思考问题,但他不懂外语是一大局限,不易接受新东西。你呢,要加强科学逻辑思维训练的修养。文章逻辑性不强,逻辑性不强,别人读了印象不深。你在《民间文学论坛》上发表的文章,我们读了无所谓,有新材料,也提出了新问题,但头绪不太清。人家读了会感到重点不突出,这个毛病一定要克服。""今后必须认真学习《马恩列斯论历史人物评价问题》等书(要买来)。加强马列主义学习是搞人文科学所必不可少的。不这样不行……""今天知识界对知识更新的积极性,还不如晚清。""你在中原神话研究方面,先把科学材料搞出来,研究要慢慢来。提出问题可以,但一定不要急于做结论。科学研究下结论,谈何容易!工夫浅了不行,要加强综合研究(如历史学、宗教学、民俗学……),只从文学研究太肤浅。""文章要有自己的风格(也就是性格),学术论文也是如此。"我说:"今后经过反复实践,逐步提高吧!"他立即批评说:"年轻人可以这样说,你们都是中年研究者了,必须马上注意体现出来。一句话,需要马上这样做。"关于中原神话调查,他问我:"你们过去搞过几次调查?最长时间有多久?"我谈:"已有4次(去济源、登封、周口地区、新郑、密县),最长的一个月。"他说:"时间太短了。"①

对张先生,钟老的批评是直言不讳的,这些批评对我们今天的学术研究也是有意义的。

第二节 许钰学长与紫晨同学

如果要在张先生的日记中,找出两个除钟老之外出现频率最高的名字,那一定是许钰和张紫晨。许钰先生是张先生大学时代的学长,也是研究生时期的同学,不过这时许钰先生已经是北师大中文系的教师;张紫晨先生是张先生的研究生同学,但年龄要比张先生小5岁左右。从张先生的日记记述来看,他们是关系密切的至交好友,在学术上有着频繁的交往。张先生到北京的时候,许钰和张紫晨家是一定要前往拜访的。

一、学长许钰

在张先生的日记记述中,许钰先生仿佛钟老的助手,钟老交代给张先生的不少事情,都通过许先生告知张先生。而张先生有事情需要钟老师帮助时,也常常告知许先生(和张紫晨先

---

① 引自张振犁《日记》,1984年9月1日。

生),请他(们)侧面提醒钟老,"敲敲边鼓"。比如1982年,张先生的《河南民间故事(增订本)》编辑完成后,给钟老寄送了一本,请他审阅、提意见;同时,他也给许先生写信,让他协助钟老师审阅该故事集,使之"搞得好些"①。这一年的6月,张先生的《中原古典神话流变初议》一文初稿完成后,同时寄给了钟老和张紫晨、许钰两位先生,请他们提意见,至8月份许钰回信,便同时寄回了钟老和他本人对论文修改的意见。又如1989年张先生在《中原古典神话流变论考》书稿完成以后,便请钟老写"序",但钟老迟迟没有动笔,他便给许先生去信,委托"催促"钟老尽快作"序"。

图12 张先生(右)与许钰先生(左)在开封龙亭合影

作为交谊深厚的同学、朋友,许先生也会给张先生提出自己

---

① 引自张振犁《日记》,1982年5月2日。

的学术建议。比如1982年张先生刚刚提出中原古典神话流变研究的思路,许先生便敏锐地觉察到这一研究的学术价值,明确建议张先生"要抓住中原神话研究,猛攻不放",不仅要写论文,还要写出专著。① 张先生发表的不少文章,尤其是《中原古典神话流变论考》的专题论文,都曾向许钰先生请教意见。而许先生的一些文章也会请张先生提修改意见,如《鲁班传说从历史人物到民间传说发展的演变》一文。对张先生科研、教学中的问题,许先生更会直截了当地提醒,张先生的日记有如下一段记述:

> 收到许钰老友的长信,可谓不可多得的谈心的信。一年来,它还是唯一的信。谈了许多情况问题。特别是,他谈到有反映说:同学收集民间文学时,下去要资料,改改算自己的东西。这虽未必符合实际,但却提出了一个严肃的、值得思考的问题。此事可能为×××同志对×××同学等向他要材料的事。这个问题要分清,是把地方上的材料作为科学、教学之用,还是把他们的材料署上自己的名字发表,或是把他们的材料经过慎重整理,保持原辑录者的名字,收入选集。这个问题应在适当时机向有关同志讲清楚,免得发生误会。如果开省民研理事会,当把这一问题采取适当方式讲一下。这也牵涉今后如何对待民间文学作品的问题。切不可等闲视之。②

这确实不是小问题,一方面牵涉民间文学作品署名权和公

---

① 引自张振犁《日记》,1982年4月27日。
② 引自张振犁《日记》,1982年4月19日。

共性(或集体性)的问题,这是学术问题;另一方面,这个问题其实还牵涉河南大学民间文学师生与河南省民研会的关系问题,处理不好会影响到当时河南民间文学的发展,所以也是一个敏感的话题,这从张先生记述中便可以体会出来。许钰先生直接向张先生提出这一话题,也表明彼此间的坦诚与交好。

值得注意的是,虽然张先生与许先生交好,学术交往频繁,但真正的学术合作并不多,或许只有两次,也即上述的《中国近代文学大系·民间文学集》和《中国大百科全书·中国文学》"民间文学"相关词条的编撰。在《民间文学集》的编写中,许钰先生专程来到位于开封的河南师范大学,与张先生共同拟定了篇目"编选设想",并分工合作,完成了编选工作。在《中国大百科全书》"民间文学"相关词条的编撰中,许先生任"副主编",而张先生则是成员,在这次合作中,张先生"领教"了许先生严谨、明快的学术风格,比如在修改"民间故事"相关词条的问题时,张先生说许先生"直截了当,细致,具体,要求严"[①]。

1996年张先生主持的国家社科项目"古代东方文化的曙光——中原神话文化价值分析"结项时,张先生给许先生写信,请钟老和他推荐成果评审专家人选,并邀请许钰先生作为评审专家参加"结项成果"的评审。现将许先生的评审意见抄录如下:

(一)本书作者们在最近十年内对中原神话进行了大量的田野调查,获得许多第一手现在仍然活在人民中间的

---

① 引自张振犁《日记》,1984年3月1日。

神话传说资料,开拓了神话研究的新领域,使中国神话资料从古到今有了一个比较完整的系统。

(二)本书在马克思主义历史唯物论指导下,借鉴国内外有关研究成果,综合考古材料、文献记述、现代口传资料,对中原神话的文化价值进行完整、系统的考察,探求中华民族文化之源,视野开阔、规模宏大,把中国神话研究的学术层次提高一步。

(三)本书从中原地区在古代华夏族形成发展历史上的特殊地位出发,通过对各种神话资料的分析、考辨,着重揭示中原神话中为本地区、民族所特有的各种文化内涵,比较有力地论述了其在古代华夏文化多元融合过程中的中心作用和地位,具有重要的理论意义。

(四)本书对神话内容的分析,坚持从远古物质生产、种族繁衍、文化创造及其功能出发,及对古代神话思维的神秘特色予以唯物主义的解释,有对其演变予以关注,看到现代口传神话的若干变化和后世文化因素的反映。书中对多数口传神话"原始遗存"性质的判定,大体可信。但对口传神话发展变化的诸多情况,及其可能有的规律现象,注意不够,未能从整个社会历史发展和民族文化发展全局来进行评估,这可能与本书主要任务在论述神话在民族文化起源上的意义,以及对现代口传神话的调查尚待更进一步深入有关。

(五)神话各地区各民族间互相流传,是一种客观现象,中原神话的问题之解决当然主要以本地区情况为依据,但有些问题也与临近地区,甚至距离较远的少数民族地区的情况有连带关系。在这个意义上,本书的某些论断也可能有待对其他地区神话有了更深入的了解与研究,才能最后确定,并显示出其普遍意义。相信本书作者们今后在这方面一定会做出新的贡献。

许钰
1996 年 3 月 10 日

二、同学紫晨

20 世纪 80 年代和 20 世纪 90 年代初,张先生常常至北京参加学术活动,他到北京的第一站往往就是张紫晨先生家或者许钰先生家,然后再同去钟先生家。如 1983 年日记中的记述:

4 月 6 日,晨 6 时抵京,赴紫晨处。畅谈竟日……紫晨送《歌谣小史》。中午访许钰,畅话别情,他正准备写庆祝钟老八十寿辰的文章。下午 2 时同许钰访久别的钟老。丙安已在,钟老正休息。遂谈天说地,议论学科建设,钟老寿辰,也谈陈先生的病。[①]

又如张先生 1991 年日记中的记述:

6 月 9 日,凌晨 3 时抵北京南站,在车站广场游荡,在路灯下修改《近民文》"导言"大纲。5:40 乘 20 路公共汽车经前门,转地铁,然后转 22 路车。于早上 7 时许,抵紫晨处。畅话衷曲,研究答辩事。天南地北,可谓"知己人至话偏

---

① 引自张振犁《日记》,1983 年 4 月 6 日。

长"也。他送我《中外民俗学辞典》及《中国巫术》两书,然后去服务楼登记住宿,太乱。中午在紫晨处便餐。下午2时半,访许钰,他刚起床;也是挚友相逢,无话不谈。共同研究《近民文》"导言"大纲草稿,初步作了调整。确定11日上午与钟老共商大纲事。晚与其全家小酌。晚上与许钰访钟老。①

图 13 张先生(左)钟老(中)与张紫晨先生(右)

尤其 1984 年张先生在京查资料的那段时间,更是两位好友家的常客。当年的中秋节,让"漂泊"在外的张先生倍感师友亲情。中秋前一日,许钰、张紫晨两位先生陪他逛"北京老字号中秋庙会",共进馄饨。中秋节当日的中午,许钰先生请他至家中聚餐过节。晚上,钟老请他到家中与家人共度佳节。从钟老家中出来后,张先生又赴紫晨先生之约至家中小聚,并赠"珍本

---

① 引自张振犁《日记》,1991 年 6 月 9 日。

《孟姜女故事论文集》一册"。这个离家在外的中秋节,让张先生感到格外温馨,感叹"今天可谓师友节日盛会之情"。①

除了学术上的交流之外,逛书店常常是张先生在京期间的"必备"节目,而许钰和张紫晨两位先生尤其张紫晨先生往往是"陪客",有时他们也会"拉上"钟老,如1984年的一次"游逛":

> 2月26日上午,和钟老、许钰、紫晨同游琉璃厂中国书店,买到《宗教词典》《苗族史诗》《中国史学入门》《楚文化研究论文集》《巴史新考》《范文澜历史论文集》《昭君传说》《敦煌变文论文录》等书。特别是上海古籍出版社的《敦煌变文论文录》一书收录了我在1951年在师大学习期间写的《从〈燕子赋〉看民间文艺》一文,尤感亲切。②

但更多时候,张先生是与三位先生一起逛书店买书。

值得一提的是,张紫晨先生教张振犁先生练剑。学界不少朋友都知道张先生晚年练剑的习惯,但却很少人知道他的"剑术师父"是张紫晨先生。1984年,张先生已经60岁了,日日至北京各大图书馆查询、抄录各类文献资料,身体的疲累乃至不适可想而知,在8月中旬某日傍晚,张紫晨先生与张先生聊天,劝张先生注意身体,加强锻炼,并说可以尝试练剑,张先生便趁机提出跟他学剑。两位"张先生"都是认真的,一个认真学,一个认真教。张先生感叹老同学是个"好教师":

> 8月30日,早上练剑,紫晨帮助校正不准确、不细致的动作,深感学剑不易。

---

① 引自张振犁《日记》,1984年9月9日-10日。
② 引自张振犁《日记》,1984年2月26日。

8月31日,早上紫晨帮助复习、巩固、矫正剑术路子。

9月2日,早上练剑,紫晨教得认真,要求严,动作不准确,爽快指出是不用心。真是"好教师"也。

9月5日,早上练剑,已练完全套"太极剑"(64式)。重新巩固最后5式。今后主要任务是巩固、矫正式子。

9月7日,早上练剑,紫晨纠正"青龙探爪""夜叉探海"式,今后主要纠正剑式。

两位"张先生"相交四十载,在张先生心目中,张紫晨先生"像一团火"。然而,让他始料不及的是,这位"一团火"似的同窗竟然早早离开了人世。1992年得知张紫晨先生过世的消息,他惊愕、悲戚,并在日记中写了如下文字:

深夜静坐沉思,总觉紫晨还在身边,他不会离去。紫晨像一团火,从来没有后退过。困难再大,压不倒他。工作伊始,他便拼命冲上去、钻进去。为了工作,废寝忘食,在他刚过花甲之年的建功立业的大好年华,面前的事情和未来的理想如海浪汹涌而来。在校的、毕业了的博士生、硕士生,都在等他培养,民俗学的工作正需要他的推动。在八五计划刚刚起步的今天,紫晨却溘然离去。钟老健在,他却先离人间。年迈的钟老却要挥泪送他的学生离去。悲夫!哀哉!由于接到电报晚了,失去了去北京八宝山向他的遗体告别的最后一次机会。实在遗恨无穷!同窗的情谊深,共事的友情重。愿紫晨老弟千古!

1992.3.9深夜11点20泪书

多日后,他又在日记中写下了《忆紫晨》一文,附录如下:

去年我去北京参加全国民协第五次代表大会期间,紫晨给我谈到他患×××,医生告知为良性肿瘤,需要动手术。我看他面色苍白,神态疲惫,劝他不要太劳累了,一定注意休息。他说:"大会以后还要去日本一趟,回来就住院动手术。"会议期间,钟敬文先生悄悄告诉我:医生说紫晨的病也不排除恶性肿瘤。我当时心里一沉,顿时产生一种不祥预感。会议结束后第2天,12月1日,紫晨匆匆回师大,我便再未和他见面。万万没有想到,这一次分手竟是永诀!

我回河南以后,一直关心他的病情,可是也一直没有关于他的信息。我的心中就像悬着一块石头。1992年元月2日,收到紫晨的博士生色音寄来他的毕业答辩论文《萨满教考略》,让我写评审意见,元月底答辩。后来,元月11日,我给紫晨寄去我对色音论文的评审意见,一直没有收到回信。这一次通信竟成了最后一次信件来往!3月9日,我来郑州民政厅参加《河南省民俗志》评稿会。当天晚上,河大历史系的黄保信同志从开封给我带来紫晨逝世的电报,说紫晨于3月5日零点37分因患癌症医治无效不幸逝世。当晚发了唁电,因为时间紧迫,车票无法于一天之内解决,终于失去了3月11日在北京八宝山最后向紫晨遗体告别的机会。

我和紫晨近40年的同窗友情,竟这样匆匆仓促结束!每念及此,心里总是陷于痛悔之中。人生的行止,竟是这样不可捉摸、飘忽、匆促!我和紫晨相识是在1953年9月,共同师从钟敬文先生,进北师大研究生班开始学习。他热情、开朗、能言善辩,长于民间艺术活动,学习认真、刻苦,等等,给我感受很深。他像一团火,很少忧虑过。他强烈的事业心贯穿研究班学习的 2 年时间的始终。毕业后,我每到北京师大,和他谈起话来从来没有疲倦过,他在钟老身边,确是一位得力的助手。他也确实是民间文学界的一员闯将,从他身上我总感到一股力量。他入党后,更是废寝忘食地工作。困难不论有多大,他总是拼命冲上去,干出个样子来。这些地方,我非常钦佩。

1957 年"反右"期间,我正好被借调在全国文联工作,我和他曾在深夜访问钟老,表示师生情谊。从此以后,也就失去联系了。直到"文革"以后,他于 1981 年回师大。他和我又回到了往日同窗好友的盛情交往的岁月。他的家里成了我每次去北京的落脚点。我俩一见面就谈得欢天喜地,直到深夜还说个没完没了。直到两个人都瞌睡了,才相约入睡。以后,每一次外出活动,只要住在一起,也总是如此。这不是一般的友情。因此,我对他什么话都说,情深如此。人的一生交友能这样的会有几人!悲夫!

紫晨去了,但事业的重任在肩,应当像他那样冲上去,而不是仅仅悲痛!因为这不是紫晨的风格!紫晨安息吧!

泪书于 1992 年 3 月 11 日。

(追记于 3 月 28 日)[①]

---

① 引自《张振犁日记》,1992 年 3 月 28 日。

第三节 刘锡诚和马昌仪

2017年11月,刘锡诚先生在《河南教育学院学报》(哲学社会科学版)上发表了《张振犁关于中原神话的书简》,其中包含了张先生写给刘锡诚和马昌仪的六通书简。这些书简中,时间最早者为1988年7月1日,至晚者为1999年5月13日;其中涉及内容主要为神话研究的相关问题,如河南大学"中原神话研究室"成立的问题、张先生的研究生吴效群至马昌仪处听课的问题、张先生请刘锡诚先生为《中原古典神话流变论考》作"序"及"序文"发表之事、马昌仪主编的《中国神话学文论选粹》选编张先生论文之事,等等。刘锡诚先生在每通书简后面,都对信件谈论内容及其背景做了必要的介绍和解读,这对我们了解张先生与刘锡诚、马昌仪两位先生的学术交往、友谊,以及相关"事件"的"细节"有着重要价值。实际上,在张先生的日记中,也有许多他与两位先生交往的记述,它们从另一"视角"展现了先生们交谊的情景。

刘锡诚、马昌仪两位先生都是中国民间文化研究的重要学者,在原始艺术和神话学领域有着重要的学术建树;而张先生着重中原口承神话的研究,也关注口承神话所包含的原始文化内核,这使他们在研究上有着明显的交叉之处。更值得注意的是,在不少问题上,他们有着相近的观点,比如在如何对待"口承神话"的问题上。20世纪80年代,"口承神话"是否是神话的问题,在学术界存在争议,所以相关研究的"合理性"自然也为人怀疑。但在这一点上，无论刘锡诚先生还是马昌仪先生，都与张先生有同样的看法。马昌仪先生在评述国外学者研究中国神话的情况时提出："国外学者研究中国神话时偏重于微观，失于宏观，偏重典籍或其他有案可稽的书面资料，而忽视口头的、活的资料。日本学者注意到这个缺点，在重视田野作业和使研究对象与现实生活靠近方面做了许多努力。苏联汉学家李福清注意到，一些神话传说直到如今仍在中国百姓中流传，认为这是当代中国神话研究值得注意的动向。"①刘锡诚先生对张先生在田野考察中搜集神话资料的做法十分赞赏，"振犁能甘于寂寞，徜徉于古老而又新鲜的神话材料中，奔走于山野古道上做着执着而有趣的探索，很值得我敬佩。这种默默无闻、埋头钻研的品格，在当今是十分难得的"②，同时对张先生"流变"研究的思路也表示理解和肯定，他说："中原古典神话的'流变'，是张著的论述核心。关于这个问题，我的观点是：神话是在历史演变中成为神话的，因此，也不可能不在历史演变中发生着历史化、现实化、科学化、宗教化的变革。一个原始神话的内核，经历过朝朝代代、千年百年的传承，像滚雪球一样粘连上层层的外延物，当然也免不了在某个时候，因某种因素而失落了些什么。我以为中原神话大体就是这种情况。原始的内核、历代的不同积层、历史的失落以及与这些现象有关的社会与自然，都应该加以探讨，这种探

---

① 马昌仪：《中国神话：寻求与世界的对话》，《北京师范大学学报》（社会科学版）1988年第3期。
② 刘锡诚：《张振犁关于中原神话的书简》，《河南教育学院学报》（哲学社会科学版）2017年第6期。

讨有助于人类对自身的认识。"①正是这种相近的学术观点和旨趣，使刘锡诚、马昌仪两位先生与张先生建立并保持了长久的学术交往和情谊，在诸多方面对张先生的学术事业给予支持和帮助。

1987年10月17至23日，"中国神话学讨论会"在河南郑州召开，刘锡诚先生作为中国民协副主席莅会，其间，围绕民间文学和中原神话的研究，刘先生与张先生进行了深入的交流。张先生还向刘先生介绍了当时河南大学民间文学的教学、科研和人才队伍建设的状况、困难，以及向学校申请建立"中原神话研究室"的问题。他还向刘先生提出，由他出面，请与会的"老同志"们签名倡议河南大学成立"中原神话研究室"，刘先生表示同情、理解，并同意了张先生的这一提议。

20世纪80年代，河南大学的"民间文学"附属于"现当代文学教研室"，没有自己独立的教学、研究机构。从1984年起，张先生开始专注于中原神话的考察与研究并取得一定的成果、影响后，便向学校和中文系申请成立"中原神话研究室"。为此，他曾多次找学校领导和中文系领导寻求支持，从日记记述来看，从1984年到1987年间，仅拜访学校党委书记、校长、副书记、副校长的次数便不下5次，就在1987年这次"中国神话学讨论会"召开前的5月份，张先生还与程健君老师起草了《关于成立中原神话研究室的报告》，递交给了中文系的相关领导，可见张先生

---

① 刘锡诚：《张振犁关于中原神话的书简》，《河南教育学院学报》（哲学社会科学版）2017年第6期。

为学科建设的执着与努力,然而,始终无果。无奈之下,在这次学术会议上他向刘先生寻求支持,希望能够借助刘锡诚先生的影响和学界同仁的呼吁,推动"中原神话研究室"的建立。在刘锡诚先生的支持、带动下,与会的学者签名支持了这次倡议;尤其刘锡诚先生还特意跟当时河南大学校长陈信春、中文系主任张家顺谈论此事,为张先生争取学校和系里的支持。张先生特地在日记中记述了此事:

> 中午12:00抵学校招待所食堂,由校长陈信春、系主任张家顺、总支副书记邹同庆等接见并看望代表同志。席间锡诚与信春相谈,并与家顺商定,尽快创造条件,成立神话研究室。锡诚为此事从1984年在四川时给增杰写信,促进此事,惜未成功。今天时隔3年,仍在未定数,可知办事之难。锡诚可谓呕心沥血。他详细阐述此事的深远意义。此次商谈比较成功。[①]

刘锡诚先生的努力并没有白费。这次会后,中文系向学校提出了申请,但最终"中原神话研究室"一事还是搁置了。这或许与当时河南大学民间文学教师队伍的变动有关,因为在这一年(1987年)程健君老师调动至河南省民协工作,而另一位老师陈连山也考上北京大学的研究生,离开了河南大学,只剩下张先生一个人,这一年张先生也已经63岁,临近退休的年龄。然而,无论如何,刘锡诚先生对河南大学神话研究和民间文学学科的支持和帮助,是让张先生由衷感动的。

---

① 引自张振犁《日记》,1987年10月21日。

刘锡诚和马昌仪也是张先生出差至北京时常常叨扰的朋友。1983年4月,"中国民间文艺研究会第二届学术年会"期间,张先生与张紫晨先生一起至刘锡诚先生家做客,这应该是张先生第一次到家中拜访刘、马两位先生。张先生在日记中记述这次访问:

> 在军博馆羊坊店新华社宿舍6楼10号马昌仪同志、刘锡诚同志家做客。她(马昌仪)热情、豪爽,是个潜心学术的研究者。恰逢新华社郭玲春同志来,吉林出版社也有两位同志,谈文艺界的琐闻轶事,她也谈到要紫晨写民间文学年会的报道问题,他们将在《人民日报》上刊登,扩大影响。然后,我和昌仪畅谈神话研究理论问题。基本意见一致,她同意我的看法,但希望进一步探讨阶级社会产生的新神话典型作品问题。谈话中涉及明年由社科院文研所召开"神话研讨会"……我也和她谈到钟老主编《中国现代民间文艺学史》专著,分工让我研究闻一多、黄石,并请她协助查录有关资料(如《大江》《艺风》《青年界》《新女性》《民众教育集刊》等)……①

这次拜访数日后,张先生应马昌仪先生之约再次到家中交流学术问题,他们畅谈了对袁珂先生"广义神话观"的看法以及次年文研所举办的"神话研讨会"的规模、时间、地点和编印资料的问题;马先生还建议张先生尽快编出中原"民间神话"的资料集。这次学术交流,也给张先生留下了深刻的印象,他在日记

---

① 引自张振犁《日记》,1983年4月17日。

中赞赏马昌仪"热情好客,豁达大度,令人尊敬"①。此后,张先生与刘、马两位先生的交往就更为频繁了。1984年《中国大百科全书》"民间文学"词条定稿会在北京召开期间,张先生又一次至刘、马两位先生家中拜访,刚好赶上家中"包饺子",马昌仪先生和刘锡诚先生的热情招待,让张先生颇为感动。1988年张先生在北京参加中国民俗学第二届年会期间,张先生又至家中拜访刘、马两位先生,其间他们"海阔天空,无话不谈",交流民间文学、神话学研究的方法,学界的动向;刘锡诚先生谈论民协工作的难处、困境,张先生询问他的《中原古典神话流变论考》一书出版进展事宜,并提出请刘先生为该书作"序"一事,等等。这次交流近4个小时。

1990年刘锡诚为张先生《中原古典神话流变论考》所写的"序"发表在1990年10月27日的《文艺报》上,文中,对该著和张先生的相关工作给予了很高的评价,前文已述及,此不赘述。直至多年以后的《20世纪中国民间文学学术史》中的《新时期的民间文学理论建设(1976—2000)》一章中的"神话研究"部分,仍给予张先生较高的学术评价。他说:"张振犁所作的调查和研究是很有价值的,打开了中国古典神话研究的另一片新的天地。调查组的调查和他本人的学术研究,以大量新的材料和新的见解,引起了学界的关注和议论,从一个重要方面推进了古典神话的研究深度。但也有认为,现时流传于民间的神话材料,并非似乎某一特定神话的'同质的变异',因为所有流传地区,不是一

---

① 引自张振犁《日记》,1983年4月20日。

个封闭的、不受外来文化影响的真空环境。"①这种评价和学术史定位,是对学术同仁的理解、支持,也是对其学术成果的合理评价。

附录书简6通(均摘自刘锡诚《张振犁关于中原神话的书简》一文):

(一)张振犁致刘锡诚(1988年7月1日,开封)

锡诚同志:

您好!

今春深圳、珠海之行,留下深刻的印象。归来之后,由于校内事情杂,外差多,一直未能去信,请见谅。

现在,正将在深圳的合影照片印出,寄上,请查收。

这里的情况稍有变化。原来系里让我离休返聘,据校长说,不同意系里的意见。今按"缓离"处理,聘任两年,以后再议。今年,我也招了一名研究生。此外,常务副校长将亲自过问成立研究室的事。看来,已有转机。

下学期,除受聘带研究生以外,给本科同学继续开设"中原神话研究"选修课。原代用教材修改后印了二百多本。看来,这门课已稳定下来,每年大约二百多本教材。

另外,我和陈江风等还报了一个"七五"期间的科研项目,撰写《中原神话与中国传统文化论纲》一书。同时,要继续进行科学考察。这个项目,省教委已经批准,并签订了

---

① 刘锡诚:《20世纪中国民间文学学术史》,河南大学出版社,2006,第775页。

批拨经费的议定书。这个题目很大,如何搞法,想请您提一提意见。

暑假已到,由于《中国各民族宗教与神话大辞典》撰写词条任务太紧,已无暇休息。

会里情况如何?听说陶阳、谢选骏同志住医院,现在怎样?《神话学信息》事,您可否安排一下此事?(将刊物寄发一下)念念!

有事盼来信。

敬礼!代问昌仪同志。

振犁 1988.7.1 雨中

(二)张振犁致马昌仪(1990年4月15日,开封)

昌仪同志:

您好!

我今天刚从豫北安阳、濮阳回来,接到陈子艾同志关于这里研究生去北师大访学的信。此事我已与子艾去信,请她全面安排。

此次,研究生去北京主要听"中国现代民间文艺学理论史"课。请您讲的主要内容是近现代神话研究。您在这方面很有造诣,就请您多费神了。我们系向您表示谢意。

除此之外,您选择当前神话研究的重要问题,也请讲一下。内容完全由您安排。如有条件,能搞点复印资料更好。这一点不必勉强。因为开封闭塞,讲讲国内外的有关信息,也是很重要的。他们去北京约20天,时间充裕,您可酌情处理。难得有这样一个机会,请不要客气。

锡诚同志近况如何？他为拙著写的前言，务请您问一下。特向他致谢。

袁珂先生有信息否？

专此即颂

撰祺。

问锡诚及全家好。

振犁 1990.4.15

（三）张振犁致刘锡诚（1990年10月18日，开封）

锡诚同志：

您好！来信收到了。谢谢您对拙作的殷切关注之情。不论您的《序言》发在《文艺报》，或是钟先生的《序文》发在《中国文化报》，对我个人来说，除了鞭策鼓励和使我感到惭愧、不安，我没有其他意见，听凭您的安排。如果从事业出发，我觉得宣传一下也无什么不可。现在这类事，也已司空见惯。作者只要正确对待就是了。过去已成了历史，关键在未来的举步。

信中所谈您的研究方向、新谋，定将有重大的成就。学界同仁也将拭目以待。

前不久，金辉同志来信说拙文《华夏族系"盗火神话"试探》已发稿，在《论坛》（《民间文化论坛》）今年第六期上发表。我已去信说明情况，提出几点想法：(1)抽出此文（免受"一稿两投"之责）；(2)改发"论文摘要"，交流信息；(3)如有先例，且有转载必要，可以转载加按语。（《河大学报》删去三分之一）她还未回信，您接信后可了解一下处情况。麻烦您了!

昌仪同志去湘西,也是重游,定将有很大收获。原来龙海清同志要我去湘西泸溪县参加"盘瓠文化研讨会",因为我要和研究生下去调查,再加上经费困难和准备中原神话研究新的科研项目,所以就不去了。以后再说。

有事请来信。

专此即颂

撰祺。

问昌仪同志及全家好!

振犁 1990.10.18

附:(1)《文艺报》我订的有。《中国文化报》发钟老序文时,请寄给我一份,以作纪念。(2)欢迎来河南。(3)请找一本大著《原始艺术与民间文化》。谢谢!

(四)张振犁致马昌仪(1992年4月21日,开封)

昌仪同志:

您好!年前的信早已收到。因省里接连多次开会,加上学校两个年级上课,您问的事搁下了,对不起。关于钟先生的民俗文化学观点问题,想您在北京随时可向钟先生询问,我又不十分清楚,也是未及时回信的原因。

关于孙心一同志的情况,仍在河大历史系做副系主任,最近听说还要回《史学月刊》编辑部。他好像还兼河南教委督学之职。他是个从政人物,忙些。我曾给他谈过您托他办的复印孙作云的神话资料的事,他说还没有来得及。此事,您是否再具体落实催一下,我也可以协助。您如果想找线索,可查中央民族学院出版社出版的《中国现代民间文艺学家》一书中的"孙作云"词条。其中资料甚详。如在北京还找不齐,再给孙心一写信,请他复印一部分。您如有兴趣,不妨来开封一游,顺便复印些材料,岂不一举两得?此事请定夺。

关于朱芳圃先生,"文革"前就去世了,骨灰也运回原籍湖南。河南研究他的人不多。王珍同志在郑州大学历史系。他原是朱芳圃先生的助手,在河大历史系工作,后去郑州。朱先生是著名的文字学家、考古学家、史学家。我对他没有什么研究,仅从《中国古代神与史实》一书,略知一二。历史所知道的恐怕也不多。

段宝林的文章,就那么回事,锡诚同志也不必介意。这类文章也只能用大字报的水平去看待!

紫晨猝然离去,大家都没思想准备,很惊愕。我和他认识近40年,心情上很痛惜、怀念。他毕竟是民间文学界的一员闯将。他的逝世,是一大损失。人生难料,悲痛也无可如何。只有用做好眼前的工作告慰亡灵了。

您所要的书,我本当早日把给王孝廉先生和李福清先生的书寄去,就不至于有今天的麻烦了。向您和锡诚同志致歉。现将早已题过字的《中原古典神话流变论考》两本书寄去,请您和锡诚酌情处理。可否把给王的书寄去,再请他把给锡诚的书寄回。(不换也可以)我这里已无书了,甚不妥。另寄去《中原古典神话流变论考》《中原神话专题资料》一并寄上,请查收。

这里吴效群已上课，还可以胜任。我在省里事较多。仅文艺评奖就开了四五次会，实在无可奈何。好在能有给民间文学说话的机会，也好。

专此致礼！

并问锡诚同志好！

振犁 1992.4.21 大风之日

（五）张振犁致马昌仪（1992年6月17日，开封）

昌仪同志：

您好！

来信收到了。由于学期结束在即，考试、评卷，比较忙。回信迟了，请谅！

关于《〈中国神话学文论〉选萃》编辑事，我想您早有成竹在胸，无须我多虑。因为信中所谈的情况，选书的目的、要求、做法，已经比较清楚。此事意义甚大，望早日问世。

此书由文学所负责承编，有一定权威性。影响较大，因此，必须尽力在现有条件下编出较高水平的、带有文献意义的、有分量的书，并为国内外所公认。这样，就做出了应有的贡献。这应该成为您的项目的副产品。

基于这样的认识，我以为由文章作者提出选篇篇目，固然有有利的一面，但也有受局限的一面。因为，每人的看法不一定符合主编此书的思路和要求。前辈和已过世的作者，当然要由编者慧眼鉴别、选录；就是当前健在的作者对自己的文章的看法，也不一定都客观。因此，我以为主要应由编者根据总的要求去鉴定。不知您以为如何？

根据您目前正进行研究的课题,选编是最有条件搞好的。加上您的素养和理论水平,最能胜此重任。不过要多费些时间、精力就是了。

至于我的情况,您一清二楚。本来就谈不上什么研究,起步晚,经验也很有限。所写文章多属起步之作,入选与否,可以不必多想。因为全书规模大,如需填空,选点也无所谓。

至于选什么,当然首先要着眼从史的角度考虑不同时期总的情况、发展趋势和文章所起的作用和地位。其次,在历史的轮廓明确的前提下,要注意不同流派的代表性文章。再次,方法论的借鉴和试探之作,又能有针对我国实际情况和问题,有一定见解的论著,也应考虑。其他,根据实际情况,再大略分一下基本原理、专题研究等类别。最后,还可以附一下论著索引、年表等资料。这样,此书就很可观了。

基于我的粗略设想,拙著主要见于《论考》一书。其余新近写的《伏羲现象蠡测》《黄帝文化原型试探》《中原洪水神话再议》《科技民俗与民间艺术》等,尚未公开发表,可不予考虑。《论考》一书中内容太宽泛。根据您这次选编的要求,我考虑以下三篇较有特色:(一)《中原洪水神话管窥》,涉及问题多、复杂,中外学者都关注其研究进展的情况;(二)《华夏族系"盗火神话"试探》,是今年新发掘的有重要意义的论题,历来为国内外学者所瞩目,发表后引起了一定反响;(三)《中原神话考察的回顾》,对中原神话科学考察实践活动的意义、做法、收获等,论述比较集中。不知您有什么想法?如不合适,由您裁定。

关于我的《小传》,可否采用《论考》内封勒口的介绍?如不行,再来信相告。我觉得写多了,反觉得不舒服。

有事盼来信。专此敬复。即颂

撰祺。

向锡诚同志问好!

振犁 92.6.17 匆此

(六)张振犁致刘锡诚马昌仪(1999年5月13日,开封)

锡诚、昌仪同志:

您们好!

久违了。念念!去年12月底去北京参加民俗学会代表会期间,昌仪托人带给我的大著连连,非常高兴,无愧多产大家。我本来打算登门拜访,曾打电话,未能联系上。特别是时间太紧,连钟先生家也未能前往,即匆匆赶回。十分抱歉!特请见谅。

现寄上我和其他同志的《东方文明的曙光——中原神话论》拙作,请斧正。昌仪曾亲自参加课题结项成果评议,无任感激。究竟这部书有多大用处?实在心中惶惶不安。钟老的《序》,是按他对课题评审意见整理而成(他亲自口授此意),最后一段吸收了昌仪同志的意思,也在此说明。经钟先生审订、签署后送出版社。这里再次向你们致谢!我想昌仪不会不愉快吧!

专此敬颂

夏祺,撰安。

张振犁 1999.5.13 匆上

另,能否将锡诚的《中国原始艺术》赐下?

第四节　学术会议与学术兼职

20世纪80年代,随着高校民间文学相关课程的恢复,及各类学术组织的恢复运行和中国民俗学会的建立,相关的学术会议也逐渐增多起来。对张先生而言,20世纪80年代和20世纪90年代,也是他学术研究渐入佳境、成果频出和学术影响日益廓大的时期;他的主要研究成果《河南民间故事(增订本)》《中原神话专题资料》《中原古典神话流变论考》《东方文明的曙光——中原神话论》《中原神话通鉴》也产生或完成于这一时期,因而这一时期也是张先生学术交流频繁的时期。这里依照张先生日记的记述,择其"要者",简要介绍,以便我们观察张先生会议中的主要活动和学术交游。

1983年4月6日至4月17日,张先生在北京参加"中国民间文艺研究会第二届学术年会",在这次会议上,袁珂先生首先发言,在论文报告中提出"广义神话"和"狭义神话"的观点,张先生第2个发言,题目是《中原古典神话流变初议》,他们的发言引起了与会学者们的关注和讨论。在稍后"神话组"的讨论中,袁珂、刘城淮、王文华、陶立璠、莫日根迪(孟志东)、巴图宝音(达斡尔族)、林仲良、热西提、李万鹏、李子贤等学者和张先生进行了激烈讨论,袁珂先生再次提出"广义神话观"和"狭义神话观"的话题,李子贤同志对神话的定义、范围等提出了不同看法。张先生则谈到神话流变中的宗教化、非宗教化、地方化等问题。7日,张先生参加了"庆祝钟老从事民间文学工作60年"

大会,与会的还有刘魁立、陶阳、刘锡诚、张紫晨、乌丙安、许钰和柯杨,张先生在发言中主要谈了如何在教学、科研中贯彻钟老的"理论研究和科学实践相结合"学术理念;其间,"三套集成"成为大家集中讨论的话题,并形成共识:故事"集成"一定要保证科学性,要忠实记录,慎重整理,严防赝品;各地上交书稿时,同时交录音带、原始记录稿、照片等;组织编委会下的专业队,以专门人员任副主编,以党政负责同志为主编,保证经费,以大专院校中文系师生为骨干,组成专业队;不搞普查,容易造成胡编乱造,这样后果不堪设想;应抓样板"集成"的分卷编选工作,带动全国此项工作的开展。4月11日,钟老做了《建立新民间文艺学的一些设想》的大会报告。会议又逢钟先生八十寿辰,4月13日,张先生赴北师大参加为钟老庆祝八十寿辰的学术活动,张先生赋诗为钟老祝寿:钟翁耕圃六十年,民学殿堂基初奠。桃李放香春色美,老骥追风再扬鞭!17日,张先生还与同仁登翠微山,并作《登翠微峰有感——1983.4.16参加中国民研会二届年会、工作会议期间与吉星同志游山归来》:

> 晨光松阴登翠微,纵目苍茫燕山碧。玉泉昆明北海波,京华峥嵘云霭里。西山盛会群英聚,民艺大业重崛起。钟师心血和雨露,化作春深花满枝!
>
> ——同日下午2时于北京西山八大处一处别墅槐树院3号卧室。

此外,会议期间,张先生还就《河南民间故事(增订版)》的出版事宜,与中国民间文艺出版社的陶阳和冯桂荣同志交流意见。

1984年,张先生先后参加了4个学术会议。第一个是在郑州召开的"中国民间文艺研究会中南区工作会议",蓝鸿恩(广西)、刘清河(福建)、李继尧(湖北)、刘守华(湖北)、龙海清(湖南)和陶阳(社科院文学所)等学者与会,这次会上张先生做了《中原神话调查及研究》的报告,谈了4个方面的内容:一是中原神话调查的基本情况,介绍了中原地区女娲神话、伏羲神话、洪水神话、黄帝神话的分布情况,以及围绕上述神话计划展开的专题调研;二是提出了一些值得思考的问题,主要是神话调查与考古学、民俗文化和地方文化的关系问题;三是中原神话调查与研究的价值意义,主要是借此发现了民间神话的多元形态,它的历史化、宗教化和与地方风物的密切关联;四是提出了调研中应注意的问题,不能为调查而调查,要进行真正的全面的科学调查,不能急于求成,调查要实事求是,从实际出发。要区别读物与科学资料的界限,要搞两套材料:一套是供研究用的原始资料(包括录音、照片、文物和文字等),另一套是文学读物材料。

第二个是4月12日—13日在郑州召开的"河南省民研会一届三次(扩大)理事会",在这次会上,张先生做了《关于中原神话调查的几点意见(包括研究方面的意见)》的报告,阐述了"河南为什么要集中力量调查研究中原神话问题""什么是神话?和封建迷信有何不同""搜集中原神话应注意的几个问题"等几个方面的问题。

第三个是5月16日至28日在四川峨眉山召开的"全国民间文学理论著作选题座谈会暨神话讨论会",刘锡诚、吉星、柯杨、武世珍、罗永麟、陶阳、吴蓉章、刘守华、潜明兹、袁珂、刘城淮、乌丙安、李子贤、叶春生、祁连休、巫瑞书、姜彬、陈钧、陶阳、吴超、马昌仪、萧兵和程蔷等众多学者与会。会上有学者(陈钧)肯定张先生口承神话搜集与研究的重要价值,但也提出张先生的研究偏重口承资料,但对古典文献资料的掌握不够;而袁珂先生则再次阐述他的"广义神话观"。围绕神话的定义,与会学者展开了广泛的讨论。这次会议上成立了"中国神话学会筹备小组",由袁珂、王松、陶阳、吴超、马昌仪、肖兵、程蔷、李子贤、杨智勇、武世珍、乌丙安和张先生共12人,并召开会议,制定了《中国神话学会章程(草案)》;张先生的"中原古典神话流变论考"被列为"民间文学理论著作选题"。会后,张先生和其他与会学者登青城山,游都江堰,并留下了"旅蜀诗钞"六首:

其一,《谒杜甫草堂》

细雨迷蒙草堂行,古楠丛竹庐生馨。

曲径回廊花溪水,犹闻工部吟诗声。

峨眉盛会草堂行,诗情更比"乡情"深。

壁陈"诗史"催人泪,当效先贤报国心。①

其二,《夜过秦岭》

昔日蜀道上青天,高岩剑峰猿难攀。

如今秦山变通途,千里雄关一夜间。

其三,《游峨眉山有感》

久慕西陲蜀山名,峨眉神秀绕梦中。

灵岳入云瀑千尺,登临方不负此行。

---

① 杜甫,河南巩义市人,故有"乡情"。

其四,《乐山志怀》
三江交汇洪波滚,一峰独峙势凌云。
伟哉大佛天地窄,轻舟如叶没沧溟。
塔影书楼襟怀深,东坡韵事传古今。
巴山蜀水多奇士,郭老文采遐迩闻。
其五,《夜过巴山》
千峰万壑峭如林,巨龙出没穿峡行。
首尾相顾洞隐身,吼声如雷巴山惊。
深涧桥飞耸入云,涵洞相接气如虹。
昔时义军(李自成义军当年息兵待机商锥,即在此地)枕戈处,如今神师建奇勋。
其六,《重庆夜景》
枇杷山上放眼量,渝城灯火星辉煌。
嘉陵长江天门会,万里奔腾入海洋。

第四个学术会议是 11 月 13 日至 22 日在石家庄召开的"中国民间文艺研究会第四届代表大会",张先生与钟敬文、袁珂、李惠芳、巫瑞书、陶阳、李子贤、刘魁立、刘守华、龙海清、李继尧、姜彬、乌丙安、张紫晨、屈育德和潜明兹等师友相会,在这次会议上,张先生被选为理事,钟老当选为主席。张先生做了《教学研究,相得益彰》的大会发言,以中原神话的调查研究为例,阐述了如何在民间文学的教学过程中,培养学生科研能力,促进教师的科研工作,实现"教学相长"。

1986 年 4 月 1 日—14 日,张先生参加了"中芬民间文学学术讨论会"及"中芬民间文学联合考察"。在这次联合考察中,张先生感受到了少数民族风情和民间文学的魅力,更领略了芬兰民间文学学者高效、务实的作风和科学严谨的田野工作方法。其中最大的收获,是在此次活动中得以结识劳里·航柯教授,并就神话研究的相关问题对他进行了访谈,这次访谈,张先生在日记中作了访谈纪要,内容如下:

航柯教授谈话纪要

时间:1986年4月16日夜9—10点。

地点:桂林市榕湖饭店7号楼205室会客厅。

主持人:芬兰文学协会主席、图尔库大学教授航柯。

翻译:中华人民共和国文化部芬兰语翻译工作人员石敬立。

访问人:河南大学中文系副教授张振犁。

(开始时,航柯起立与张振犁握手致意,分别坐下,谈话开始)

航柯:(笑着说)我们在三江一起照过相了,但还没有机会交谈。以至约了几次见面,都没有实现。很抱歉!

张振犁:谢谢!因为您太忙,抽时间不容易。在南宁、三江、桂林都是如此。明天你们就要回国了,特来看望您。

航柯:我早想跟您交谈了。对中国的情况很感兴趣。不知道您要谈什么问题?现在可以随便谈谈。

张(以下张振犁均称"张"):首先,此次芬兰朋友来中国与民间文学界的学者一道来南宁、三江进行学术研讨和实地考察,航柯先生做出了很大贡献,很辛苦。向您表示谢意,并致以慰问。

航(以下航柯均称"航"):您对我太鼓励了。我们对这样的考察也还是第一次。没有经验。

张:其次,我国已往的考察在科学技术运用上很差。通过此次与芬兰学者联合考察,我们对芬兰朋友运用先进技术手段和方法采访的丰富经验,学到不少东西。这将对我们今后的工作产生很好的效果。

航:芬兰运用现代器材、技术采风也不太早。特别是运用录像机采录民间文学,也是近几年才开始的。今后还需要进一步完善。我对中国的民间文学很感兴趣。

张:我校中文系将建立"中原神话研究室",其中很重要的一项工作,就是建立资料档案。我们从1980年至1985年,先后四次组织调查队考察中原神话。现在已拥有一批录音、照相、图片、碑文、文物、文字等资料,需要进行科学管理。我们希望航柯先生和芬兰学者给以协助。

航:希望你们把中原神话资料索引给我们寄一份。我们可以根据具体情况、材料,研究一下分类归档的问题。我们对中原神话和你们举办的展览,很感兴趣。

张:谢谢!回去后,即可把这份材料寄给您。正因为如此,在我临来之前,我校中文系领导让我转达他们的意见,希望通过这次活动,能建立校系之间的联系。可互相访问,讲学、派留学生,交换文献材料,等等。去年我校已于美国康州大学等院校建立了学术交换关系。

航:你们的建议很好。我们对中国的情况知道的还不多,也希望多多了解。至于建立联系的事,以后还可以再

第五章 师友情谊

谈。谈妥了,就可定下来。

张:第三点,请航柯先生介绍一下欧洲神话研究的情况。这方面,我们的资料很少。

航:我回去马上给您寄来神话理论研究的文集(外国研究家的理论集)。不知道你们都需要什么书?什么文本的书?

张:谢谢!希望找一些关于神话学史、神话学原理及编辑资料档案方面的书。以英文版最好。

航:嗯!可以。

张:第四,中国神话学界目前对一些问题争论比较热烈,相持不下,希望航柯先生谈谈自己的看法。

航:不知道你们争论些什么问题?

张:争论的主要问题有:神话的定义、产生和消亡的问题。一种意见(狭义)认为,神话只能产生在原始社会,到阶级社会就消亡了。另一种意见(广义)认为,阶级社会还产生神话,即使历史人物传说、童话等等,只要带有神奇色彩,就统统属于神话范围(如关云长、周武王、姜子牙等)。

航:神话主要指的是天地开辟、宇宙创造、人类起源,文化创造发明(火、文字……)一类作品。神话不止产生在原始社会,后来也可以产生,甚至今天也产生神话。不过,应该是具有原始人的生活、思想、思维表现方式的神奇作品。把什么都认作(神话),也不恰当。总之,在这个问题上不要教条主义地始终用一把尺子去量。

张:我国神话学者,以往一般只以古代文献资料(如

《山海经》《淮南子》等)作为研究的基础,有很大片面性。最近有学者提出要研究我国神话总的发展趋势,找出其流变规律。我们调查中,发现许多至今仍活在人民口头上的神话,具有重要意义。

航:神话研究要从大量资料入手,不要只从个别一篇作品来做出结论。同时,神话研究应是世界范围的事。不应只看作仅仅是某一民族或某一国家的现象。

张:我认为应把古代文献研究与考察民间至今仍存在的活的民间古代神话结合起来,加以分析、辩证,才能得出神话的发展、变化规律。

航:研究神话的流传变化很重要。欧洲各国和芬兰学者也在研究这方面的问题。很重要,很有趣味。

张:中原神话比较原始。新得到的材料保持了原始社会人们对世界的认识和思维特点。如大禹治水、女娲补天、盘古创世等。其中既看不出宗教渗透的痕迹,也看不出历史化现象,很值得注意。因此,研究神话流变规律,科学考察就显得特别重要。

航:是这样。

张:今晚,占用您不少时间,很对不起。不过你谈的看法很有意义。在您即将离开这里回国的时候,给我们留下了深刻的印象。谢谢!

航:不客气!再见!

附语:我(指张振犁)在南宁三江时,曾致函杭柯先生,约谈谈一些问题。由于他事情太忙,很紧张,一直抽不出时间。今晚,航柯先生对约我谈话很重视。白天下午就让文化部翻译石敬立同志打电话约晚上7—8点会见。他说:"很想和中国学者谈谈,与张教授约了两次都没谈成。"他说:"明天我就要回国了。今晚一定要请张教授来谈谈。"民研会组联部主任赵光明说:"杭柯先生很着急,今晚约的就是和你谈话。一时找不到司机,又下雨,没法接你。你来晚了,贺嘉、王强来得早些。杭柯先接见他们2人了。最后答应与他俩简单谈过之后,立即请你上楼205室与他会见。"可见,杭柯先生很重视这件事。应学习芬兰学者的认真、一丝不苟,极讲信用的科学、谦虚的精神,把一切工作做好。对要求入党的同志,更应以此自励!

1986年4月17日11点20分追记于漓江25号游轮上。

对张先生而言,与杭柯教授的这次谈话是非常重要的。它至少明确了一点,即张先生从民间社会生活中采录的有关"神"的故事,应被视为神话,这种观点并非没有道理;由此出发,他所坚持的古典神话"流变"研究必须考虑当代"口承神话"的思路,也就有了理论依据,在国际学界有了"知音",且被认可的一种思路。

20世纪八九十年代,张先生的学术活动十分频繁,正如1992年他写给马昌仪先生的信中所说的:"我在省里事较多。仅文艺评奖就开了四五次会,实在无可奈何。好在能有给民间文学说话的机会,也好。"①其实,不仅是"地方上"的会议,其他省份高校举办的相关学术会议也常常邀请张先生参与。不过,会议虽多,他最为重视的还是"中国民俗学会"和"中国民间文艺家协会",以及与钟老相关的各类学术活动,这类活动,若无特殊情况,他是必然到场的。正是通过各类学术交流活动和相应的学术成果,扩大了张先生学术成果的影响,也提升了他的学术地位。在他的学术生涯中,张先生曾经担任中国民俗学会的理事会副会长、中国民间文艺研究会理事、河南省民间文艺家协会名誉主席和河南省民俗学会副会长,在中国民俗学、民间文学界有着广泛的影响。

---

① 刘锡诚:《张振犁关于中原神话的书简》,《河南教育学院学报》(哲学社会科学版)2017年第6期。

后　　记

传记初稿完成后,我看到了朋友圈推送的一篇文章《百年坚守,百年辉煌——〈河南大学中国语言文学学科史〉序》,作者是近代文学研究的著名学者,河南大学原党委书记、校长关爱和教授。在这篇文章中,关教授以学术"劳模"评价张先生,他说:

> 历数河南大学的学科优势时,我脑海中还有两个"劳模"式的人物,一个是张振犁教授,一个是梁工教授。张振犁教授早年在北师大读书,随民俗与民间文学大师钟敬文先生治民间文学。到河南大学工作后,把田野调查与案头工作结合,用一生的精力从事中原神话体系建构与研究。在20世纪《中原神话研究》《中原神话论》完成的基础上,2017年,又以93岁的高龄,完成近200万字的《中原神话通鉴》,被学术界称为"中原神话的开拓者"……张振犁教授、梁工教授这样甘坐冷板凳,做"窄而深"的研究,事一学而终身的"劳模",和上述立身学术前沿、擅长以学术优势攻城略地的作战"团队",在文学院的学科建设中,都是值得尊敬和提倡的。

关教授的评价是中肯的。但我不知道自己是否写出了张先生的"劳模"精神,或者"劳模"风采。不过,作为本书的"后记",我更想说说本书写作的一些感受。

在刚接到传记写作任务时,我有些兴奋。兴奋的原因很简单,因为这个传记是我积极争取得到的。2019年,河南大学人文社会科学研究院开始实施"夷门传薪学人传"项目,所谓"学人"是指对河南大学人文社科研究有突出贡献,长期在河南大学工作且在学术界有广泛影响的学者。学校的意图很明显,就是要"继承"和"弘扬"学校人文社科的优势学术传统。在校、院的倡导和资助下,文学院的几位老先生,如任访秋和于安澜等,在学校项目设立之初,他们的后辈学生就积极争取资助,承担起了为老先生"立传"的工作。2020年5月,人文社科研究院发布了第二批"夷门传薪学人传"资助计划,我便联系当时学院的党委书记葛本成和主管科研的副院长武新军两位老师,争取学院的支持并积极撰写、提交了申报材料,最终获得学校的立项资助。其实,《张振犁》传记立项的意义不仅在于河南大学民俗学(民间文学)的一位老先生受到了学校的重视,更重要的是对该学科或者研究领域在学校(或曾经是)"优势"学术传统和地位的确立,并且这种传统应该继续传承和发扬光大的! 作为曾经在该学科、专业学习并工作的一员,这是值得高兴和欣慰的事。

然而,进入实质性的传记写作,却颇费周折。在向学校申报传记提纲时,我根据所掌握的零星材料大致列出了一个"目录",且颇为满意,比如第一章包括了"1.河畔上的小镇;2.祝融的火神庙;3.父亲与三哥;4.小学里的'故事会'"四个小节的内容,并根据这个"目录"展开调查和采访。但是,我很快发现,"设计"出来的内容,张先生的孩子们和几位学生都不甚了了,这就使我不得不停下来重新思考传记应该如何写。"或者以学术为中心,写成学术评传",这是心中不止一次跳出来的念头;然而,相关学术史的评述已经很多,很难写出新东西的。经过反复思量,大约半年后,我放弃了这种思路,并决定先做系统的采访和更细致的材料搜集后再重新确立写作思路。2021年初,我带着学生采访了张先生的次子张宪先生和他的太太,访谈中意外得知,先生生前有记日记的习惯,他们知道的就有近20年的日记,约十几本,这些日记也保存下来了,在他们的四弟张为民家中存放。稍后,我们又采访了程健君老师,进一步了解、确认张先生记日记的习惯。经过多次沟通,在张宪先生的帮助和带领下,2021年5月中旬,我们来到了张先生的四子张为民先生家中,第一次看到了先生的遗物,这是一个读书人和纯粹学者的遗物:图书、报刊、手稿和学生的作业;尤其是学生的作业,一摞一摞的,其中还有1977、1978和1979这"老三届"学生的作业,当然,也包括我们最想看到的东西——十几本张先生的日记。经过多次沟通后,家人们同意我翻阅日记,并作为传记写作的参考,这让我兴奋不已。

有了日记,写作传记的资料就丰厚多了。张先生的日记主要记述了他读书、学术交往和科研教学方面的活动及相关问题的思考;此外,还有部分内容涉及家庭生活方面。其中特别值得注意的是,张先生对20世纪80年代以来的"中原神话"的考察有着十分详细的记述,这些内容与程健君老师的几份调查报告相互参读,让我对此一当时备受学界关注的学术活动有了一个相对完整的了解,它对了解张先生中原神话研究思路的形成自然也是有极大帮助的。同时,在张先生日记记述中,他与夫人明文(张先生日记中对妻子的称呼)患难与共、相濡以沫、钟爱一生的点点滴滴,也时时感动着我。当然,张先生的日记中也有大量"流水账"一类的生活细节,它展现的是一个学者、民俗学家和读书人的日常娱乐,其中对各类影视节目名称及其内容的评述很值得注意,它所反映的不只是一个学者的习惯与爱好,更象征着他对世俗生活的融入与思考,我觉得这样的学者才是心理健康的,也才能真正地了解生活。张先生日记中对影视节目的记述常常包含着对各类社会问题和社会现象的思考,其实也是他观察社会生活、思考时代精神走向的一种重要方式。写到这里,我不得不对张志军(张先生的三子)老师说声"抱歉"。因为传记初稿完成以后,我拿给张老师审读,张老师看过后提出,传记中写张先生看电视的内容有点多了,希望把这一部分删掉。我很理解张老师的心情,但经过思考以后,我没有这样做,也请张老师理解!其实,传记写作过程中,我多次与张先生的家人交流、沟通相关问题,期间得到张宪(张先生次子)、张志军(张先生三子)和张为民(张先生四子)的很多帮助,非常感谢他们!

这里必须要感谢程健君老师。程老师1982年大学毕业后曾在河南大学工作多年,其间一直与张先生共事,他是张先生的同事,更是学生和学术助手。20世纪八九十年代的田野考察,程老师一直跟随在张先生身旁,协助先生处理学术和生活中的各种事务。离开河大以后,程老师虽然辗转多个单位,但视野一直没有离开"中原神话"和河南的民间文学事业,他与张先生合作编选的《中原神话研究专题资料》是当时神话学研究的重要资料,其后程健君老师又单独撰述《民间神话》(海燕出版社

1997年版）；近年来，程老师担任中国民协副主席、河南省文联副主席和民协主席，承担了一系列国家课题，对扩大河南省民间文学事业的影响做了大量工作。为继承和弘扬张先生的学术思想，他和高有鹏教授合作主编了《神话 神话》一书，其中主要是河南大学民俗学（含民间文学）研究生的学术成果的，旨在展示张先生多年的教学成果。在传记的写作中，我对程老师也多有打扰，但他从未推辞过，在他看来，"老头的事儿"，作为学生，义不容辞。初稿完成后，我拿给程老师审阅，10天左右时间，他就给我发回来了，稿子上不仅有许多人名、地名的错误被改正过来，还有大量"标红"或"标灰"的地方，让我重新斟酌修改或者核实！这着实让人感动。这里，也再次向程老师致谢！

还需交代的是，这本书传记的写作，我最初曾经计划让研究生屠青蓝同学参与进来，并尝试让她写了部分内容，但后来因为整个框架改变，也因为时间紧迫，只能改变计划，我邀请了河南大学人事处的宋国庆老师参与到了项目当中，其间，宋国庆老师不仅整理出了传记所需的4万余字的文献资料，还参与撰写了3万余字的书稿！另一位研究生凌雪柯同学与屠青蓝一起协助我整理了传记所需的大量资料，十分辛苦。在本书立项、修订和编校过程中，河南大学社科处的丁翼虎老师、赵稀珍老师，河南省民协的刘炳强老师，河南大学民俗学硕士毕业生王中加，或提供帮助，或给予指点，在此致谢！

2004年我大学毕业前夕，被保送进入本校的民俗学专业学习，后来留校任教，从学生到老师，再到后来赴华东师范大学跟随陈勤建老师攻读文艺民俗学博士，又回到河南大学任教，其间,几经曲折,但最终还是回到了民俗学(民间文学)。或许是命中注定吧!张先生是学术界公认的"大好人""老实人",但在我看来,他是一个特别朴实、简单的人。其实,简单就好!大家都轻松!